TIEMPO DE
TRANSICIÓN

CARLOS LEAL GONZÁLEZ

ola
PUBLISHING
INTERNACIONAL

Hola Publishing Internacional
Eugenio Sue 79, int. 4, 11550
Ciudad de México

Primera edición, Enero 2023
Impreso en los Estados Unidos de América
ISBN: 978-1-63765-345-6

Las páginas de este libro están dedicadas a la memoria del niño e hijo que fui gracias a la dedicación y cuidados de mis padres; al joven adolescente enamorado de la vida, aun con sus complejos e inhibiciones; al joven adulto que vibró al sentir por primera vez la mano y los labios de una mujer y supo lo que era estar enamorado; al adulto que conoció el peso del dolor, el valor de la responsabilidad y con ello el significado de la familia y todo lo que conlleva. Y principalmente, y antes que a cualquier persona, a ti, querido Dios, porque has estado delante de mí en todo momento y nunca me has abandonado.

PROLÓGO

Cada ser humano posee, en lo profundo de su ser, un don extraordinario que lo lleva a crear las cosas más maravillosas e inimaginables. Este regalo de Dios a la humanidad es la fantasía, aquella que a través de la imaginación nos hace soñar y nos permite viajar a los sitios más recónditos del Universo, conocer a las criaturas más extrañas, viajar en el tiempo o vivir las aventuras más extraordinarias. Así es como esta novela surgió de una mente ávida por vivir aventuras en donde la fe y la fantasía dejen de ser un binomio y se convierten en unidad.

El personaje principal de esta historia es un hombre común de mediana edad resignado a su vida, pero, a la vez, insatisfecho, pensando que pudo lograr mucho más en todos los aspectos, y ahora que lo entiende piensa que el tiempo se le ha terminado. Hoy, sin un sentimiento de derrota, pero sí de cansancio, ha entrado a un espacio de confort en el que dejó de luchar y es un barco llevado por el viento. Sin embargo, entiende su gran potencial y se da cuenta de que desperdició valiosos años de juventud, y que quizás por su carácter poco tolerante no logró, en el culmen de su vida, todo lo que se propuso llevar a cabo. Llegó a la encrucijada de la vida en que nos sentimos atrapados en una habitación de cuatro paredes sin puertas ni ventanas. Así hay quienes trabajan toda su vida y cosechan algunos éxitos, pero jamás lo hacen o lo hicieron en aquello que les gustaba hacer.

En este punto, sin siquiera proponérselo, la estrella de nuestro protagonista vuelve a brillar y, como una respuesta a sus oraciones, es destinado por voluntad divina a vivir una experiencia que nadie o muy pocos han experimentado. Le ha sido otorgado el privilegio de escudriñar su propio pasado y revivir acontecimientos que se encontraban escondidos en su subconsciente o que, algunos de ellos, por traumáticos, había guardado en lo más recóndito de su mente. Sin embargo, muy pronto se dará cuenta de que el pasado siempre vuelve; conocerá la importancia y la necesidad de rememorar y reconsiderar todos y cada uno de los acontecimientos sucedidos y de traer de vuelta sus recuerdos más escondidos para poder analizarlos desde una nueva perspectiva emanada desde la fe, el amor y la razón. Aprenderá que la vida no puede continuar sin cerrar círculos, que no es una línea recta.

Aun cuando al principio no lo entiende, el protagonista sufre, sin darse cuenta, un cambio radical en su pensamiento y, con ello, su espíritu va rejuveneciendo y encontrando respuestas. Ha tenido una transición que cambiará su presente y su futuro, así como el de su entorno, porque la vida y la muerte son trascendencia. Aun cuando pensamos que nadie nos mira o nos conoce, estamos influyendo sin querer en la vida de otros.

Encontrará en sí mismo a un hombre curtido por la experiencia de vida, con nuevas fuerzas, pero suavizado por la compasión y el amor anidados en su corazón a través de la fe y el amor de Dios.

En este viaje a sus orígenes, el protagonista podrá dilucidar quién es, por qué es cómo es y cuál es el propósito de su existencia, así como de dónde surge su carácter, sus intereses, sus emociones y su búsqueda insaciable. Al mismo tiempo, y consecuentemente, mientras nos narra lo que ve y experimenta, se ubicará y se sumergirá en un viaje por acontecimientos históricos de su ciudad, la Ciudad de México. Nos dará su testimonio desde su perspectiva, pero con la intensidad y las emociones de quien sintió en carne propia los acontecimientos; veremos transcurrir sucesos como el terremoto de 1985 o la sangrienta masacre de jóvenes estudiantes y maestros en aquel fatídico jueves de *corpus* el 10 de junio de 1971. Nuestro personaje nos tocará el corazón cuando nos muestre, desde su vivencia y emociones, dichos sucesos, pero al mismo tiempo nos llevará por caminos de la fe y la esperanza.

El protagonista conversará con el lector cara a cara, contándole la historia de los múltiples personajes de su pasado que se traslapan con el presente. Hará vibrar al lector cuando recuerde, junto con él, las tradiciones más íntimas de su cultura, muchas de las cuales se han ido perdiendo. Lograremos considerar un realismo fantástico cuando lo veamos investigar el origen de una misteriosa página extraída de la *deep web* con grabados de un par de manos, una de ellas no humana, y unos extraños caracteres que se convierten en su obsesión, ignorante de que esa página será la llave que abrirá la puerta con la que se iniciará su viaje de la realidad a la fantasía.

Nuestro protagonista conocerá que el ser humano es sólo una parte del todo lo creado y que sólo es un ser hecho de la misma materia de la que está hecho el Universo. Comprenderemos que la vida en el Universo es un todo en donde se conjugan los elementos necesarios y que al final somos un producto de todo ello, de siglos de evolución (sólo pensemos en todos los cambios que ha sufrido nuestro planeta desde la creación hasta nuestro tiempo y conozcamos que somos el resultado de esos millones de años de evolución)

Finalmente, espero que la vida de este personaje lo lleve a un viaje extraordinario, lo introduzca a su propio yo y lo invite a una fuerte reflexión de vida que lo empuje a ajustar aquellas cosas de sí mismo que piense que lo requieren para ser un mejor ser humano.

La armonía del hombre tripartita, a semejanza de Dios, se da cuando el cuerpo, alma y espíritu dejan atrás el conflicto y se encuentran en unidad y, por ende, en armonía consigo mismo y con Dios. De esa manera entenderemos que, lo creamos o no, Dios está presente en cada etapa de nuestra vida. Diariamente somos testigos del milagro de la creación y del soplo de vida divino al abrir los ojos cada mañana.

Cada cosa en la vida se encuentra a tu alcance; ¡fue creada para ti!

En cierta ocasión mientras Jesús caminaba predicando la palabra y sanando a los enfermos, vino a él un hombre llamado Nicodemo, que era un maestro de la ley, y lo cuestionó acerca de los milagros que Él hacía por donde andaba.

> Respondió Jesús y le dijo: De cierto, de cierto te digo, que el que no naciere de nuevo, no puede ver el reino de Dios. Nicodemo le dijo: ¿Cómo puede un hombre nacer siendo viejo? ¿Puede acaso entrar por segunda vez en el vientre de su madre, y nacer? Respondió Jesús: De cierto, de cierto te digo, que el que no naciere de agua y del Espíritu, no puede entrar en el reino de Dios.
>
> (Reina Valera, 1960, San Juan 3:3-5).

TIEMPO DE TRANSICIÓN

Bip, bip, bip… Las 4:45 de la mañana. Suena el molesto chirrido del móvil mientras parpadea una luz azulosa que ilumina a intervalos la penumbra de la habitación. «Mmm, brrr. ¡Qué frío! Creo que no quiero levantarme», piensa Leo mientras se arropa nuevamente con las cobijas y se voltea para permanecer caliente.

Más por instinto que por ganas se descubre nuevamente y se sienta perezoso en la orilla de la cama, bostezando y estirándose mientras busca con los pies sus pantuflas. Se pone de pie y rodea la cama, acercándose a la ventana. Esto lo hace en la penumbra, pues aún no enciende la luz, así que camina torpemente, tratando de no tropezarse con los zapatos. Aparta la cortina y ve el vidrio de la ventana completamente empañado por la variación de temperatura entre el interior y el exterior. Limpia con la mano, en círculo, la condensación de agua sobre la ventana y trata de ver hacia afuera, pero sin lograrlo. Aún está muy oscuro y el vidrio no se desempaña completamente.

Leo jala con la mano un cobertor de la cama y se lo pone encima del cuerpo, envolviéndose en ella a la usanza rural. Abre la ventana, recibiendo de inmediato una bocanada de aire helado. Cierra los ojos y aspira profundamente el frío del exterior, que lo tonifica y termina de despertarlo. Afuera hay nieve y puede observar cómo se vuelve densa su respiración, dejando una pequeña nube de vapor en el aire y un poco de humedad que se convierte rápidamente en hielo sobre su bigote. Observa el exterior tratando de aclarar y enfocar su vista para otear el horizonte. Llama su atención un pequeño tlacuache que se encuentra hurgando en la basura a la tenue luz de una lámpara de alumbrado público. Leo levanta su mirada al horizonte por encima de los tejados de las casas, desde donde se podía ver la silueta del cerro Las mitras, que se asemeja a un gigantesco estegosaurio.

«¡Eres tan creativo, Señor! Amas la diversidad de colores, tamaños y formas en todo aquello que concebiste. Tantas plantas y animales tan parecidos orgánicamente y diferentes a la vez, todos creados con la misma ingeniería y perfección divina», Leo hablaba con Dios en su mente mientras observaba la enorme silueta del cerro. Fue en ese momento que vio una línea azul claro haciendo un trazo curveado en la bóveda celeste, cruzando de lado a lado por encima de la montaña de forma silenciosa, dándole un remate misterioso a esa postal que le regalaba la creación.

—¡Vaya! Una estrella fugaz. Dicen que si pides un deseo, éste se cumple.

Leo imagina algo con los ojos cerrados.

—¡Por si acaso!

«Ya es tarde», piensa mirando el móvil y cerrando la ventana con brusquedad; se aparta de ella, retira la cobija de sus hombros, toma su toalla y camina de prisa al baño.

De haber continuado mirando por la ventana, Leo se habría percatado del gran resplandor de luz blanca que brillaba con fuertes destellos intermitentes, que venía del mismo lugar en donde desapareció unos momentos antes la "estrella fugaz". En un instante todo resplandeció, como si hubiera estallado un gran transformador, iluminando todo el fraccionamiento y parte del firmamento, haciendo más definido el contorno del cerro.

Al entrar al baño, Leo acciona el botón del encendido de la luz, pero ésta no responde de inmediato, parpadea un poco y se escucha un leve golpeteo en el cristal de la bombilla, que se ilumina apenas con una luz mortecina, amarillenta y tímida. «Seguramente está frío el gas y en un momento encenderá con su brillo normal», pensó Leo. ¡Pero esto no sucedió! Da vuelta a la llave del agua y espera a que saliera caliente; tiembla y castañetea los dientes. Con el agua a la temperatura adecuada se zambulle en la regadera. La luz no acaba de estabilizarse, tiene cambios parpadeantes, pasando de una luz amarilla y sucia a una oscuridad completa.

—Debe ser que la bombilla ya no sirve. Pasaré a la ferretería a comprar una nueva de regreso del trabajo.

Sale de la regadera tomando su toalla y secándose el cabello. Sujeta la toalla a la cintura y sale del baño. Una vez vestido, baja a la cocina y calienta un poco de agua para hacerse un café; la vacía en el termo y sale a toda prisa.

Leo desactiva la alarma del automóvil y, al tomar la manija para abrir la puerta, siente un fuerte choque de electricidad estática que le hace apartar la mano rápidamente y exclamar un "ay" más de sorpresa que de dolor. Esto lo confunde un poco, pero decide no darle importancia.

—Guau, estoy cargado de estática; quizás sea la tela de mi camisa.

Aborda el automóvil, cerrando tras de sí la puerta con un portazo y calentándose las manos friccionándolas. Le da vuelta al encendido del auto y espera un momento a que calentara el motor, que arranca con dificultad, arrastrando la marcha.

Leo levanta la mirada del volante y fue hasta ese instante que pudo darse cuenta de algo que no había notado antes y que, sin querer, lo sobrecogió. Es una extensa y espesa niebla que parece que quiere devorar el automóvil y la casa entera.

Esto en sí mismo no es raro, pues ya ha amanecido con bruma el fraccionamiento. Lo extraño es la densidad de la nube y la forma tan súbita en que apareció. Leo abre la ventana del auto para sentirla y recibe otra descarga estática, pudiendo observar con asombro pequeños rayos eléctricos brincando de su mano a la bruma.

Él mira fascinado, como si estuviera en una especie de transe. Mete la mano y sube el cristal, fijando la mirada en el tablero y la parte delantera del auto, que estaba orientado hacia la puerta de su casa. En ese momento ve cómo continuaban los pequeños rayos, ahora sobre la superficie del cofre del auto, asemejando una tormenta eléctrica en miniatura.

—¿Será que no puse atención al salir de la casa o me estoy volviendo loco? ¿Y esa estática? La nube está cargada de electricidad y magnetismo, nunca había visto algo igual.

Leo se inclinó sobre el volante unos instantes, tratando de recordar.

—No, no había neblina ni cuando abrí la ventana de la recámara ni cuando salí de la casa, y tampoco cuando entré al auto. Estoy seguro. ¿Cómo pudo bajar una nube tan densa instantáneamente y de la nada? Porque cuando miré por la ventana el ambiente era frío y con nieve, pero despejado.

Desde que Leo observó por la ventana y el momento en que salió de su casa apenas transcurrieron veinticinco minutos. Y, por supuesto, no había niebla cuando él observaba la montaña y tampoco al salir.

—¿De qué otro modo podría haber visto la estrella fugaz y la silueta del cerro? Estaba despejado. Estoy seguro.

«Es más, la niebla debió aparecer en el momento en que salí de la casa hasta antes de subir al automóvil, y eso no son más de tres minutos», pensó Leo.

Mueve la cabeza para aclarar sus pensamientos y se da cuenta de que se hacía tarde, así que sacude de su mente, momentáneamente, el asunto. Se sujeta el cinturón de seguridad y espera a que el auto se caliente un poco antes de iniciar la marcha. Leo se extraña aún más por una sensación en el plexo solar, aquella especie de congoja que se siente cuando uno se enfrenta a lo desconocido. Algo le hace sentir en su subconsciente que esa no es una bruma normal; hay algo extraño en ella, además de la carga estática y su aparición espontánea, pero Leo no atina a identificar de qué se trataba. Enciende la radio para escuchar el noticiero.

—En fin, debo apresurarme o llegaré tarde a la oficina —dijo en voz alta para sí mismo.

Se escuchan las noticias internacionales; Adela Misha comenta con preocupación acerca de los triunfos parciales de Donald Trump en las elecciones para candidato presidencial de su partido en los Estados Unidos. Escuchando a la periodista en la radio de su auto y meditando en esto, Leo le dio un trago a su café y se dispuso a iniciar la marcha en reversa para salir de su cajón de estacionamiento, intentando no pensar en la luz, la niebla ni en nada que distrajera su atención. Prefiere ignorar cualquier sensación al respecto.

La radio del automóvil empieza a fallar, se cruza la estación que tiene sintonizada con otras, quizás cercanas a su cuadrante, y hace chirridos de estática, semejantes a los que se escuchan en amplitud modulada cuando uno viaja por carretera. Leo se ve obligado a apagarlo, pues se escucha muy sucio el sonido.

II

Leonardo cruzaba los cincuenta y cinco años. Tenía una personalidad desaliñada, aunque muy limpia. Poseía un evidente sobrepeso que le causaba una gran molestia y afectaba en cierto grado su autoestima. Hombre de un metro ochenta con barba y bigote. En su juventud su cabello era negro azabache y hoy ya se pintan canas. Deportista hasta sus cuarenta años y, aunque ahora ya no lo hacía, aún se encontraba muy saludable y fuerte. Eterno soñador e inteligente. Se aburría fácilmente de las actividades rutinarias y al mismo tiempo las extrañaba en un raro contrasentido. Un hombre amante de Dios, su familia y su país.

Se mudó al norte del país por trabajo y esperaba pronto traer a su familia, su esposa y dos hijos, a vivir con él, cosa que logró casi tres años después. Trabajaba en una empresa que comercializaba computadoras y software.

En últimas fechas se sentía desgastado por la soledad que cargaba al encontrarse lejos de su familia. Ya tenía dos años y medio así. Extrañaba profundamente a Lilia y sus dos hijos, Sofía y Josué. Así que puso todo en orden para traerlos con él cuanto antes.

De carácter ermitaño, Leo no tenía amigos, sólo compañeros de trabajo. Lo más que hacía era asistir a las carnes asadas que organizaban sus compañeros y que disfrutaba por la conversación informal y, desde luego, la excelente carne de Nuevo León. No era un bebedor, pero gustaba de una buena cerveza o dos copas de buen vino de mesa o de tequila de vez en cuando.

Había llegado de la Ciudad de México buscando un lugar más seguro y próspero para su familia. Su migración, además de la oferta de trabajo en Nuevo León, tuvo un segundo motivo que fue determinante en su decisión para cambiar de plaza tan drásticamente y a un lugar tan lejano de su amada Ciudad de México.

La Ciudad de México, en el tiempo en que Leo se mudó a Nuevo León, pasaba por un terrible incremento sustancial de violencia y robos en todos los niveles: transeúnte, conductor, transporte público, casa-habitación, cantinas, centros, plazas comerciales, iglesias, salones de fiestas, diversiones infantiles, etcétera. La violencia se había desatado y no parecía tener alguna forma de control o posibilidades de un decremento, por lo menos a corto plazo. Esta situación determinó su decisión de cambiar de aires con la finalidad de que él y su familia pudieran vivir con más seguridad.

En ese entonces la ciudad de Monterrey acababa de ser declarada uno de los lugares más seguros de México para vivir. Qué lejos estaba de saber que viviría la escalada de violencia del narcotráfico y sería víctima de ella sólo unos años después.

No fue fácil llegar a picar piedra en una sociedad tan cerrada y elitista, con cierto grado de malinchismo, y en algunos casos con muchos prejuicios acerca del origen de las personas, principalmente de aquellos que provenían de la Ciudad de México; de tal manera que él era calificado como "el chilango" o "el chilaquil" en una forma absolutamente peyorativa por su origen capitalino. Se volvió tolerante con las bromas de sus compañeros acerca de su acento al hablar y el uso de algunos adjetivos.

Aunque no lo decía ni lo reconocía, Leo se sentía como un extranjero en su propio país y le dolía sentir esa fuerte discriminación. Sin embargo, era adaptable y aplicaba el dicho de "donde fueres, haz lo que vieres". Con el paso del tiempo fue aceptado en su entorno y se acomodó en la sociedad regiomontana, encontrando a muy buenas personas. La personalidad del regio es muy desconfiada y segregativa, sin embargo, una vez que has entrado en su círculo de influencia son amables y se preocupan por cultivar la amistad y las buenas relaciones. Leo poseía un carácter fuerte y esto le ayudó a irse adaptando y creciendo, tomando puestos de cierta jerarquía en su trabajo; situación que, además, le daba un cada vez más alto estatus.

Monterrey es una hermosa ciudad industriosa de gente trabajadora, afanosa, muy práctica y emprendedora; sus líderes empresariales, innovadores y fundadores de compañías han trascendido fronteras, como Cervecería Cuauhtémoc, Cemex, Vitro y muchas más. Si hablamos de educación, la ciudad ha alcanzado un alto estatus nacional e internacional al fundar universidades como el Tecnológico de Monterrey, la U-ERRE y la UDEM, todas ellas de gran calidad y con proyección internacional. Cabe destacar el origen de colegios como el Tec de Monterrey, que nació como una iniciativa de capacitación para los trabajadores de Cervecería Cuauhtémoc y su fundador es el empresario Eugenio Garza Sada. Al pasar de los años abrió sus puertas como universidad privada a todo el que quiera y pueda pagar el estudiar en ella. Del mismo modo, es punta de lanza en los servicios de salud, que cuentan con un alto nivel, especialistas en todas las ramas médicas y hospitales de vanguardia.

Monterrey, en las últimas dos décadas, ha crecido exponencialmente, con una población cosmopolita, pues no sólo tiene inmigrantes de toda la república mexicana, sino de todo el mundo: hindúes, brasileños, hondureños, estadounidenses, canadienses, ingleses, escoceses, surcoreanos, japoneses, norteamericanos, etcétera. Esto fue una gran oportunidad para Leo de crecer y conocer otras formas de trabajo con calidad internacional. Siempre estaba abierto y atento a aprender y enseñar sus conocimientos, así que llegó a ser muy apreciado por muchos de sus compañeros.

Leo tenía un liderazgo implícito, de tal forma que, aunque no tenía una jerarquía tácita o más alta, la gente se dirigía a él, incluso personas con más antigüedad en la empresa, porque solucionaba los problemas, aun cuando en algunas ocasiones no le correspondía hacerlo.

III

Leonardo abordó su automóvil y aplicó la reversa para sacarlo de su cajón de estacionamiento. Miró el espejo retrovisor y se dio cuenta de que la niebla era ahora más cerrada y no se podía ver absolutamente nada hacia atrás, de hecho, no se veía hacia ningún lado; apenas y advertía la puerta de su casa levemente iluminada con las luces de su vehículo. No era una persona aprensiva o nerviosa, pero en esta ocasión se sintió intimidado, con ese temor que se siente cuando uno se encuentra ante lo desconocido.

Dio marcha atrás y apenas avanzó unos centímetros cuando una luz a gran velocidad, y casi rosando su vehículo, pasó de sur a norte, provocando que Leo frenara con brusquedad.

—¡Me lleva! ¿Cómo puede conducir a esa velocidad con esta niebla? No se ve nada.

Antes de reiniciar la marcha, le asaltó una duda.

Se quedó pensando un instante y notó que no había escuchado el motor o el paso de los neumáticos por los topes de tortuga que el municipio había puesto enfrente de su entrada. Sólo vio la luz en un absoluto silencio.

—¿Por qué? ¡Ah, debo estar paranoico! —dijo esto mientras agitaba las manos en un ademán de indiferencia.

Sacó el auto y volteó la dirección para dirigir su camino con mucha precaución hacia la salida del fraccionamiento. Aplicó las luces altas con la finalidad de tener una mayor visibilidad, pero se vio obligado a bajarlas de inmediato, ya que la niebla era tan espesa que reflejó la luz de los faros como si fuera un enorme espejo.

—La neblina está muy cerrada. Me impresiona que rodea el auto como si quisiera devorarlo. Es casi como si tuviera vida.

Ahí estaba nuevamente esa sensación en el estómago.

—No entiendo por qué me causa zozobra y temor este fenómeno; ya lo he visto en otras ocasiones, sobre todo cuando viajaba a Misantla o a Poza Rica, Veracruz —recordó aquellos viajes que hacía cruzando la sierra veracruzana a medianoche casi a vuelta de rueda por la espesa neblina—. Pero allí, a pesar de ser la madrugada, y circular, por una carretera sinuosa y solitaria, no me sentía temeroso o acobardado. Por el contrario, era como si ese ambiente enrarecido me atrajera. ¿Por qué en este momento sí me siento intimidado? Cuando estaba en la carretera me encontraba en terreno desconocido para mí y aun así no me asaltaron temores de ningún tipo. Y aquí me encuentro en mis dominios. «¿Me estaré volviendo blando y cobarde?», pensó con enojo.

Leo trató de ignorar esta sensación y se enfocó en el avance del vehículo. No se veía movimiento, no se escuchaba ningún sonido. Por lo general a esa hora se podía oír el frenado con motor de los camiones en la carretera cercana.

—Es raro; no escucho ruido de camiones en el camino.

Conduciendo con mucho cuidado marcó un número en su celular, pero sólo escuchó un bip. Volteó a ver el mensaje de la pantalla: "No hay red disponible".

—Bueno, no podré avisarle a Juan que llegaré tarde. Espero que él esté enterado por las noticias de este banco de nubes bajas; casi siempre que hay bruma en el fraccionamiento la hay también en cumbres y algunas otras zonas de la ciudad.

Condujo casi a vuelta de rueda con los intermitentes prendidos para que lo vieran otros vehículos que circularan por el lugar. Mientras seguía la marcha, muy lentamente buscó con la vista el acotamiento para estacionar el vehículo y detenerse. Al avanzar el auto se escuchaba el sonido de los neumáticos pisando pequeñas piedras o grava y el avance se sentía sobre un terreno irregular. Lo poco que iluminaban las luces era tierra, un poco de nieve, piedras y algunos arbustos que se veían no de manera clara, sino como una sombra.

—¿En qué momento entré a este camino rural? Si no hay ninguna construcción, por lo menos en el trayecto a la avenida principal. No me desvié en ningún momento del camino, mi conducción fue en línea recta desde que viré para tomar la avenida del camellón al salir del fraccionamiento, hasta dónde puedo acordarme. Lo peor es que con esta bruma no podría encontrar la ruta de regreso a casa, a pesar de haber avanzado sólo unas decenas de metros.

Leo encendió la radio para sintonizar las noticias. Esperó con ansiedad para escuchar: "bzz, bzz, brr".

—Parece que estuviera en el limbo; no sintoniza ninguna estación.

De pronto, el auto comenzó a vibrar con intensidad mientras se escuchaba un chirrido parecido al que produce una banda que se encuentra floja, pero como si estuviera a cierta distancia; era un sonido agudo, pero opaco, aunado a un leve bip, bip espaciado sincrónicamente en intervalos de tiempo. En una reacción automática apagó el motor y aplicó el freno, abriendo los ojos francamente asustado.

—¡Lo que me faltaba!

Para su asombro, el auto seguía vibrando y el sonido continuaba escuchándose. Sin entender qué sucedía, intentó abrir la puerta inútilmente. Probó suerte con las otras puertas, pero nada. El auto continuaba vibrando. La radio se encendió sin que él la tocara y se cambiaban rápidamente las estaciones, como cuando se escanea el cuadrante, escuchándose en cada estación sólo estática y ruido. Aun cuando no era muy aprensivo, no le gustaba no tener el control de las cosas.

Hizo un intento más y esta vez se botó el seguro y pudo abrir la puerta. De inmediato saltó del auto, cayendo a tierra por la desesperación de bajarse y alejarse de él. Apenas avanzó un poco a gatas. La vibración y el chirrido cesaron y, al hacerlo, el automóvil rebotó sobre la suspensión, lo que acabó de confundirlo más. No podía salir de su asombro. ¿Qué podría haber sido ese sonido y la extraña vibración?

—¿Por qué seguía vibrando el carro aun después de que apagué el motor?

Recorrió su auto con la mirada y al caminar hacia la parte trasera advirtió un par de círculos exactos equidistantes uno del otro en la cajuela del vehículo.

—¿Y qué son esos extraños círculos luminiscentes en la carrocería? —se preguntaba mientras examinaba todo el auto alrededor, buscando el origen de las marcas.

Pudo contar seis círculos perfectos: dos en el cofre, dos en el techo y dos más en la cajuela del mismo. ¡Todos fosforescentes! Aun cuando estaba aterrado sintió curiosidad. Trató de ignorar por un momento esos círculos extraños, aferrándose aún a la posibilidad de una avería. Subió de nuevo al auto e intentó encenderlo. Éste encendió normalmente y no se escuchó más zumbido o bip.

—¿Y si fue un temblor de tierra? No, un temblor no hace vibrar el auto, sólo lo mueve en vaivén. ¡No! La vibración no era del terreno, era el auto.

Dejó de pensar en ello.

—¿Cómo ubicarme para volver a mi casa? En cualquier momento amanece. Supongo que es mejor esperar.

Leo recordó que en la cajuela del automóvil cargaba herramienta y una lámpara sorda. Abrió la cajuela y sacó de ella la lámpara. Alumbró primeramente el piso, para aseverar lo que ya sabía: donde se encontraba no había concreto, sólo tierra y arenilla. Caminó hacia el frente de su vehículo, tratando de reconocer algo que le hiciera saber en dónde se encontraba y así buscar el camino para volver a casa, pues en ese lugar y en las condiciones expuestas se sentía muy vulnerable.

La visibilidad seguía siendo muy limitada por lo espeso de la niebla que no se disipaba, pero al andar unos pasos pudo intuir que se encontraba en medio de la nada. No se podía observar la silueta de ninguna edificación, sólo tierra y matorrales secos.

Al dirigir la mirada hacia el cielo llamó su atención un aro perfecto de luz que, a juzgar por su experiencia, debía ser muy potente para que él pudiera verlo claramente a través de la bruma, y se dio cuenta de que dicha luz no provenía de tierra, sino de arriba; se mantenía en un solo lugar, estática, su tamaño era considerable. Leo calculó que, dependiendo de la distancia, debía estar a unos cien metros del suelo (lo que es sumamente bajo). Pensó en posibilidades racionales, como helicópteros peinando el área, cosa que desechó de inmediato por la espesa neblina, la baja altura y el tiempo que había permanecido allí. Así que, descartando hasta lo inverosímil, se dio cuenta de que no podía ser nada natural. Lo que él estaba observando en ese momento era un fenómeno aéreo anómalo y desconocido.

Leo trató de pensar con un poco de lógica, pero ningún vehículo se aventuraría con esa niebla, y hasta el día de hoy no conoce ninguna nave terrestre que no emita ningún sonido. Sólo pudo pensar en algo más: ¡un ovni! Esto lo sobrecogió aún más. Pensó que quizás todas las situaciones extrañas que había vivido esa madrugada tenían que ver con el círculo que ahora observaba en el cielo por encima de su cabeza. Había tenido experiencias previas con este extraño fenómeno y siempre le provocaban esa mezcla de temor y curiosidad.

Desvió el rayo de luz de su lámpara hacia el círculo y éste de inmediato cambió de coloración y su resplandor se volvió verde y desapareció. Volteó hacia atrás, observando entre la bruma apenas un pequeño resplandor de los intermitentes de su auto. Tenía una urgencia por llegar a él y meterse para no sentirse tan desprotegido. Pero, como en las pesadillas, él caminaba a paso veloz y la sensación era como si el auto se fuera alejando.

Con un gran miedo, finalmente vio con claridad las luces del auto. Subió de inmediato y se encerró en él. Apagó las intermitentes, pues temía que podría agotar la energía del acumulador. El frío era intenso. Metió las manos en sus axilas y a los pocos minutos, debido al desgaste de las emociones vividas, se fue quedando dormido.

IV

El trabajo de Leo consistía en generar software a la medida para algunas empresas o particulares. Se desempeñaba como programador, trabajo que dominaba. En casa, a solas, estudiaba unas materias menos convencionales y que no se enseñan en escuelas, sólo se aprenden metiéndose en las tripas de la red y en páginas que sólo los *hackers* identificaban. En ocasiones ingresaba a sistemas gubernamentales sólo por la emoción de ser capaz de burlar su seguridad. También era un apasionado de temas que algunos consideran seudo-científicos y por ello, en ocasiones, fue víctima de burlas; temas como la invisibilidad, viajes en el tiempo, teletransportación, extraterrestres, portales dimensionales, gente sombra, etcétera. Pero es de reconocerle que siempre buscaba el enfoque y las bases científicas para tratar de explicar dichos fenómenos. Rechazaba las publicaciones esotéricas o místicas de estos temas. También era escéptico y no se enganchaba tan fácilmente en cualquier cosa. Si miraba algún video en el internet buscaba el origen del mismo y descartaba todos aquellos falsos y apócrifos, quedándose sólo con unos pocos que, a su criterio y conforme a su investigación, podrían ser ciertos, pero siempre con sus reservas.

En una de tantas madrugadas de invierno especialmente frías ese año en Monterrey, Leo navegaba en la red profunda (*deep web*). La *deep web* es una red que tiene acceso a páginas y direcciones a las que los buscadores comunes, como Google, no pueden o no quieren acceder. No cuenta con ningún filtro ni censura y representa más del 80% del internet. Es por ello que es ampliamente utilizada por algunas instituciones gubernamentales y particulares. También la usan los criminales, ya que en ese lugar se anuncian, y ofrecen sus servicios, pederastas, vendedores de drogas y armas, asesinos a sueldo, entre otros.

Llevado por su insaciable curiosidad, Leo abría un sinnúmero de páginas para analizar su contenido. Casualmente, en una de esas exploraciones se encontró con un sitio que no tenía denominación, sólo signos: [— &ç* —]. Algo muy raro porque el autor, por lo general, siempre deja un indicio en el índice acerca del contenido del archivo. Picado de curiosidad, le dio doble clic y al hacerlo se abrió una página con una gran cantidad de signos extraños que no parecían ser egipcios, chinos o de ningún país o cultura antigua o moderna. A pesar de eso, era obvio que era un tipo de lenguaje estructurado.

Al continuar la exploración se encontró con dos páginas escritas con esos caracteres y dibujos pequeños y anatómicos de manos, una humana y la otra humanoide, pero con sólo cuatro largas falanges. Esto despertó la curiosidad de nuestro buscador de misterios; lo atrapó de inmediato. Por tal motivo se propuso llegar al fondo del asunto y conocer quién las subió a la web, con qué fin y a quién iban dirigidas. Por ello, se dio a la tarea de tratar de rastrear la fuente y buscar el origen de la extraña escritura.

Con este deseo en mente, Leo guardó la página en una memoria USB para estudiarla más a detalle en otro momento. Lo primero que hizo fue buscar el tipo de escritura, ya que no eran jeroglíficos y, aunque se parecía un poco más, tampoco era cuneiforme. Se abocó a estudiar escrituras y lenguas antiguas para compararlas y verificar si correspondía a algún pueblo de la antigüedad. Buscó exhaustivamente información en la red, comparando la escritura de diferentes civilizaciones, tratando de identificar alguna coincidencia y, a partir de ahí, encontrar la forma de traducirlo y conocer su contenido.

Le llevó semanas buscar, sin embargo, no encontró nada, ningún indicio. No era hebreo, no era arameo, no era persa, no era griego, no era chino, no era egipcio y tampoco sumerio, entonces, ¿qué tipo de escritura era? Y lo más importante: ¿cuál era su significado?

—A juzgar por las ilustraciones, aparecen dos tipos de manos: una no humana junto a otra humana, donde la no humana parece ser una fotografía o un escaneo, mientras que la humana es sólo un dibujo. Ambas tienen cinco falanges e incluso el escaneo cuenta con dedo pulgar y aparenta tener, en lo que sería la punta de los dedos para nosotros, una especie de ventosa. No tiene huellas visibles. Hay otra mano, quizás la más intrigante porque tiene sólo cuatro largos dedos y carece de dedo pulgar. ¡Muy extraño en realidad! Además, señalan o ponderan una especie de brazalete con forma de mariposa que se encuentra en la muñeca de aquella mano y que nos traslada a una tabla adjunta, agrandándola y haciendo un énfasis sobre un cuadro que pareciera una especie de circuito electrónico en lenguaje matemático.

Con tanto pensar se le ocurrió una idea más.

—¿Y si en realidad no es una lengua antigua, sino algún tipo de código? ¿Quién pudo haberlo escrito? Quien lo hizo definitivamente conoce la anatomía de ambos seres. ¿Y si no es ninguna escritura antigua y tampoco un código? ¿Y si en realidad se trata de escritura y no es de este mundo?

La idea le pareció muy lógica, pero, a la vez, la rechazó de inmediato por parecerle chocante.

—Creo que esto me está volviendo paranoico, es una locura sólo pensarlo. ¿Qué haría un tratado extraterrestre en la *deep web* humana? He pensado muchas tonterías, pero esta es la más absurda. En fin, no me quebraré más la cabeza, volveré mañana y entraré nuevamente a la página; la estudiaré con calma y con la mente fresca. Mientras, pensaré en alguna opción para conocer su mensaje, en caso de que contenga alguno, y su origen a partir del IP.

Se recostó esperando poder dormir, pues se encontraba muy cansado. Sin embargo, no podía dejar de pensar en la página. Intuía que era algo importante y que de ninguna manera era casualidad ni alguna broma. La veía en su mente una y otra vez, tratando de interpretar su significado. Así que, a pesar de su agotamiento, se levantó y entró nuevamente al sitio donde encontró la página, buscando más información. Pero en el sitio sólo existía la página y nada más. Buscó otras ligas o links semejantes, pero en ninguna parte encontró nada parecido. Terminó dándose por vencido y salió de la red. Hizo clic en el apagado y la luz de la computadora empezó a hacerse más tenue, hasta que sólo quedó un puntito blanco en el centro y segundos después desapareció para quedar la pantalla completamente negra.

Estando aún sentado frente a la computadora, su estómago empezó a moverse. La verdad es que tenía hambre, pero a la vez estaba cansado, así que en lugar de dirigirse a la cocina se tiró en la cama boca arriba, mirando el techo. Él mismo se extrañaba de su comportamiento, pues esa página se le había vuelto una obsesión, sin estar muy seguro del porqué. De algún modo, algo le decía en su interior que esas páginas eran originales y que tenían un mensaje importante de quién sabe quién para quién sabe cuándo. Estaba convencido de que era necesario conocer el mensaje a como diera lugar.

—Pero ¿cuál es ese mensaje?

Pensando en esto lo venció el sueño y se quedó profundamente dormido.

V

Leo tuvo una infancia disfuncional debido a la muerte prematura de su madre cuando él aún no cumplía un año. Fue un niño sobreprotegido y muy amado por su familia paterna, principalmente por las mujeres. El niño, en ese entonces un bebé, quedó a cargo de su padre, su tía Carmen y su abuela.

Violeta, antes de morir, llamó a Carmen y le pidió que viera y se encargara de su hijo. Carmen amaba a Violeta y desbordó todo su amor sobre Leonardo, cumpliendo al pie de la letra la promesa hecha a su madre.

Hermana del padre de Leo, Carmen fungió como su mamá, haciendo un excelente trabajo hasta su muerte (la madre de Leo no pudo haber elegido una mejor sustituta); fue responsable, amorosa y abnegada en el amor y cuidados de su hijo putativo.

Los padres de Leo, cuando aún vivía Violeta, eran un matrimonio muy joven y su vida cotidiana era muy rutinaria: trabajo, casa, reuniones familiares, algunos amigos, etcétera. Raúl, un gallardo joven de veinticinco años, y su esposa, una autentica belleza latina que falleció a los veintiún años, víctima del cáncer. Eran una pareja envidiable por el respeto y el amor que se profesaban. Él era un hombre recto, de familia y sumamente responsable. Violeta, a pesar de sus veintiún años, era toda una mujer en el sentido más extenso de la palabra, sencilla y hermosa; obtuvo el cariño de todos los miembros de su nueva familia.

Cuando Violeta murió, dejó hundido a su esposo en una profunda tristeza. El dolor, su educación, su juventud y el entorno (barrio de clase baja en la década de los sesenta en la ciudad de México), donde el alcohol estaba presente en cada casa, y en algunas la violencia, el machismo y el hambre.

El vicio etílico, para celebrar o para lamentarse, era y aún lo es, en la concepción de muchos, la mejor medicina, misma que nos dispone a un estado pletórico de energía y efusividad, o, en su defecto, nos expone a una profunda tristeza. Es muy poca la gente que nunca en su vida ha probado el alcohol. Todos lo conocemos, así como sus efectos. Algunos toman sólo el fin de semana, otros comienzan los viernes en la noche y unos más lo hacen a diario. Quiero aclarar que esto es sólo una generalidad; por supuesto que esto no se daba en todas las familias.

Su padre, abuelo de Leo, tomaba prácticamente todos los días, muchas ocasiones fuera del hogar o en la cantina cercana a su trabajo en el barrio. Llegaba ebrio sólo para hacerle una escena de celos a su mujer, misma que a veces golpeaba, para después dormir profundamente, roncando los estertores de su vicio.

Raúl, aunque creció muy cerca del alcohol y con un padre macho que lo maltrataba y humillaba (no por maldad, sino porque en esa época los varones se educaban con mano dura y apagando las emociones que denotaran debilidad), tenía un carácter fuerte, pero consciente y razonable. Él participaba de los gastos de la casa, ayudando a su madre después de muerto su padre.

Raúl se casó y posteriormente enviudó, pero nunca se desobligó de su hijo y su relación con él era tierna y cariñosa. El detonante de su afición alcohólica se hizo patente a partir de la muerte de Violeta. Mucho sufrimiento y soledad lo acompañaron por siete largos años. Hoy existen una infinidad de ejemplos como este y no sólo por el alcohol, ahora también por las drogas. Tal parece que cada vacío espiritual debe ser llenado con estimulantes o a través del hedonismo.

Raúl era un buen padre, respetuoso de la dignidad y el carácter de su hijo; lo amaba profundamente, hacía lo que fuera necesario por él y era correspondido por el gran amor y admiración que sentía su hijo por él. Aun hoy, a los cincuenta y tantos años, Leo seguía viendo a su padre con un gran amor, admiración y respeto.

Siempre interesado de la salud y bienestar de su hijo, Raúl lo llevaba al médico y al dentista. También estaba al pendiente de que tuviera espectáculos dignos y sanos adecuados a su edad. Cada año, el día de reyes, visitaban el circo y en diferentes ocasiones también lo llevaba a otras diversiones, como ferias y espectáculos infantiles. Carmen se ocupaba de llevarlo a todas las películas de Disney que proyectaban los cines de la época.

Lo que era importante para Leo lo era también para su padre. Él le dio muchas enseñanzas positivas a su hijo, pero primordialmente lo crio para ser un hombre en toda la extensión de la palabra, y siempre trató de que Leo no tuviera la vida dura que a él le tocó vivir. Este es un legítimo deseo de la mayoría de los padres, sin embargo, los hijos siempre tendrán sus propias experiencias, y las que más enseñan de la vida son, por lo general, las más desagradables.

Cuando Leo tenía la edad de siete años su padre se volvió a casar con una joven compañera del trabajo, y quiso llevarse a su hijo a vivir con su nueva esposa y formar una nueva familia. La abuela de Leonardo, con quien vivía el niño, lloró amargamente y le rogaba a su hijo Raúl que no se lo llevara.

—¡Mamá, es mi hijo!

—Tiene que vivir conmigo en su nueva casa, con mi esposa.

—Pero lo vas a llevar con esa mujer, ¿y si es mala con él y lo maltrata?

—Madre, está conmigo. Eso no va a pasar, yo no permitiría que nada le sucediera. Además, Aurora, pese a lo que pienses de ella, es una buena mujer y un gran ser humano. ¿Por qué no se dan la oportunidad tú y mis hermanas de conocerla mejor?

—¡Escúchame! —gritaba entre sollozos Laura, madre de Raúl—. Si te llevas esa criatura va a sufrir mucho, y tú te arrepentirás de habértelo llevado. Déjamelo y forma tu nueva familia —le espetaba Laura con cierta autoridad.

La discusión estaba tomando tintes dramáticos; el niño escuchaba los alegatos de uno y otro y los aquilataba, más en su corazón que en su razón. Los amaba profundamente a ambos, pero su corazón siempre estuvo con su padre. La decisión que tomó Leo no fue la que hubiera querido. La única razón por la que eligió eso fue el llanto de su abuela, que laceró su corazón, pues la vio tan indefensa y vulnerable. Por un momento se sintió responsable de ese llanto.

—Pregúntale al niño dónde quiere vivir; verás que no quiere irse con tu mujer.

—Mamá, él es muy pequeño para decidir esas cosas. Debe estar conmigo.

Al final, el corazón del hijo de Raúl fue más fuerte que él. Poniéndose de cuclillas frente a su pequeño, lo tomó de los hombros, y mirándolo a los ojos con verdadera ansiedad lo cuestionó.

—Hijo, sabes que te amo, ¿verdad?

—Sí, papá.

—Quiero llevarte a vivir conmigo en la casa nueva a donde has ido, con Aurora. Estarás conmigo y a ella ya la conoces. Tendrás nuevos amigos y una nueva escuela. Quiero que me digas qué es lo que tú quieres hacer. ¿Quieres quedarte aquí con tu abuelita o quieres irte a vivir conmigo?

El niño quería decirle a su padre que lo amaba y que quería irse con él, pero veía de reojo a su abuela y podía notar la ansiedad e incertidumbre con que esperaba su respuesta mientras limpiaba sus lágrimas con su delantal. El niño movía nerviosamente el pie mientras lo miraban con avidez su padre y su abuela. Leo dudaba en responder, pues también la amaba a ella y fluctuaba entre el amor por uno y otro; realmente era un fuerte conflicto para el niño, que estaba atrapado en medio de una disputa por su custodia.

Finalmente, ya sumamente nervioso, porque, a pesar de su corta edad, entendía que cualquier cosa que dijera iba a herir a uno de los dos, y él no quería lastimarlos. No había vuelta de hoja. ¡Tenía que decidirse! Leo se sintió presionado, las manos le sudaban y, apretando los pequeños puños, finalmente le dijo a su padre que se quedaría con su abuela.

—¿Estás seguro de esto, hijo? —preguntó Raúl entre incrédulo y triste.

Raúl miraba a los ojos a su hijo y veía de reojo a su madre, como tratando de que no hubiera un contacto visual entre el niño y ella que pudiera predisponer su respuesta. A pesar de pelearle la custodia del niño a su hijo, el verlo tan lastimado le dolió a su corazón de madre. Qué ironía, aquel que más amaba en la vida, el fruto del amor tan grande que sentía aun por su fallecida esposa, de quien Raúl no esperaba jamás una respuesta así, le dio la espalda.

Su padre se encontraba de cuclillas aún cuando lo soltó de los hombros. Se levantó dolido y con los ojos cristalinos, reteniendo las lágrimas. Y con todo el dolor que esto le causaba le dijo a Laura:

—Está bien, madre. El niño se queda. Después hablamos de cómo vamos a llevar sus gastos y nuestra relación —se inclinó hacia ella y besó su frente para despedirse.

Laura no dijo nada, sólo agachó la cabeza mientras Raúl le daba un beso a su hijo, quien lo abrazó del cuello y Raúl salió de allí. El niño, a pesar de su dolor al ver salir a su padre por la puerta, sintió un desahogo por la tremenda presión emocional que estaba sintiendo en esos momentos. También su corazón estaba triste, pues su intuición infantil, más despierta que la de los adultos, lo dejaba insatisfecho y percibió el abatimiento y sentimiento de derrota de su padre; sabía que él era la causa.

Raúl se quitó el saco de su traje (siempre impecable), dejando ver su camisa de un blanco inmaculado sin arrugas, y subió a su automóvil. Sacó la cajetilla de cigarros casinos sin filtro que llevaba en la cajuela de guantes del automóvil, un Rambler Classic color gris, sacó un cigarrillo y lo encendió mientras aflojaba el nudo de la corbata para sentirse más cómodo. Mientras conducía a su oficina meditaba en el porqué de la respuesta de su hijo.

—Supongo que lo dejé solo mucho tiempo por mi trabajo, Aurora y los amigos. Todo ese tiempo él convivió más con mi madre y mis hermanas. Además, seguramente le envenenaron la mente al niño en contra de mi esposa. No entiendo por qué esa actitud de rechazo hacia Aurora. Supongo que el cariño que le tenían a Violeta las ha cegado; no le han dado una sola oportunidad a Aurora. Bueno, buscaré la manera de convivir y lograr que mi hijo conviva conmigo y con ella, que sepa que somos su familia. Quizás después él cambie de opinión.

Debido a esta decisión, Leo fue educado por cuatro mujeres: las tres hermanas de Raúl, Carmen, la soltera, Alicia, la esposa de Antonio, Ema, quien estaba divorciada, y, desde luego, su abuela Laura. Hicieron de él un muchacho consentido, sobreprotegido y medroso. En su infancia y adolescencia era un pusilánime, intimidado por cualquier persona o circunstancia que le causara un conflicto o le alzara la voz. Esto fue un lastre que arrastró por algunos años, pues siempre rehuía de los conflictos en lugar de enfrentarlos. Aborrecía los problemas y cuando encontraba una situación complicada prefería evadirla.

Leo se convirtió en un artista para fingir y esconder su carácter cobarde y pusilánime tras una máscara de valor, indiferencia o prudencia. Afortunadamente, Dios, que siempre sabe lo que hace y es experto en corregir los errores humanos y obtener de lo malo cosas buenas, le dio un espíritu rebelde y asertivo.

Al ir creciendo, la calle le fue enseñando. Se dio cuenta de que aquellas cosas que antes obtenía a través del chantaje o el llanto, a partir de la adolescencia, ya no le funcionaba, y en ocasiones sólo encontraba rechazo y hasta agresiones de otros varones. Entendió su realidad y buscó acercarse más a los hombres de la familia y aprender de ellos; se interesó en los deportes, como el futbol, y más adelante, siendo un joven, se aficionó al futbol americano.

En la calle, los amigos y los enemigos se encargaron de enseñarle a defenderse con la ley de los puños, lo que forjó su carácter y le dio herramientas para enfrentar los problemas con agresividad positiva, algo que lo convirtió en un gran negociador. También aprendió a usar la violencia como último recurso, pero nunca de la forma en que lo hacen algunas personas cuando llegan a su nivel de impotencia y, en algunos casos, de prepotencia; como no pueden o no saben responder con palabras o carecen de argumentos, recurren a los golpes.

Leo dejó la infancia como nos sucede a todas las personas: sin darnos cuenta. A los diecisiete años, Leo estudiaba y trabajaba, aportando una ayuda económica a su casa, además de las aportaciones de su tía Carmen y, por supuesto, las de su padre. En sus inicios trabajaba para una empresa financiera, ganaba dinero y empezaba a relacionarse con sus compañeros, la mayoría de ellos mayores que él. Para ser aceptado en el grupo salía con ellos cada viernes a la cantina que se encontraba afuera de su oficina, así que también ingresó al mundo del alcohol y las mujeres.

VI

Leo se encontraba dormido en su automóvil. Despertó sobresaltado. Volteó a todo su entorno, aún confundido por no recordar de inmediato en dónde se encontraba. Finalmente, su mente se aclaró, acordándose dónde estaba y por qué estaba allí. Pero algo no iba bien.

—¿Cuánto tiempo me dormí?

Ya había amanecido; el Sol se encontraba alto y la nieve prácticamente derretida. Se apeó del automóvil y visualizó el horizonte. Puso su mano sobre su frente, tratando de cubrir el Sol, que lastimaba sus ojos, y giró su cuerpo hacia los cuatro puntos cardinales.

—No reconozco nada a mi alrededor —recordó que llevaba una brújula de ingeniero en el auto—. Se supone que mi casa se encuentra al poniente.

Al levantar la mirada, de inmediato reconoció al cerro de las Mitras y se ubicó, basándose en la distancia hacia el cerro.

—Es como si estuviera loco. De acuerdo con la ubicación del cerro y la distancia, en este momento me encontraría a unos cien o doscientos metros de mi casa. Pero no hay nada, sólo este terreno lacustre. Tampoco veo la carretera o algún camino de terracería.

Leo caminó unos pasos, escuchándose el crujir de las piedras y la tierra al contacto con la suela de sus zapatos.

—¡Qué locura! Al salir de casa sólo vi neblina, nieve y hacía un frío que cortaba la piel, pero en este momento sólo veo un paisaje árido, con un Sol quemante y un calor agobiante. ¡Como estar en el desierto! ¿De qué manera pasó esto? Realmente me encuentro muy confundido. ¿Y el camino? ¿Cómo no pude sentir que me salí de la ruta principal? ¿Y cómo pude llegar hasta aquí sin sentir lo escabroso del camino? Además, a lo mucho me detuve a unos diez minutos de haber salido de casa; la lógica me dice que debería ver las casas del fraccionamiento. ¿Cómo acabé aquí? Todo es muy extraño desde que salí de casa. Me dormí un instante al amanecer, ¡ya deben ser las dos de la tarde. No sentí haber dormido tanto tiempo —se asomó al interior de su auto—. Encenderé la radio.

Bzzzrr, bzzz. ¡Nada!

—Le marcaré a Juan.

"No hay señal", decía la pantalla del celular.

—Tampoco sirve el GPS, así que no puedo saber en dónde estoy.

Pensando en todo esto, ya sentado sobre el cofre del auto, sintió una brisa leve que, sin él saber por qué, le erizó la piel.

Dio unos pasos hacia un montículo de tierra cercano para ver desde allí el horizonte y buscar edificios o algo que le indicara que no estaba solo. Leonardo realmente apreciaba la soledad, no le gustaba mucho la gente, sin embargo, en esos momentos daría lo que fuera por encontrar alguien con quien hablar.

Ya sobre un pequeño montículo del lugar pudo apreciar mejor el cerro de las Mitras, que, aunque se veía un poco diferente (él no sabía explicar exactamente en qué consistía esa diferencia), era el mismo sin duda. Sin perder de vista el cerro, caminó tratando de ubicarse en el sitio exacto para ver la montaña desde la misma perspectiva que tenía desde su casa. Una vez que la encontró se detuvo y su confusión fue aún mayor, pues pudo verificar que se encontraba donde normalmente solía estar su hogar.

—¡Me encuentro en el lugar correcto! Estoy parado en lo que vendría siendo la calle arcoíris.

Pero no había nada allí, sólo llano y matorrales donde debería estar el fraccionamiento y la pequeña plaza comercial que estaba situada a espaldas de su casa.

—Debo estar soñando todo esto. Estoy parado en el ángulo y la distancia correcta; el cerro no pudo cambiar de lugar. He oído mucho de ventanas a mundos paralelos, pero una cosa es leer y otra pensar siquiera en estar en esa situación.

El ruido del silencio era verdaderamente impresionante. En su mente todo era confusión, no lograba poner en orden sus pensamientos de tal forma que le parecieran lógicos y correctos. Extrañaba profundamente a su eterna compañera, Lilia, y a sus hijos. La única respuesta para ese momento desesperación fue el silencio y la soledad, aunada a un sentimiento de abandono e inseguridad. Nunca se había sentido tan solo y vulnerable.

—Es como si el mundo se hubiera terminado y yo fuera el único sobreviviente. ¿Y si eso fue lo que sucedió? No. ¡Me da miedo el sólo imaginarlo! Es como si todo lo que conozco, mi vida, no hubiera existido jamás. ¿Y si es eso?, ¿de algún modo traspasé la frontera dimensional y me encuentro en algún universo paralelo? Eso explicaría, en cierto modo, la niebla, la falla de luz, el celular y la radio del auto. Y sería muy lógico que se generara una fuerza magnética emanada de la abertura interdimensional, pero una carga magnética hubiera afectado el funcionamiento de la brújula y al parecer eso no ha sucedido. Y tampoco la sola carga magnética explica por sí sola la transferencia a otro universo. Pero traspasar una puerta dimensional sí generaría una poderosa carga magnética. ¿Y cómo explico todo lo demás? Creo que esto me rebasa. ¡Pero al menos tengo una teoría! No puedo quedarme aquí todo el tiempo, pero tampoco puedo caminar sin tener una dirección cierta en medio de la nada. Debo ahorrar mis recursos agua, gasolina y batería. Caminaré hacia el cerro de las Mitras para ver si encuentro algo que a la distancia no haya podido percibir la primera vez.

Nuevamente, Leo caminó hacia el rumbo donde debería de estar su casa, pero se convenció de que no había nada, sólo una planicie lacustre. Esperaba ver ruinas, vestigios de que hubo construcciones allí, pero no había un solo detalle, nada que le sugiriera que en ese lugar alguna vez hubo algún asentamiento humano.

VII

Dejando de lado por un momento la extraña experiencia de Leo, volvamos a lo que generó que él se encontrara en ese momento en esa rara atmósfera.

—No sé por qué pierdo el tiempo con pensamientos inútiles.

De nuevo volvió a la realidad y su mente repasaba las imágenes de la página web. Esto también le parecía odioso, pues se sentía obsesionado

—¿Para qué?

Quizás esto no signifique nada y sólo es la creación de una mente calenturienta, como hay muchas, incluyendo la de él.

—Por más que pienso no encuentro una forma de interpretar esos signos. Claramente, se aprecia que es escritura, pero no concibo ningún significado o semejanza a alguna lengua conocida, ya sea contemporánea o del pasado. Por otro lado, no sé cómo podría ser un código; he intentado aplicar números diferentes a cada signo y su equivalente en una letra del alfabeto en español y en inglés, pero no he llegado a ninguna parte, ni siquiera a una palabra de tres letras. Lo único que me da una idea del contenido son esos burdos dibujos. ¿Por qué soy tan terco? La verdad es que sería mucho más fácil olvidar que existen y seguir mi vida. ¿Qué de importante o de interés puede tener el dibujo de dos manos? También puede ser que sea sólo una broma o un *fake* de algún chistoso de tantos que rondan en la red. Pero hay algo que me inquieta. ¿Sí es una broma? Lo que buscan los blogueros es reunir el mayor número de visitas haciendo viral su contenido; entre más visitas tenga la página, más cumple su objetivo. Y, si ese es el propósito, no me suena lógico. De ninguna manera. ¿Por qué publicarlo en uno de los niveles más profundos de la *deep web* donde aún los hackers con cierta experiencia temen entrar? Ahí no cumpliría su propósito de ningún modo. ¡No! Definitivamente, no puede ser un asunto de broma. En el último de los casos, si resulta que en realidad es un mensaje extraterrestre, ¿a quién está dirigido? Pues la publicación fue subida allí para que alguien la leyera y utilizara el contenido; quiero pensar o suponer que con su tecnología tienen la capacidad de comunicar cualquier cosa por otros medios. Ellos deben tener su propia red o algo similar.

De pronto, pasó por su mente una idea que sonaba como de película de ciencia ficción.

—¿Y si el mensaje lo pusieron ellos con la finalidad de que fuera leído por un terrestre elegido o, mejor aún, por un alienígena infiltrado entre nosotros? Y, si es así, ¿cómo localizar al receptor del mensaje? Pueden ser personajes que se encuentren en cualquier rincón del planeta.

Esta última idea le parecía tan absurda como lógica. Estaba muy lejos de saber que tenía razón, y se sorprendería más aún si supiera que él era el objetivo del mensaje, pero aquellos que descargaron ese mensaje muy pronto se lo harían saber…

El día siguiente sería 21 de marzo y se celebraría en México el natalicio del Benemérito de las Américas, don Benito Juárez, y sería día de asueto nacional.

Leo se levantó muy temprano y salió a toda prisa a la biblioteca de la ciudad, que esta ocasión abriría sus puertas. Ya estando en ella buscó exhaustivamente en cada libro que podría esclarecer un poco el asunto de la escritura plasmada en esas páginas. También observó los microfilms de la hemeroteca y realizó apuntes o sacó copias para ampliar su información una vez que llegara a casa. Para él era un reto conocer el significado de lo ahí plasmado; estaba seguro de que era escritura y él tenía que conocer su contenido. Buscó por horas en los diferentes medios sin encontrar siquiera un indicio o algo similar.

Cansado y aburrido, Leo estaba a punto de irse; hojeaba ya con desgano y apatía un viejo libro, bostezando al hacerlo. El contenido refería a un clásico de la ufología que hace referencia al estrellamiento de una nave de origen desconocido en Roswell, Nuevo México, EUA. Leo miraba las imágenes sin poner mucha atención mientras continuaba pasando las páginas. Bebía un sorbo de café cuando su vista se detuvo en unas inscripciones encontradas, según la crónica al pie de la imagen, en ciertas tablillas rescatadas de aquel incidente y que correspondían a restos de la nave. La descripción hablaba de un material parecido a la madera, pero era ligero como una pluma, terso y a la vez muy resistente. Y en dicho pedazo de ese extraño material se podían observar signos desconocidos a manera de escritura. Su somnolencia desapareció de inmediato.

—¡Sorprendente! Las inscripciones encontradas en Roswell, Nuevo México, tienen algunas similitudes con la escritura de los documentos que estoy investigando. Esto viene a confirmar mi loca teoría del origen extraterrestre de estos escritos —hablaba en voz alta claramente emocionado y estrujaba las hojas con la impresión de la escritura.

Los vecinos voltearon a verlo con enojo, como si fuera un lunático, pero Leonardo no podía ocultar su emoción y nerviosismo ante lo que aquello significaba. Continuó leyendo el contenido del libro, que citaba diferentes acontecimientos de ovnis en los cuales se había encontrado o descubierto algún tipo de escritura. Uno de ellos llamó poderosamente su atención por el gran parecido de los rasgos a los encontrados por él en la web: estos no se parecían sólo en fragmentos, era la misma escritura. El artículo decía lo siguiente:

"En Weeki-Wachee Springs, Florida, EUA, el 2 de marzo de 1965, John Reeves vio un ovni posado en tierra; al lado había un ocupante que parecía buscar algo en el suelo alrededor de la nave.

Después de unos minutos el humanoide regresó a su vehículo, que emprendió el vuelo en línea vertical y desapareció.

Reeves obtuvo huellas en la arena y también describió un rollo de papel muy fino en cuyo interior había dos hojas que contenían el mensaje reproducido en el gráfico".

—Ahora que se afirma mi teoría acerca del origen del escrito, el siguiente paso es averiguar el contenido del mensaje.

Leo sacó copias a color de todo lo relacionado y salió apresurado de la biblioteca; esperaba continuar su investigación y registrar su descubrimiento.

Cuando caminaba hacia el transporte que lo llevaría a su casa fue interceptado por una joven de bello rostro y grácil figura. Ésta le saludó con mucha familiaridad mientras caminaba como acompañándolo en su camino. Él, por educación, se detuvo para atender a la chica. Al mirarla, Leo pudo darse cuenta de que ella le trasmitía paz. Sus rasgos físicos, aunque comunes, no le decían nada de su origen. Parecía ser europea. Le calculaba unos veintidós años. Cabello negro y corto sesgado hasta los hombros, facciones muy finas. Con movimientos ligeros y muy femeninos se detuvo frente a él. Hablaba con un acento extraño indefinido. ¿Ruso, polaco, alemán? Se dirigió a Leo con respeto, arrastrando las erres y sacando las palabras con un poco de dificultad al pronunciarlas.

—¿El señor Leonardo Valenzuela?

—Sí. ¡Dígame!

—Señor Valenzuela, usted no me conoce, pero yo a usted sí. Mis superiores y yo estamos muy interesados en su trabajo.

—¿Requieren algún programa personalizado para su empresa?

La chica sonrió con un mohín de complacencia.

—De hecho, no. Me refiero a su trabajo de investigación. Lo hemos estado observando y sabemos que tiene en su poder unos documentos que ha estudiado durante las últimas siete semanas.

Leo trató de fingir no entender de qué se trataba, pero su rostro reflejaba su estupor. Sintió de inmediato un picor en la piel provocado por el incremento de calor interno debido a su nerviosismo. Definitivamente no estaba preparado para este comentario. El estómago le ardía y sentía hambre a causa de su gastritis, síntomas que se acentuaban debido a las emociones fuertes o la tensión nerviosa.

—¿Sabe de lo que le hablo?, ¿cierto?

No supo qué responder y de inmediato se puso en alerta. Desconfiado, temeroso e intrigado, cuestionó a su interlocutora.

—¿Quién es usted? ¿Qué es lo que quiere? ¿De qué me está hablando?

Mientras cuestionaba a la joven su mente trabajaba aceleradamente

—¿Cómo puede saber de mi investigación? Si no lo he compartido con nadie. Esa información sólo yo la tengo y no he hablado de ello con nadie.

—Tendrá la respuesta al contenido de los escritos.

Leo ya sonaba molesto, portándose agresivo y desconfiado, pero con la necesidad de conocer más de la persona que lo cuestionaba de esa manera.

—Mire, señorita, la verdad es que ya logró molestarme. Primero dígame cómo sabe mi nombre. ¿De qué superiores habla? ¿A qué investigación se refiere? ¿A dónde quiere llegar?

La joven no se vio en ningún momento desafiante o molesta, sino todo lo contrario, era amable y controlada. Contestó con una sonrisa y en un tono de voz relajado.

—Esté tranquilo, somos gente de bien y queremos pedirle su colaboración. Ha hecho demasiadas preguntas, pero tiene razón, he sido muy grosera al no presentarme primero con usted. Después, espero poder responderle a su tiempo algunos de sus cuestionamientos.

Leonardo no salía de su asombro. La chica no mostraba ninguna alteración; no se veía de ninguna manera intimidante, pero tenía información que él no podía entender cómo obtuvo.

—Mi nombre es Ozuri y vengo de muy lejos con el único fin de ponerme en contacto con usted. Mi misión es comunicarle que va por buen camino con sus investigaciones y queremos pedirle que siga adelante. En poco tiempo nos pondremos en contacto con usted; entonces conocerá todas las respuestas.

—Tiene que decirme cómo obtuvo información mía y, ¿por qué me están investigando? Ya le dije que no tengo en mi poder ninguna investigación.

—Lo sabemos, señor Valenzuela. No tiene caso que trate de negarlo. Lo lamento, no puedo decirle nada más por el momento, sólo sepa que está a punto de descubrir la clave de los escritos y las ilustraciones de la página web que ha estado visitando. Cuando sepa de qué se trata seguramente se sorprenderá. Hasta pronto, señor Valenzuela, nos volveremos a ver.

—Espere, aún no me ha dicho nada. ¿Por qué no es clara en sus respuestas?

La joven se dio la vuelta y salió ligera como una gacela, caminando hacia el poniente. Daba la impresión de que flotaba en el aire por la velocidad y ligereza con la que se alejaba del lugar. Sin embargo, no corría, sólo caminaba de prisa. A pesar de los esfuerzos de Leo por alcanzarla, tuvo que conformarse con ver cómo desaparecía entre la gente, que era mucha, en el centro de la ciudad; las personas asistían a un espectáculo conmemorativo por el natalicio de Benito Juárez.

Este acontecimiento tan poco común le dejó muy perturbado, con más preguntas que respuestas, e incluso lo hizo sentirse intimidado por la información personal que le reveló la chica. Se quedó paralizado y confundido en medio de la calle, sin atinar qué hacer. A solas, meditando aún sobre el extraño encuentro del cual no entendía su propósito y lo mantenía en zozobra, se cuestionó:

—¿Cuánto sabe o saben de mí y de mi familia? ¿Quiénes son? ¿Pertenecen a alguna agencia? ¿Qué tan importante puede ser el contenido de la página? Si no lo fuera, no se hubieran tomado la molestia de investigarme. ¿Cómo me rastrearon? Cubrí muy bien mi rastro en la red. ¿Cómo sabe de esos escritos? Si esa web la utilizan solamente los hackers del gobierno, pornógrafos, conspiradores, policía cibernética, delincuencia organizada, pederastas y algunos estúpidos curiosos como yo. ¿Cómo supo esta extraña chica dónde encontrarme? Nadie sabía que vendría a la biblioteca nacional, fue una decisión que tomé al levantarme hoy por la mañana; es imposible que ella supiera. Seguramente me siguió, no me explico de qué otra manera pudo ser. ¿Por qué me vigilan? ¿Habrán entrado a mi casa y a mi computadora? ¿Me estarán viendo en este momento?

Ya en un estado parecido a la paranoia, Leo giraba la cabeza para todos lados buscando gente que le pareciera que tenía una actitud extraña. Ahora cualquier persona a su alrededor era sospechosa.

—Esto me indica que esos documentos son originales e importantes para alguien por alguna razón. Por otro lado,

 48

si quisieran hacerme daño, ya lo hubieran hecho. Pero ¿para qué advertirme y pedirme que continúe investigando? No soy ningún científico famoso o investigador reconocido. ¿Qué tan importantes pueden ser mis pesquisas? ¿Qué puedo yo aportarles?

De este modo, confundido e intimidado por la reciente entrevista, Leo continuó caminando hasta perderse en las calles de aquella gran ciudad. En ese momento todo le parecía un enigma. Tenía temor de volver a su casa, pero era necesario que lo hiciera.

—De ningún modo me voy a amedrentar. No soy un cobarde y debo resolver esto antes de que vengan Lilia y mis hijos; bajo ninguna circunstancia puedo ponerlos en riesgo. Sé que parezco un lunático, pero debo revisar mi casa.

Al llegar a casa después de recorrer las seis estaciones del transporte metropolitano (metro) que lo separaban de su domicilio, giró trescientos sesenta grados, observando todo a su alrededor. Al introducir la llave para abrir se fijó que no estuviera forzada. Verificó con la mirada las ventanas que tienen vista a la calle. Una vez que entró, revisó toda la casa, tratando de encontrar algo fuera de lugar, palpando los marcos de las ventanas y puertas, el teléfono y detrás de los muebles. Aunque se sentía ridículo actuando como lunático, buscó micrófonos o cámaras en cada rincón de la casa.

Finalmente, se sentó frente a la computadora y la revisó por completo, buscando en el exterior y analizando cada página para encontrar la huella de alguna intromisión en su IP o en sus archivos. Le retiró la tapa para ver los componentes, investigando cualquier pieza que no encajara.

Leo aumentó la seguridad y puso candados en cada parte. Esa noche se la pasó vacunando, con diferentes antivirus y antimalware, a su computadora; usó varios softwares *hacker* para detectar intrusiones y borrar sus huellas. Esa fue otra noche en vela.

VIII

El celular marcaba las 14:26 horas cuando Leonardo caminó por aquella vereda, intentando ver hacia el frente debido al brillante y calcinante Sol que lastimaba sus ojos. En algunos trechos se detenía porque parecía reconocer terrenos o lugares que le eran, de algún modo, familiares.

—Si estoy en lo correcto, aquí debería estar mi casa. Si esto es cierto, ¿por qué no la veo? No hay un solo asentamiento humano hasta donde mi vista alcanza; es como si estuviera en mi casa en un momento diferente. Debe ser una pesadilla.

Hostigado por la incertidumbre, se encaminó hacia su automóvil una vez más, sintiendo un enorme hueco en la parte alta y media de su vientre. Prioritariamente debía buscar la manera de volver a su realidad o se volvería loco.

Al irse acercando al vehículo escuchó música. Esto alertó sus sentidos y volteaba a todas partes buscando su origen. Brilló una chispa de alegría en sus ojos cuando se dio cuenta de que lo que se escuchaba era la radio de su auto, que sintonizaba alguna melodía típica del norte. El sonido se escuchaba apagado debido a que el automóvil se encontraba cerrado.

Leo corrió hacia el auto. Al llegar abrió la puerta con nerviosismo. Se sentó en el asiento del conductor manipulando el control del volumen.

—Síííí.

¡Estaba funcionando la radio! Ese sonido era un deleite para sus oídos, lo primero civilizado que escuchaba en muchas horas. Buscó instintivamente el teléfono celular, pensando que también ya estaría funcionando. "Red no disponible" y el típico bip de cuando la línea está ocupada.

—Por un momento pensé que esta pesadilla había terminado. Ya es un gran adelanto escuchar la radio.

Se fijó en el dial y se dio cuenta de que la radio se encontraba en frecuencia AM. Cambió a FM, pero no le fue posible encontrar alguna estación, así que volvió a la AM.

—Seguramente darán noticias y sabré un poco acerca de este o estos fenómenos.

Buscó una estación que estuviera trasmitiendo noticias, pero sólo se escuchaba la estación de música que había oído a la distancia.

Inquieto aún por la situación, Leo subió a un pequeño montículo cercano a él para desde ahí mirar el horizonte y ver si podía ubicar alguna ruta por donde pudiera transitar con el auto. También buscaba un lugar más accesible para captar la señal de las antenas de teléfono móvil y saber si existía recepción. En la periferia no se observaba ningún signo de vida, pero al mirar a su alrededor observó una vereda que seguía en línea recta hacia el oeste.

—¿Cómo es posible que el clima pase de un frío invernal con nieve a una temperatura de casi cuarenta grados centígrados, según el termómetro del auto?

Descendió rápidamente de la pequeña colina, se subió al automóvil, lo encendió y emprendió el camino por la angosta vereda.

—Llevo veinte minutos sobre este camino pedregoso y no he visto aún una casa o una vía pavimentada. Tampoco he visto animales más allá de los insectos y una familia de correcaminos. Peor aún, no tengo idea de adónde me dirijo. Me siento tan extraño.

En la radio seguían sonando aquellas canciones norteñas, pero aún no hablaba ningún locutor y tampoco se escuchaban noticias. No se recibía señal alguna de FM y en AM sólo había dos estaciones con el mismo perfil norteño. Casi sin querer puso atención en los espacios comerciales entre canciones: "En la casa o en la oficina tenga usted Vitacilina, ¡ah, qué buena medicina!". "Mejor, mejora, Mejoral". "Hemostil, Hemostil, vamos a tomar, qué sabroso es". "Cigarros Del Prado, como su sabor no hay otro". Los comerciales en sí no eran de llamar la atención, a no ser porque todos ellos estaban fuera de tiempo, al menos cuarenta años, y en el caso de los cigarros la marca ya no existía. Leo lo recordaba bien porque eran los que fumaba su padre. Todos los comerciales eran antiguos, él los escuchaba cuando era apenas un niño.

—¿Porque los estarán trasmitiendo?

Llegó a una bifurcación del camino en donde ya no existía forma de avanzar con el carro, así que tendría que continuar a pie. Lo hizo y vio que se encontraba en la cumbre de una loma y se podía dominar una gran porción de terreno al horizonte. Su corazón saltó y Leo entrecerró los ojos cuando a la distancia, por fin, pudo ver construcciones, señales de vida. Miró hacia el horizonte y caminó decidido hacia el lugar en donde se veían las edificaciones. Tenía la necesidad de encontrar a alguien.

—No sé qué distancia hay hasta ese lugar. Ya casi no me queda agua en la botella y el Sol se encuentra en el zenit.

Miró al cielo cubriéndose los ojos, el Sol en el zenit por encima de él, la ropa empapada en sudor y su cabello mojado como si acabara de salir de bañarse. Reinició la caminata pesadamente hacia el caserío, se detuvo por un momento y observó un llano desértico, árido y muy extenso; el calor dibujaba ondas transparentes en el aire.

—Esto me hace recordar aquella perturbadora experiencia que sucedió cuando mi hijo Josué tenía semanas de nacido. Según algunas hipótesis de uno de los más brillantes físicos de nuestro tiempo, Stephen Hawking, las entidades que comúnmente se conocen como gente sombra proceden de otro universo que emana de la materia oscura. Esta idea se menciona en su libro *El universo en una cáscara de nuez*. A veces los vemos por el rabillo del ojo como sombras fugaces y otras con movimiento autónomo e inteligente. Las más de las veces los captamos de manera fortuita con cámaras de vigilancia o teléfonos celulares. Tienen masa y pueden interactuar con los objetos y con las personas, pero al mismo tiempo poseen la cualidad de ser invisibles al ojo humano y pueden pasar a través de objetos sólidos. No es fácil entender cómo algo o alguien con un cuerpo masivo puede atravesar objetos sólidos, a menos que lo veamos a través de la teoría de las dimensiones. Recordemos que algo que es sólido para nosotros puede no serlo para ellos, que están en el mismo lugar, pero en otro momento en el tiempo. A eso le añadimos las características propias de su mundo y es muy probable que sean seres etéreos a voluntad al coexistir en las tres dimensiones humanas.

Leonardo era una persona que ponderaba el tener todo bajo control; cuando algo no era así, se exacerbaba su mal humor. Le era necesario comprender y tener una explicación lógica para cada fenómeno que le rodeaba, y cuando esto no era así, se inquietaba y sentía desazón, se tornaba vulnerable. El conocimiento le daba seguridad, así que en su pensamiento barajó sus propias hipótesis, buscando las posibles causas o explicaciones con la información que poseía y sus razonamientos lógicos. Disertó sobre algunas de ellas.

—Creo que desde los albores de la humanidad hemos convivido con diferentes entidades. Por doquier existen testimonios de visiones y apariciones de estos y otros seres en la antigüedad, descritos como fantasmas, demonios, monstruos, hadas, gnomos, chaneques, etc. No sabría decir si ellos o nosotros estuvimos primero en la Tierra. Sin embargo, creo que estas criaturas conviven con otros seres en su dimensión y con nosotros en nuestro plano de existencia, lo que quiere decir que habitan nuestro mundo, pero en otra dimensión. Los entes de la primera y segunda dimensión sólo ven las cosas que se encuentran en su plano dimensional, o sea, sólo figuras planas con movimientos hacia adelante, hacia atrás y hacia los lados únicamente. Cuando un ser de tercera dimensión se involucra con ellos sabiendo que nosotros somos seres de esta última, ellos nos percibirían como fantasmas y podremos atravesar aquellas cosas que para ellos son barreras solidas simplemente porque nosotros, en la tercera dimensión, tenemos volumen. A estas criaturas de dos dimensiones seguramente les pegaríamos un buen susto si intentásemos una comunicación. Ellos sólo nos verán en determinados momentos en que coincidimos en una especie de cresta dimensional. Del mismo modo, ocasionalmente viajamos desde nuestra dimensión de manera fortuita y nos encontramos dramáticamente con fantasmas, espíritus, demonios y quién sabe cuántos seres extra dimensionales más. Los entes de la cuarta dimensión pueden llegar a interactuar con nosotros y, de hecho, ellos nos ven y escuchan, pero nosotros sólo los vemos como fantasmas o sombras. Así continuamos en las diferentes dimensiones; difícil saber cuántas existen. Lo que sí sé es que Dios, nuestro Señor, se encuentra en la cumbre de todas las dimensiones, sean cuantas sean y sean las que sean. Él es el creador de todas ellas y las domina absolutamente todas. Pienso en algunas de las características de los ovnis, por ejemplo: cuando viajan a la velocidad de la luz, o a una mayor, están rompiendo la tercera dimensión y entrando a la cuarta, ya que el tiempo los humanos lo percibimos y lo medimos a la velocidad de la luz y al rebasarla se abre la dimensión del tiempo. Si viajo más rápido que la luz llegaré al pasado del punto a donde me dirijo. Cuando vemos un relámpago en el cielo en los días de tormenta, primero vemos su luz y después escuchamos el trueno debido a que la luz viaja más rápido que el sonido. También puede ser que estos seres tomen atajos y que para ellos no sea necesario transportarse a la velocidad de la luz, o más, para viajar en el tiempo. Esto quiere decir que un cuerpo ocupa un espacio determinado en un tiempo diferente y una dimensión distinta. Algunas de las características de estos seres las observamos cada vez con más frecuencia al ser videograbados o fotografiados de manera accidental con cámaras de vigilancia o teléfonos celulares. No creo que todas se deban a una intromisión en un plano dimensional diferente. Hablando de los ovnis, cuando los vemos se encuentran en el mismo plano dimensional que nosotros, pero han aprendido a engañar a nuestros sentidos. Por ejemplo: sabemos que ellos, en algunos casos, pueden ser invisibles a nuestra visión, que percibe lo que contiene luz; el ojo humano percibe la luz como una pequeña porción del espectro electromagnético. La luz blanca se encuentra formada por todas las longitudes de onda de los colores. Los objetos absorben una parte de los colores del espectro y estos, a su vez, reflejan otros, que son los que perciben nuestros ojos. Esto sucede porque nosotros vemos en unidades de luz llamadas fotones. Un fotón es una partícula mínima de energía luminosa o electromagnética que se produce, se trasmite, se absorbe y se propaga en el vacío. Ellos nos han estudiado por siglos, así como nosotros estudiamos a los animales, y han encontrado la forma de bloquear los fotones; de tal manera que, al hacerlo, ellos se vuelven invisibles a nuestros ojos. Otra forma de hacerlo es con naves de energía que son transparentes, de tal forma que podemos percibir algo en el ambiente, pero difícilmente sabremos de qué se trata. Por ello, los seres humanos no los podemos ver, pero las cámaras infrarrojas que detectan el calor sí los ven; eso fue lo que sucedió con la flotilla de ovnis que videograbaron los militares de la Fuerza Aérea Mexicana en los cielos de Campeche.

Sin embargo, algunas cosas aún me desconciertan. Con la tecnología conocida en nuestro planeta, cuando cualquier vehículo rompe la barrera del sonido genera una explosión sónica, escuchada y observada a varios kilómetros de distancia. ¿Cómo es que estos vehículos pueden viajar y acelerar de una manera impresionante y abrupta, rompiendo en segundos la barrera del sonido varias veces, y no generar ninguna perturbación en el medio ambiente? Ni sónica ni visual. Lo entiendo menos aún si tomo en cuenta el gran tamaño de algunos de estos vehículos y sus extraños diseños, otros no son nada aerodinámicos en nuestro concepto de aerodinamismo. En fin, creo que este no es el momento de ponerme a elucubrar acerca de estos puntos. Será mejor que encuentre a alguien con quien hablar y saber qué está sucediendo antes de que me vuelva loco.

Leo caminó otra hora más antes de ver claramente las construcciones que ahora se miraban con más definición y ya parecían encontrarse a su alcance. El calor era agobiante y se había quitado la camisa que había vestido esa mañana para tolerar el frío, así que se quedó sólo en camiseta. Podía distinguir una plaza al frente de una iglesia con dos campanarios, uno más alto que el otro, y un caserío. Y lo mejor: ¡podía ver personas!, seres humanos que deambulaban de aquí para allá conversando o atareados en diversas actividades. Ahora podía escuchar el sonido de algún auto y las voces de las personas, esto era la música más hermosa para sus oídos. Su sentimiento era el de un sobreviviente de un naufragio que ve tierra después de algún tiempo de encontrarse perdido en la inmensidad del mar.

Al estar frente al poblado que aún no identificaba, Leonardo se dio cuenta de que existía una especie de cortina brumosa que no podía identificar y que se encontraba entre el poblado y él. Sus temores volvieron de golpe, pero no estaba dispuesto a dar un paso atrás. Se encontraba a sólo unos metros de unirse a otros seres humanos y encontrar agua y alimentos. El muro nebuloso le intimidó, por ello recogió una piedra del piso y la arrojó contra la barrera transparente, que cedió al paso del objeto, haciendo un sonido estático y dejando en la cortina algunos brillos lumínicos. Leo no estaba convencido aún, así que tomó una vara e hizo lo mismo. Ésta atravesó la cortina sin ningún esfuerzo, emitiendo el mismo sonido al atravesarla para caer sin ningún daño aparente del otro lado. Lo más extraño es que, a pesar de que había personas cerca del lugar, no parecían percatarse del muro transparente o de su presencia.

Tomó valor y se decidió a traspasar esa cerca de plasma que le impedía el paso. Leo corrió decidido a atravesar aquella barrera que lo separaba de la población; al hacerlo sintió un fuerte golpe que lo derribó.

—Aún no entiendo qué me golpeó. Está tratando de impedir que llegue al poblado. ¿Por qué?

¡Y no se equivocaba! Esa presencia trataba de evitar que Leo llegara y entrara a la ciudad, quería infundirle miedo para que regresara sobre sus pasos, aunque para Leo las cosas ya no podrían estar peor y estaba decidido a cruzar.

Leo humedeció la camisa que se quitó con un poco de agua que le quedaba y se limpió el rostro de la sangre y la tierra. Instintivamente levantó una vara gruesa del terreno a manera de arma para defenderse. Ahora también sabía que aquello, fuera lo que fuera, era mucho más que una sombra y no sólo era real, sino muy veloz y fuerte. Asimismo tenía la capacidad y, al parecer, el deseo de hacerle daño; era hostil y peligroso. ¿Qué clase de ente era y por qué lo atacaba? Esto, junto a todo lo raro de ese día, lo tenían verdaderamente excitado y temeroso.

—Sí, esto es una pesadilla. Ya quiero despertar.

Se sentó en una gran piedra cerca del lugar donde había sido derribado, esperando recuperarse del dolor y el cansancio por el tiempo caminando en ese ardiente desierto. Transpiraba con abundancia y su aspecto era sucio y desaliñado, lleno de raspones y algunos rasguños en el rostro. Ahora tenía mucha sed y hambre, así que en cuanto recuperara el aliento iría a buscar algo para reponer fuerzas y refrescarse, pero antes debía saber en dónde estaba.

La gente del pueblo no vio lo que pasó o fingió no verlo. Era como si sólo él pudiera ver al otro lado de la energía y los habitantes de aquel poblado no. La gente que él veía en la plaza no parecía estar inquieta por nada. Pudo observar a un par de jóvenes comiendo un helado sentados en una banca, y a un lado de ellos estaba un par de ancianos conversando y calentando sus huesos al Sol. Más allá se encontraba un perro y un niño jugando con una pelota. Ver el movimiento cotidiano del lugar, escuchar las voces, el ladrido del perro y los ruidos típicos de una población lo tranquilizó, pero aún su cabeza daba vueltas y había muchos puntos oscuros que él no comprendía. Ver a las personas en sus actividades comunes parecía ser un espejismo; daba la impresión de encontrarse en una ventana observando hacia afuera. En su mente hizo un recuento de lo acontecido hasta este momento, buscando aún respuestas. Muchas incógnitas, ninguna respuesta y muy pocas teorías.

Después de quince minutos de estar recuperando el aliento, Leo tomó ánimo y se levantó con dificultad para iniciar nuevamente el camino y atravesar al final esa extraña barrera energética que se interponía entre él y la población. Se detuvo nuevamente ante la división que parecía proteger la ciudad.

—¿Qué será esta energía? ¿Por qué esta aquí? No estoy seguro de lo que voy a hacer, pero no tengo opciones. No veo con claridad al otro lado, sin embargo, debo atravesarlo y lo voy a hacer porque necesito saber. Puede que sea peligroso y no sobreviva, pero también puede ser mi salvación.

Tomó el pedazo de madera que había recogido para defenderse y atravesó la barrera lentamente por delante de él. El sonido estático no era muy intenso, pero aun así lo intimido. Aquella rama pasó al otro lado, abriendo la cortina de energía como si de agua se tratara. Respiro hondó y se dispuso a cruzar, Como quien se encuentra en un trampolín de diez metros, sin pensarlo dio un paso adelante y de un salto llegó al otro extremo, generando el mismo fenómeno que la rama, en el que la cortina de energía se extendió a los lados, amoldándose al objeto que cruzaba con un ligero sonido semejante al que hace la ropa cuando está cargada de estática.

—¡Qué experiencia! Sólo sentí una leve corriente correr por todo mi cuerpo. Apenas atravesé esa barrera y veo todo muy nítido y me siento extremadamente ligero; me abandonó el cansancio y el dolor de los golpes ha desaparecido.

Leo volteó hacia atrás.

—¿Dónde está la barrera de energía? —se preguntó cuando al voltear atrás ya no pudo ver aquella extraña división.

El paisaje era sólo la continuidad de ese poblado con casas y escasa vegetación en un paisaje claramente provinciano. Era como si una puerta hacia otra realidad se hubiera cerrado al cruzarla.

Se dirigió caminando decidido a una pareja que comía su cono de helado despreocupadamente mientras conversaban. Antes de llegar a ellos miró su entorno para tratar de ubicarse. El clima ahora se sentía tibio y con una ligera brisa muy agradable. Encontró algunas edificaciones y paisajes familiares, como el Cerro de la Silla, extremadamente simbólico de la ciudad de Monterrey, Nuevo León.

—Ahora sé que sigo en Monterrey, pero ¿por qué es tan diferente? Aquí debería estar la Macroplaza, pues enfrente de mí está el palacio de gobierno.

Al seguir el horizonte con la mirada a la derecha del Cerro de la Silla, Leo se encontró con las montañas de la Sierra Madre y, por supuesto, al noreste encontró el cerro del Topo Chico y el tan conocido y querido para él: el cerro de las Mitras. Al bajar la mirada trató ahora de identificar los edificios, pero no encajaban. Más que una ciudad parecía un poblado de la provincia de México. Observó una ciudad demasiado pequeña si la comparamos con el Monterrey cosmopolita de ahora. Increíblemente, su vista se detuvo en la torre de una iglesia.

—¡Sí, no hay duda, es la catedral! Eso que alcanzo a ver allá es Fundidora, pero dista mucho de ser un parque, de hecho, está en funcionamiento; puedo ver el movimiento y el humo del horno salir por las chimeneas, lo cual es imposible, ya que declaró la bancarrota en 1986 y cerró sus puertas para no volver a abrirlas.

Todo esto le hizo sospechar lo que estaba sucediendo…

—¡La Macroplaza no existe!

Recordó que la Macroplaza, como se le conoce en el 2017, fue construida al inicio de los años ochenta por iniciativa del entonces gobernador Alfonso Martínez Domínguez, construyendo una plaza de 40 hectáreas en el centro de la ciudad de Monterrey.

—¿Es que acaso todo lo sucedido se debe a que traspasé algún portal y me encuentro en un mundo paralelo?

Las personas vestían distinto, de forma anticuada, con pantalones acampanados y estampados sicodélicos en las faldas y las camisas. Los trajes eran de solapa estrecha. La ciudad se veía tan diferente… era como si estuviera de manera anacrónica en una época diferente a la suya. Esto incluía los automóviles, pues los pocos que se observaban circulando o estacionados eran modelos antiguos, aunque impecables la mayoría. Vio un Rambler Classic, Ford 200, Chevrolet Chevelle y Opel olímpico, modelo que vio la luz en 1968, conmemorando las olimpiadas en México.

Leo se acercó a un puesto de revistas. Vio los diarios buscando las noticias. Los encabezados invariablemente hablaban del mundial de futbol y mencionaban equipos como Brasil, Italia, Alemania, Uruguay, Bélgica, etc. Esto aumentó la angustia y el estupor de Leonardo. Veía figuras como Pelé, Tostao y Rivelino de la selección de Brasil, el bambino de oro, Luigi Riva, de Italia, así como Ignacio Calderón, Gustavo Peña, Héctor Pulido, Isidoro Díaz y Enrique Borja de la selección mexicana. Se fijó en la fecha de los diarios: "4 de junio de 1970".

—No puede ser.

Ver la fecha le cayó como un balde de agua fría y comenzó a sudar copiosamente. Se limpió la frente, negándose a creer lo que evidentemente estaba sucediendo.

—Esto lo leí o lo vi en documentales, en películas de ciencia ficción, más ficción que ciencia, pero ¡realmente está sucediendo!

Hojeaba con avidez las diferentes publicaciones fijándose en la fecha una y otra vez.

—¿Cómo es que estoy en 1970? ¡Viajé cuarenta y siete años al pasado!

Su mente daba vueltas y encontró justificación a todo lo acontecido durante este extraño día. En 1970, Monterrey era una ciudad de aproximadamente un millón setecientos mil habitantes de acuerdo con el INEGI (Instituto Nacional de Estadística, Geografía e Informática), con una industria creciente y pujante. La ciudad aumentaba su población geométricamente por el éxodo de los habitantes de los pueblos del estado que buscaban trabajo en la ciudad.

—También recibieron una gran población de otros estados vecinos.

Leo dejó por un momento sus cavilaciones y continuó viendo las publicaciones. Abrió los ojos desmesuradamente, buscando la posibilidad de algún error. Prácticamente todas las portadas de periódicos y revistas contenían, en la página principal, estampas, logotipos y artículos promocionales y publicaciones del campeonato mundial y su mascota, un pequeño niño con un gran sombrero de palma: "Juanito 70". Aun cuando tenía enfrente de él la evidencia, no lo asimilaba. Se negaba a concebirlo como una realidad. Le hizo algunos cuestionamientos al dependiente del kiosco, quien pensó que Leo estaba loco por no saber en qué año vivía; le pareció una persona muy extravagante. Aun así, le confirmó la fecha una vez más: jueves 4 de junio de 1970.

Apenas el día anterior se había enfrentado la selección de Bélgica a su homólogo de El Salvador, siendo derrotado este último por 3 goles a 0, con 2 goles de Wilfried Van Moer y un tercero de penal ejecutado por Raoul Lambert. El próximo domingo 7 de junio de 1970 los salvadoreños se enfrentarían a la selección mexicana. Leo recordó ese juego en que la escuadra de El Salvador fue goleada 4 a 0 por la selección de México, generándose desde entonces una gran rivalidad entre los dos equipos.

Dio dos pasos hacia atrás y cambió de dirección, caminando como zombi hasta una banca cercana. El hombre del puesto de revistas le preguntaba si se encontraba bien, pero él sólo asintió con la cabeza sin responder. ¿Qué pensaría ese dependiente si hubiera sabido que hablaba con un hombre del futuro?

Leonardo se dejó caer en una banca cercana, agotado e incrédulo. Se inclinó hacia sus rodillas y tocó su cabeza con ambas manos tratando de aclarar sus pensamientos. Se sentía devastado, no podía creer lo que era un hecho consumado. No se atrevía a pensarlo siquiera, pero todo coincidía. La ciudad, las vestimentas, los automóviles; Las fechas en los diarios; los acontecimientos.

—¿En verdad viajé en el tiempo? Debo estar soñando. ¿Quiere decir que posiblemente estoy viendo y he hablado con gente que ya está muerta o son ancianos en el 2017? Siempre deseé viajar en el tiempo. Creí y creo en la posibilidad de hacer este viaje y me imaginé mil formas en que esto llegaría a realizarse. Ahora que está sucediendo me siento aturdido y con mucho miedo. Esto podría darme grandes oportunidades y ventajas, pero ¿cuáles serán las consecuencias?

Leo podía entender el privilegio de ser viajero del tiempo, un sueño largamente anhelado, pero le afectaba pensar que no tenía ningún control sobre los acontecimientos.

—¿Cómo volveré al 2017? ¿Cómo recuperaré mi vida? ¿Cómo controlar la época, la fecha? ¿Cómo llegué aquí? O mejor aún, y quizás las preguntas más importantes, ¿quién me trajo? ¿Por qué y para qué? ¿Existe algún propósito para esto?, ¿o sólo fue un accidente al azar y me encontré de manera casual con una ventana temporal? ¿Volveré algún día? ¿Cómo encontraré la ventana que me devuelva a mi mundo? Y si la encuentro, ¿cómo estar seguro de que no me lleve a otro salto en el tiempo o a una realidad alterna? Ahora que estoy aquí no sé qué hacer. ¿Por dónde empezar? ¿Me quedaré aquí hasta mi muerte o sólo es temporal? Y si es temporal, ¿por cuánto tiempo? Realmente estoy aterrado. ¿Estaré yo como niño en la Ciudad de México? De ser así tengo 12 años y en un mes más cumpliré los 13, estoy a punto de ingresar a la escuela secundaria. Esto es la realización de un sueño, la prueba de que yo no estaba equivocado, que los viajes en el tiempo son posibles y que existe un pasado y un futuro que permanecen y al cual se puede viajar un infinito de veces, y cada viaje podría ser un pasado o futuro alterno; es como ver una película digital y poder adelantarla o atrasarla a placer. ¿Por qué 1970? Si alguien me trajo, ¿por qué a esta fecha y en este lugar? ¿Quién tiene el conocimiento y la tecnología para viajar en el tiempo? ¿Cuál es el paso por seguir? El dinero que tengo no tiene ningún valor aquí. ¿Cómo voy a alquilar un cuarto de hotel para descansar? ¿Cómo voy a alimentarme? En este año aún no existe el agua embotellada; veré si en algún restaurante me pueden regalar un poco de agua.

"Tacos Don Julio", anunciaba un rótulo pintado en la pared de un local.

—Buen día. Disculpe, me preguntaba si podría obsequiarme un vaso con agua.

—Claro que sí, hombre. Pase, por favor, siéntese —respondió el dependiente mientras limpiaba la mesa con un trapo húmedo y con un acentuado acento norteño—. Se le nota que no es de aquí por su forma de vestir y su manera de hablar. Isaí, sírvele un vaso de agua al señor —gritó mientras seguía limpiando las mesas y acomodando los servilleteros.

El joven le dio un gran vaso con agua. Para Leo era un pedazo de cielo y con el primer trago prácticamente se terminó el agua. Le ofrecieron nuevamente y aceptó con agrado, agradeciendo de corazón.

—¿De dónde es usted? —volvió a cuestionarlo el hombre.

—Vengo de la Ciudad de México.

—Ah, es usted chilango —dijo con la mayor naturalidad y sin ser peyorativo.

Pero el hombre se dio cuenta de inmediato que cambió el semblante de Leo. El encargado intentó suavizar la situación y continuó hablando.

—No se ofenda, no se lo digo a manera de insulto, pero así conocemos aquí a las gentes del DF. ¿Y qué anda haciendo por aquí?

Esa pregunta lo tomó desprevenido, pues realmente no había pensado en una respuesta lógica, y honestamente no tenía una para semejante pregunta. Le hubiera gustado conocerla para sí mismo.

—Bueno, herr, cof, cof —carraspeó y tosió un poco antes de responder—, estoy de paso; en realidad no estoy seguro de cuál será mi destino hasta que me lo confirmen.

—Ah, muy bien, eso hace más interesante el viajar. Debería ir al otro lado, está muy cerca. Mi familia y yo vamos una vez al año de compras y nos armamos para todo el año.

Leo fingió tener prisa y se levantó de la mesa, pues ya se sentía abrumado con tantas preguntas.

—Discúlpeme, pero debo irme. Muchas gracias por el agua —dijo Leo extendiendo la mano para estrechar la de aquel buen hombre.

—¿No quiere más amigo?

—No, muchas gracias. Oiga, ¿la estación de autobuses queda cerca de aquí? —preguntó Leonardo.

—Sí. Mire, ¿ve la calle principal por donde entró al restaurante?

Leo asintió con la cabeza.

—Esa es Colón. Camine una, dos... mmm, nueve cuadras sobre esa calle y a su lado izquierdo ahí verá usted la central.

—Gracias de nuevo.

En realidad, no podía viajar, pero sería un buen lugar para pasar la noche, ya que empezaba a oscurecer.

—Voy a tratar de descansar un poco, ya mañana resolveré lo que voy a hacer.

IX

Hablemos acerca de la juventud de Leonardo. Ya siendo un adolescente se aficionó a la lectura del tema ovni y devoraba cualquier libro o revista que tratara de ello.

En esa época existía una publicación acreditada como seria y confiable, la publicaba editorial Posadas, fundada por Guillermo Mendizábal Lizalde en 1968. Contaba con la colaboración de reconocidos ufólogos o investigadores del fenómeno ovni de la época, como Tomas Doreste. Cabe decir que esta revista inició a muchos de los investigadores contemporáneos por la intensidad y buen manejo del tema, lo que les abrió los ojos y el interés a un fenómeno tan enigmático y desconocido; hoy es considerada un clásico del tema. Su éxito se debió a lo bien elaborado e investigado de cada tópico que trataban y a la forma de editarlo como si fuera un comic, esto hacia más amena y entretenida la lectura. La revista se denominaba "duda" ilustrada con muy buenos y didácticos dibujos. Era una manera muy inteligente de llevar el mensaje a todo tipo de público y explicar, de una manera sencilla y visual, los diferentes casos o enigmas de nuestro tiempo. Su publicación hablaba básicamente de los no identificados, pero también publicó misterios de arqueología, antropología, criptozoología y algunos otros enigmas, muchos de los cuales no han dejado de serlo.

A pesar de la evolución tecnológica del ser humano, no hemos avanzado mucho en el conocimiento de estas incógnitas. Existen un buen número de teorías e hipótesis al respecto, pero la verdad es que no sabemos absolutamente nada de ellas, aunque del tema se habla y se escribe prácticamente todos los días. Se han presentado muchos testimonios fotográficos y de video en los que se logró captar las misteriosas naves y, en algunos casos, sus tripulantes. En este punto se ha evolucionado favorablemente, pues los testigos son menos criticados y cada vez son más las personas interesadas en el tema. Esto se trata con más apertura y cada vez con menos escepticismo, pues existen millones de testigos a través del mundo y una infinidad de testimonios filmados de personas que los han visto, además de las filmaciones con cámaras de seguridad y celulares.

En un principio, quien se atrevía a manifestar su experiencia o su creencia era satanizado y la gente se burlaba de él. Sin embargo, con el paso del tiempo los testigos se han multiplicado extraordinariamente y eso hace que sea un tema demandado que se trate con seriedad y juicio crítico, sin dogmas. En el pasado no era posible siquiera que los noticieros formales de la televisión o la radio dieran esas noticias o hablaran de ello. En el 2017 ya se expresan los testimonios libremente, sin censura, y se dan las noticias que le dan la vuelta al mundo. Actualmente, los gobiernos de varios países ya abrieron archivos clasificados, entre ellos EUA. Ahora ya no se trata de un asunto de fe, sino que su existencia es innegable. El dilema es saber quiénes son, de dónde vienen y por qué están aquí, algo muy difícil de establecer dado lo escurridizo de dichos entes. Se presume que están en este planeta desde los albores de la humanidad y no tenemos una sola prueba tangible y definitiva, sólo conjeturas, teorías, hipótesis y creencias.

Quizás el caso más real y vivido sea el referente al estrellamiento de una nave en Roswell, Nuevo México, Estados Unidos, aun cuando está plagado de conspiraciones, verdades a medias y mentiras. Carecemos de investigadores del fenómeno, o los que existen no han desarrollado una metodología científica para entender y darle seguimiento al tema. Por otro lado, debemos entender que son anomalías demasiado escurridizas. Es por ello que hay que conformarnos con testimonios gráficos muy interesantes y que nos dan luz, al menos, de lo que son capaces de hacer, pero no pasan de ser sólo testimonios que nos muestran que son muy superiores a nosotros en tecnología y que no tendríamos ninguna oportunidad si de pronto su comportamiento se volviera hostil.

Al final la realidad es contundente: no sabemos absolutamente nada de ellos. Sin embargo, se esgrime de manera preponderante la teoría de su origen extraterrestre cuando en realidad no hay un fundamento válido para aseverar esto. Otros esgrimen el argumento de que son viajeros del tiempo, y unos más definen su origen como seres intraterrenos o habitantes de otras dimensiones.

Cada uno de los investigadores, eruditos, científicos y gente común tiene diversas hipótesis para defender sus aseveraciones; todas suenan muy lógicas y convincentes, pero cualquiera de ellas implica creer otros postulados. Ellos tienen que demostrar lo que dicen, no obstante, dudo mucho que alguno pueda hacerlo. ¿Cómo probar esto si no nos hemos puesto de acuerdo siquiera en cuántas dimensiones existen y cómo funcionan?

Hay quienes consideran la existencia de sólo cuatro dimensiones, otros afirman que son diez y unos más, que hasta veinticinco dimensiones. De este postulado dimensional han surgido las teorías del universo holográfico y la teoría de cuerdas, ambas bastante complejas y muy difíciles de entender y explicar. Para ello es recomendable leer el libro de Brian Green *El Universo Elegante*, que nos hará comprender de una forma lo más sencilla posible la teoría de cuerdas. El universo holográfico de Michael Talbot nos da una clara visión acerca de qué es y cómo funciona el universo holográfico. Todos parecen coincidir en que ninguna de ellas explica completamente el origen y propósito de los seres alienígenas ni por qué son tantos.

Por años, estos seres no se han manifestado a la humanidad abiertamente, sino que lo hacen alardeando con sus naves en nuestra atmósfera. También se sabe que han aterrizado y mucha gente los ha visto. Hay quien dice que fue secuestrado por ellos o, en el mejor de los casos, invitado a viajar en su nave, sin embargo, este tema de los abducidos aún es muy oscuro. No digo que lo testificado por los abducidos no sea verdad, sino que no es claro y en muchos casos dicho secuestro y sus enseñanzas son bastante dudosos. Cuentan historias de contacto increíbles, pero que no aportan nada nuevo acerca de ellos, su sociedad, economía, tecnología, valores y creencias. Se pierde mucho tiempo presentando testimonios que nos dejan con la boca abierta por la versatilidad de sus naves, ya sea que se manifiesten de forma metálica, plasmática o de energía. ¿Orgánicos o humanoides? Para que quedemos más admirados, polimorfos, pues cambian de forma ante la cámara de video, delante de nuestros ojos, pero muy difícilmente se preguntan lo más importante: ¿por qué están aquí? ¿Qué quieren de nosotros? ¿De dónde vienen? ¿Serán claves en los tiempos finales profetizados en la Biblia? ¿Cuando se encuentran estáticos qué hacen?, ¿están tomando información? Y cuando la obtienen, ¿qué hacen con ella? Cuando aparecen los llamados ebanis (entidades biológicas no identificadas), que parecen gusanos u organismos vivos, y arrojan cientos de esferas, ¿a dónde van esos vehículos? Deben tener alguna misión, algún propósito, algún objetivo. Seguramente volverán con información, con muestras o con organismos; una vez que los tienen, ¿qué hacen con ellos?

Veámoslo de esta manera, que me parece por demás lógica: si tienen la capacidad para pasar desapercibidos, ¿por qué se hacen manifiestos y alardean delante de nuestros ojos? ¿Por qué, cuando aparecen, actúan como si lo que hicieran no tuviera sentido? Cuando un avión de nosotros circula alrededor de un objetivo sabemos que está haciendo un reconocimiento, pero cuando una de estas naves esta estática o se mueve como si fuera una abeja señalando dónde hay polen, en ocasiones con movimientos erráticos que en apariencia no tienen ningún significado, para luego desaparecer a gran velocidad, no sabemos qué pensar acerca de su propósito. ¿Qué está haciendo y para qué?

Por otro lado, tenemos a los llamados escépticos, que se dedican a negar absurdamente todo, dando explicaciones absurdas y fuera de toda lógica. ¿Piensan acaso que toda la población es tonta y va a creer sus disertaciones absurdas? Estos escépticos bien documentados son muy importantes en la investigación, pero, en lugar de negar todo a rajatabla, deberían tener una mente abierta, dar explicaciones convincentes, creíbles y —¿por qué no?— ser humildes y reconocer cuando no encuentran una explicación.

Parece increíble que hoy en día, con el avance de la ciencia y la tecnología, aunado a la intrepidez del ser humano, existan misterios que comparten su espacio e intimidad; fenómenos cada vez más abundantes, alarmantemente numerosos, día a día con mayor evidencia y atrevimiento. Sin embargo, y a pesar de que conviven con nosotros desde el génesis de la humanidad, aún no sabemos nada. Se han ocultado lo suficiente para permanecer como una incógnita, viendo con desdén la extrema curiosidad natural del ser humano y su raciocinio.

En la actualidad el término ovni (objeto volador no identificado) ya no es desconocido ni tabú para nadie. Afortunadamente existen valientes que han hecho oír su voz y han difundido, por todos los medios, testimonios valientes de todo tipo.

La tecnología digital se hace presente; al tener acceso a cámaras y videograbadoras integradas en los teléfonos celulares surge un nuevo tipo de investigador o de observador del cielo llamado caza ovnis, o *sky watcher* en inglés. Se encargan de observar los cielos en espera de ver y filmar alguno de estos fenómenos extraordinarios. De esta forma es como han surgido las evidencias. En buena parte, gracias a ellos, hoy, millones de personas podemos ser testigos de las maniobras y evoluciones más espectaculares de estos misteriosos objetos, vehículos que no respetan la materia ni la forma. Me refiero a que podemos ver dichos vehículos en materiales sólidos, de energía o plasma, y en algunos casos hasta podemos considerar que son seres orgánicos. De la misma manera, los podemos observar en forma de platillos, esferas, cilindros, triángulos, irregulares y polimorfos.

¡Algo más! Su comportamiento. Considero, sin temor a equivocarme, que este es el más importante, complejo y fascinante de todos los enigmas que envuelven a este fenómeno que se da cita cada día en nuestro planeta.

Hagamos un recuento de algunas de sus características:

- **Polimorfos.** Pueden cambiar de forma (como ya dije), y no como un "transformer". Su cambio hace pensar en una especie de ente biológico, una especie de combinación entre energía plasmática y mecánica.

- **Invisibilidad.** Son innumerables los casos fortuitos de fotografías de estos objetos en donde los testigos declaran que, cuando tomaron la imagen, no vieron nada. Otra forma de invisibilidad es la de aquellos ovnis que no podemos ver salvo con una cámara infrarroja.

- **Luz encapsulada.** Las imágenes reflejan una luz extraña y los testigos confirman que no irradian luz hacia afuera, parece como si estuviera encerrada en una capsula invisible. Es algo semejante a un tubo de luz neón, pero sin el cilindro de cristal.

- **Teletransportación.** Hay películas súper 8 de Billy Meier que muestran a estos objetos desapareciendo de un lugar y apareciendo en otro unos instantes después. Algunos investigadores mencionan este fenómeno como salto cuántico.

- **Viajes en el tiempo.** Esto es sólo una suposición teórica. Se piensa que ellos tienen la capacidad de viajar en el tiempo y que son seres de cuarta dimensión.

- **Velocidad.** Son incontables los testimonios orales y gráficos, ya sea en fotografía, video, filmaciones súper 8 y cámaras digitales, que los muestran desarrollando velocidades verdaderamente increíbles e imposibles para la tecnología humana.

Hacen cosas no creíbles para la física conocida por el ser humano. Ejemplos: desarrollar velocidades impresionantes para detenerse en seco, virar en el mismo lugar y regresar; girar en ángulos de noventa grados sin reducir la velocidad; permanecer estáticos flotando en la atmósfera sin generar ningún ruido ni movimiento. Es muy conocido el video en donde una esfera gira alrededor de la punta de un avión Concorde mientras éste vuela a velocidad supersónica.

Analizando todo lo anterior, es ineludible observar lo extraño de su conducta. Si pueden ser invisibles para nosotros y desarrollar esas velocidades, ¿por qué se manifiestan y se dejan ver por el ser humano en determinadas circunstancias? Pudiendo ser invisibles y pasar inadvertidos, de pronto aparecen delante de un grupo de testigos. Si pueden navegar sin luz cuando lo hacen de noche, ¿por qué encienden sus luces e incluso alardean cambiando de intensidad y color?

Por lo general, los ovnis navegan con uno o dos centinelas, como les han llamado los ufólogos. ¿Por qué? ¿A qué le temen? Definitivamente no creo que a los humanos, pero sí pienso que se cuidan de otros seres semejantes a ellos en desarrollo tecnológico, pero de diferente raza u origen.

La pregunta inmediata de todo ser pensante o científico es: ¿por qué no se manifiestan de una vez por todas de una manera abierta y masiva? Conforme a la lógica humana, desde luego. ¿Por qué lo hacen sólo delante de ciertos individuos o grupos de personas? ¿Qué hacen aquí? ¿Desde cuándo están con nosotros? ¿Qué esperan para presentarse abiertamente?, ¿o nunca lo harán? ¿Quiénes son? ¿De dónde vienen? ¿Creen en Dios? ¿Están esperando algo o simplemente observan? Si observan, ¿para qué lo hacen? Si están esperando, ¿qué esperan? ¿Tendrán un papel fundamental en el apocalipsis de la humanidad? Parto de mi certeza de que tal apocalipsis, de acuerdo con la Biblia, va a ocurrir. Nos conocen a todo lo largo de nuestra evolución; saben más de nosotros que nosotros mismos.

La realidad es que existen más preguntas que respuestas al referirnos a estas anomalías. Creo que deberíamos tener un sentimiento de impotencia, preocupación y temor, pues si se mostraran hostiles, no tendríamos ninguna oportunidad. Impotencia, porque con todo lo que hacen es muy claro que están miles de años más evolucionados tecnológicamente que el ser humano. Invaden nuestro espacio, nuestro planeta, nuestro hogar… Cada día son más y es obvio su interés en nuestros recursos y en nosotros.

Se hacen presentes en fenómenos atmosféricos y naturales, festivales y grandes concentraciones de personas, lo mismo que en parques nacionales, zonas y carreteras alejadas de las ciudades y poblaciones. Por otro lado, cada día están más cerca de nuestras ciudades, edificaciones y de los seres humanos.

Se habla de su origen extraterrestre y eso es la explicación fácil, y todos damos por hecho que lo son. Nuestros investigadores y periodistas, en su mayoría, son recopiladores de testimonios, pero difícilmente exteriorizan una teoría que explique o dé una luz acerca de ellos. Peor aún, tenemos una serie de individuos que, en lugar de utilizar su intelecto para darnos una explicación del fenómeno, pierden horas enteras en disertaciones acerca de la no existencia e imposibilidad de un fenómeno tan claro. ¡Se hacen llamar escépticos! Es importante su existencia y colaboración para descartar fraudes, pero es absolutamente imprescindible que lo hagan con un espíritu abierto y capaz de creer cuando se investiga y se tienen los elementos que demuestren la existencia o falsedad de un fenómeno. Desgraciadamente, el escéptico sólo defiende su posición para no quedar en ridículo si tuviera que retractarse, y ha de llevar la contra aun cuando él mismo no esté convencido de lo que dice; argumenta como si quisiera convencerse a sí mismo de lo que está diciendo, y por ello regularmente caen en un mundo de necedades absurdas.

Los seres humanos comunes tenemos que navegar entre toda esta información y cuestionamientos, aun contra las teorías de conspiración y ocultamiento de información. Seguramente, las instituciones especializadas de Rusia y Estados Unidos de América saben mucho más que cualquiera de nosotros, sin embargo, los norteamericanos son los más reacios a decir lo que saben y no lo externan. Extrañamente, se han mostrado más abiertos los rusos. Inclusive su ex primer ministro, Dimitri Medvedev, declaró ante cámaras que la agenda del cambio presidencial contempla el tema extraterrestre como el segundo en importancia al hacer cambio de gobierno.

Se piensa que ellos nos conocen desde el génesis de la humanidad, pero es muy importante saber si estos seres comprenden las emociones y los sentimientos. Si no es así, entonces, aun cuando nos estudien por siglos, nunca podrán entendernos. Es muy probable que esas emociones, como el amor, la lealtad y el apego a la familia y la justicia, sean la razón de su interés por nuestra raza. Es muy probable que sus directrices sean sistemáticas y respeten reglas, pero no porque las entiendan. ¿Cómo se puede entender el amor si nunca se ha experimentado?, ¿o el odio, la ternura, la compasión, la ira? Todas ellas emociones humanas que seguramente en muchas ocasiones usan en contra de nosotros mismos, pero que no las comprenden, y si lo hacen, es muy probable que las califiquen bajo otro sistema o escala de valores.

Digo esto: si es verdad que se han encontrado restos o cuerpos en los múltiples accidentes que se reportan y de los cuales no existe prueba, aunque parece que hay muchos a través del mundo, ¿por qué estos seres, cualquiera que sea su origen, jamás han intentado recuperar los restos? Con tanta tecnología que poseen, ¿cómo fue posible que llegáramos al sitio del accidente antes que ellos?

En el caso Roswell, después del accidente pasó una noche completa hasta que un granjero encontró los primeros restos, y una noche más para encontrar la nave y los cuerpos, de acuerdo con los testigos. El granjero Mac Brazel todavía fue a un pueblo a más de cien kilómetros de distancia a avisar a la policía. Se reportó a la milicia, quienes pasaron la noche en la granja y hasta el día siguiente iniciaron el movimiento de recolección y búsqueda de más restos. Esto les llevó al menos dos días y medio, conservadoramente. Sin embargo, sus compañeros no aparecieron, hasta donde los demás sabemos.

No creo que alguien piense que esa nave era de algunos exploradores solitarios que llegaron erráticamente a nuestro planeta. Es conocido, de acuerdo con testimonios de otros estrellamientos, el mismo comportamiento.

Leo meditaba sobre esto cuando recordó que a sus veintiún años tuvo una experiencia que lo hizo aferrarse más al conocimiento de este fenómeno y buscar explicaciones; surgió en él una imperiosa necesidad de aprender y comprender. Este es su relato:

—Eran alrededor de las 20:00 horas, no recuerdo la fecha exacta en que esto aconteció. Mi hermano Javier, nuestro amigo Noé y yo, en ese tiempo, vivíamos en la zona de Ciudad Satélite, en el Estado de México. Subíamos a la azotea de la casa, quedándome un poco atrás de ellos, cuando escuché un ruido similar al que hace una sábana o una cobija cuando es sacudida, seguido de un sonido similar a una ráfaga de viento. Ese sonido me hizo voltear a la izquierda y arriba de mi cabeza. Fue entonces que vi lo que parecía un enorme pedazo de plástico venir hacia nosotros. De inmediato pensé: «Si no hay viento, ¿cómo vuela este plástico tan grande?». Pero al acercarse cambió de forma y se convirtió en un rectángulo perfecto, pero con volumen. Al principio el rectángulo ondulaba, pero conforme avanzaba hacia nosotros dejó de hacerlo y cambió, como si fuera rígido. Su consistencia era etérea, de energía y, por el brillo y la opacidad de su interior, era como si fuera un enorme rectángulo de gas neón. Debe haber medido cinco metros de longitud y metro y medio de ancho; el volumen no pude, y aún no puedo, calcularlo bien; quizás eran cuarenta centímetros. Estaba totalmente recto cuando pasó encima de nosotros. Aquella energía cambiaba su forma de rectángulo a rombo mientras avanzaba. Me quedé tan sorprendido que no tuve tiempo de asustarme siquiera. Traté de advertir a mi hermano y a Noé preguntándoles: "¿Qué es eso?". Pero ellos me ignoraron; seguían concentrados en lo que fuera que estaban haciendo. Aquel rectángulo avanzaba hacia nosotros, quedándose estático exactamente sobre nuestras cabezas. Se quedó suspendido sobre nosotros por un instante y continuó su camino en línea recta. Una vez que inició a marcharse de donde nos encontrábamos, dos cubos de la misma energía y sustancia bajaron de la misma dirección de donde llegó el rectángulo, lo hicieron girando despacio al principio y se pusieron al frente y a los lados del rectángulo. Acto seguido, comenzaron a girar a una velocidad extraordinaria; se escuchaba el zumbido de los giros y se alejaron de ahí con cierta velocidad, pero con una aceleración moderada, escuchándose un ruido como de viento. Mientras esto sucedía me di cuenta de que mis compañeros habían visto algo más, pero no era lo mismo que yo. El rectángulo pasó a no más de tres metros de nuestras cabezas y ellos estaban mirando más arriba, en diagonal. Yo no aparté la mirada del rectángulo en ningún momento, así que nunca vi lo que ellos vieron ni ellos vieron lo que yo vi, aunque parezca increíble. Después de que todo pasó, miré mi reloj: no había tiempo perdido ni se había detenido. Al momento ninguno habló de su experiencia, pero más adelante les pregunté qué habían visto y sólo me dijeron que era como una enorme telaraña roja. Nunca volvimos a tocar el tema. Cuando aquel rectángulo se posó encima de nuestras cabezas tuve la sensación de que habían tomado algo de nosotros… es como si nos hubieran escaneado. No sé cómo explicarlo, es difícil describir algo así cuando no tenemos parámetros o comparativos. ¡Nunca había visto algo parecido! Desde entonces he buscado en múltiples testimonios de testigos, en millares de fotografías y muchos miles más de videos, no sé cuántos, tratando de encontrar algo siquiera parecido a lo que vimos esa noche. Hasta hoy no he encontrado nada; realmente no sé qué sucedió en aquella ocasión. Espero saberlo algún día…

Leo guardó silencio una vez que terminó su recuerdo, aún se sentía emocionado al rememorarlo. Nunca habló a nadie de su experiencia; su esposa e hijos lo supieron muchos años después.

—Aún no entiendo por qué ese tipo de experiencia marca a quienes las vivimos. A algunos les cambia la vida por completo. Es una sensación que incluso los animales experimentan; los perros se ponen nerviosos cuando algún fenómeno de estos se manifiesta cerca de donde se encuentran. Más aun, una vez que alguien tuvo una experiencia, cualquiera, así sea sólo ver un ovni a mucha distancia, es suficiente para que trate de investigar o conocer más del fenómeno; se documenta, ve videos, lee acerca del tema, etc. Creo que en el estudio de este fenómeno son más las incógnitas que las respuestas. Ahora, si es verdad que están con nosotros desde tiempos inmemoriales, ¿que están esperando? ¿Hasta cuándo seguirán sólo haciéndose presentes como lo han hecho hasta ahora? ¿Siempre será así? Creo que sólo están esperando algo, una orden, algún acontecimiento, una señal. Y cuando esto ocurra, ¿qué va a pasar? Si sus órdenes son hostiles o de conquista y se vuelven agresivos, ¿qué oportunidad tenemos ante su tecnología, conocimientos y dominio de las leyes físicas y químicas? Me da mucho qué pensar que sean tantos los avistamientos en cada rincón del mundo. Y el que no hayan hecho nada hasta el momento no quiere decir que no lo vayan a hacer en el futuro. Por otro lado, deben tener hábitos, costumbres y necesidades como cualquier organismo vivo. Y estoy seguro de que, además de nosotros, ellos están explotando nuestros recursos naturales: vegetales, animales, minerales y, por supuesto, el agua. Como organismos seguramente se reproducen y su población crece y al crecer demanda la satisfacción de sus necesidades. Además, la exploración espacial, con las diferentes sondas y la Estación Espacial Internacional, nos ha mostrado enigmas que nos hacen suponer que estos seres, o lo que sean, están por todo nuestro sistema solar y quién sabe dónde más en el Universo.

Tal vez su colonización sea mayor de lo que imaginamos, suponiendo y dando por hecho su origen extraterrestre. Para nosotros son más importantes las guerras intestinas, como la de Siria, Ucrania o amenazas y enemistados entre los países. La riqueza y el poder es preponderante por encima de la vida humana, animal, vegetal o el aire y el agua de nuestro planeta. Tenemos la capacidad y la inteligencia para generar dispositivos que, en lugar de matar o exterminar, sólo inhabiliten o anulen las armas del enemigo a distancia e incapaciten temporalmente a los individuos agresores, pero es mejor hacer armas destructivas, exterminadoras, asesinas, que terminen con la vida en todos los sentidos y con las edificaciones y zonas naturales. Podemos tomar la energía eléctrica y magnética del ambiente, ya que es energía libre, de acuerdo con los descubrimientos del gran Nicola Tesla, pero se acabaría el negocio para las empresas que generan luz y algunos otros servicios que requieren energía de este tipo. Podemos hacer vehículos y maquinaria que trabaje sin contaminar, pero es más fácil, y sobre todo más barato, crear aquellas que no tiene ningún respeto por nuestro planeta y sus recursos. Dios nos puso a todos los seres humanos como administradores de la Tierra, de acuerdo con el libro de Génesis: "Y los bendijo Dios, y les dijo: Fructificad y multiplicaos; llenad la tierra, y sojuzgadla, y señoread en los peces del mar, en las aves de los cielos, y en todas las bestias que se mueven sobre la tierra". Sojuzgarla, no exterminarla. No sé qué cuentas le daremos cuando estemos frente a Él.

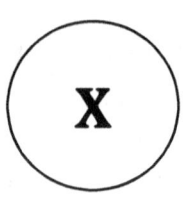

X

Volvamos al presente.

Leo encaminó sus pasos hacia la estación de autobuses buscando un lugar en donde dormir. Realmente necesitaba descansar, dormir un poco para recuperar fuerzas y pensar con la cabeza fría. Ahora el hambre ya era evidente y no tenía dinero válido en esta época; era necesario encontrar algo para alimentarse. Se sentó en el quicio de una puerta de una casa y mentalmente evaluó su situación.

—Necesito un respiro. Todo ha sucedido tan rápido. ¡Viajé al pasado!, algo que me parece más que imposible. Yo he creído en esto, pero a la vez he meditado mucho en cómo puedo volver a un punto en el tiempo que ya pasó, en sucesos que ya se dieron y quedaron atrás. ¿Cómo puedo explicar eso? ¿De qué manera, sin necesidad de un artefacto, pude trascender de la tercera a la cuarta dimensión? ¿Cómo explico estar en 1970 y encontrarme, yo mismo viniendo del 2017, en el mismo espacio y tiempo de mí mismo a los doce años? Algunas de estas edificaciones y personas posiblemente ya no son más en el 2017... Me desplacé como cuarenta y siete años en el pasado. Eso quiere decir que si yo viajara a la Ciudad de México en este momento, me encontraría con familiares. ¡Estaría viendo, entre otras cosas, a personas que ya han muerto! Qué sensación más extraña debe ser el verse a sí mismo siendo apenas un niño. ¿Me gustará lo que vea? A esa edad yo era un niño lleno de complejos y con un grave problema de autoestima. Aurora y mi padre tendrían siete años de casados. Mi padre y mis tíos son muy jóvenes en 1970. Mi amada abuela, mis tías, Silvia, Leticia y Verónica, mi tío Manuel y mi tío Samuel... Creo que Dios me ha dado

 80

esta oportunidad no para cambiar los errores, sino para valorar, entender y modificar mi actitud, aquellas cosas de mi carácter que son equivocadas y pueden ser mejoradas, si algún día regreso. Creo que ahora sé cuál es el paso por seguir: debo encontrar la manera de viajar a la Ciudad de México y encontrarme con mi destino. ¡Es preponderante! Debo apresurarme o me sorprenderá la noche antes de que pueda llegar a la estación de autobuses.

Llegando a la terminal de autobuses, Leo buscó con la mirada un lugar para sentarse. La estación no era muy grande, sólo tenía tres pequeñas salas de espera con algunas bancas. Dentro pudo ver algún negocio de venta de tortas y tacos.

Un viajero que escuchó que su camión estaba por partir se levantó de prisa, recogiendo su maleta y olvidando en su asiento un diario. Éste contenía anuncios clasificados y en los mismos una sección de empleos. Había varios en los que él podría trabajar, excepto por una cosa: no tenía papeles, sólo su IFE fechado en 2015. Aun así, intentaría al día siguiente en algunos lugares para ver si le permitían trabajar, aunque sea de afanador.

Esa noche se quedó en una de las salas de espera de la estación, a pesar de que no había salidas ni llegadas durante la madrugada. El primer autobús hacia la Ciudad de México salía hasta las 5:30 a.m.

Le fue muy difícil conciliar el sueño, apenas dormitó un poco de vez en cuando. La incomodidad de aquella silla dura le ocasionaba un fuerte dolor en las nalgas, obligándolo a sentarse de manera alternada. Por otro lado, a pesar del cansancio y lo adolorido que se encontraba, no podía dejar de pensar en que cada mueble, cada ser humano y cada insecto que se encontraba a su alrededor en 2017 ya no existía, o, en su defecto, en el caso de los humanos, la mayoría ya serían personas de la tercera edad. «Quizás he hablado con personas muertas», pensó. Era muy extraña esa sensación de ser un advenedizo que no encajaba en ese tiempo.

Al siguiente día salió alrededor de las 6:00 a.m. de la estación, caminando por las calles del centro de la ciudad, buscando la manera de ganar algún dinero para poder alimentarse, ya que no había comido nada desde el día anterior. Se detuvo en una esquina de la Av. Washington y Pino Suárez, pues un zumbido muy intenso le obligó a taparse los oídos; sintió vértigo y se hincó en una rodilla, tomando una actitud casi dramática. Acabó acostado en el pavimento con una gran desesperación, ya que el zumbido le taladraba los oídos y sentía que la cabeza le podía explotar. Era muy doloroso y el vértigo casi lo hace vomitar. Pensó que moriría.

El zumbido cesó de pronto, junto con el vértigo. Al recuperarse un poco, Leo volteó, aún aturdido, a su alrededor, sintiéndose avergonzado, tembloroso y desorientado. Poco a poco fue tomando control de sí mismo y se incorporó trabajosamente. Esperaba que la gente estuviera a su alrededor, ya sea por morbo o para ayudarlo, sin embargo, y a pesar de que había mucha gente a esa hora moviéndose de un lado a otro, nadie parecía haberse dado cuenta de lo sucedido, nadie parecía haber experimentado lo mismo que él y nadie le ponía atención. ¡Es como si fuera invisible! Leo tenía náuseas y se sentía terriblemente mareado y débil. Un poco en broma, a pesar de su malestar, se dijo que no sería correcto haber viajado cuarenta años al pasado para vomitar en la Alameda central de Monterrey.

Poco a poco se fue sintiendo mejor. Ya recuperado, tomó aliento y siguió adelante, buscando algún lugar donde pudiera trabajar. Apenas y pensó en la causa de su malestar. En este momento se dio cuenta de que el dolor del hambre había desaparecido junto con la sed y el cansancio. Se sentía ligero, saludable y lleno de energía.

—¿Sería por causa del desmayo? ¿Qué fue ese sonido y esa sensación? ¿Qué cambió en mí para que me sienta así? ¿Qué relación existe entre ese sonido y mi estancia en este vórtice del tiempo? ¿Sera que morí y es por eso que todo me parece nuevo?

Sin embargo, todo parecía normal, excepto que cuando quiso levantar un periódico en el puesto de revistas no pudo; eso lo alarmó y lo puso alerta de inmediato.

—¿Por qué no puedo levantar la revista y ojearla? Disculpe, oiga, disculpe —habló al encargado del puesto.

El hombre pareció no escucharlo ni verlo; siguió acomodando sus revistas en los diferentes estantes.

—¡Oiga! —insistió, pero el hombre continuaba afanosamente acomodando los comics y los diarios.

Leo pensó que posiblemente era sordo, así que se puso frente a él y le preguntó de manera directa, manoteando.

—Al menos ciego no es.

No hubo respuesta. Leo se sintió sumamente irritado por la actitud grosera del hombre, pero no le dijo nada y siguió su camino, dándole la espalda al puesto. Más adelante había un pequeño espacio con venta de tamales. Una mujer de unos treinta y cinco años con el rostro adusto despachaba varios tamales a algunos jóvenes con aspecto de oficinistas. Se dirigió a la vendedora y le hizo la misma pregunta. También lo ignoró. Leo pensó que era una coincidencia y volvió a preguntar, ya molesto e indignado, alzando la voz. Fue en ese momento que una voz femenina le dijo:

—No lo pueden ver ni escuchar.

Leo volteó para mirar a su interlocutora. Ante él se encontraba aquella joven que antes le habló a la salida de la biblioteca, cuando él investigaba el asunto de la *deep web*. Apenas la recordaba y trató de reconocerla o ubicar en dónde la había conocido, pero su memoria ya no estaba tan fresca, hasta que le dijo:

—Señor Valenzuela, soy Ozuri. ¿Me recuerda? Vengo a responderle todas sus preguntas.

A Leonardo de inmediato le asombró el hecho de que, a pesar del tiempo transcurrido, ella seguía igual a como la recordaba.

—¿Tú tienes que ver con esto? ¿Qué haces aquí? Y si eres responsable, dime: ¿por qué me están haciendo esto a mí? ¿Quién eres realmente? ¿De dónde vienes? Contéstame —cuestionó ya francamente molesto, casi violento, por no obtener las respuestas de inmediato.

Leo la tomó de los antebrazos y la sacudió un poco mientras le hacía las preguntas. Ozuri, sin inquietarse, simplemente apartó con mucha facilidad las manos de Leo de sus brazos y dio un par de pasos atrás, hablándole ya con cierta autoridad le dijo:

—Si no se tranquiliza, no obtendrá ninguna respuesta. Tómelo con calma y acompáñeme.

—¿Sabes qué? Ya tengo suficientes problemas. No quiero hacerlo. ¿Por qué he de ir contigo?

—Sr. Valenzuela —contestó Ozuri con aquel extraño acento—, porque soy lo único que tiene y la que le puede explicar lo que sucede, porque sólo yo conozco el camino de regreso a su tiempo. ¿Me va a acompañar o no?

Leo, a regañadientes y a pesar de su enojo y estupor, tuvo que reconocer que ella tenía razón, así que caminó como niño regañado y obediente a su lado, sin saber a dónde se dirigían.

—Para este momento ya no sé qué pensar. ¡Todo es tan confuso! Siento que es un sueño y que tarde o temprano despertaré en mi cama. ¿Por qué yo? ¿Cuál es el propósito?

—Leo —la mujer le habló con mucha familiaridad—, voy a tratar de ser lo más clara posible. Espero que lo entiendas y colabores con nosotros. Mis compañeros y yo no pertenecemos a tu planeta. Somos una raza que proviene de lo que ustedes los terrestres conocen como Nebulosa de Orión, de un sistema solar semejante al suyo llamado Salerium. Somos del quinto planeta de ese sistema solar y lo llamamos Estigno. Los hemos visitado por siglos. Hemos sido testigos de su evolución como especie, su crecimiento espiritual y su capacidad social, que los ha hecho lo que son hoy en día. También hemos seguido con mucho interés sus avances tecnológicos, aunque mayormente lo han usado para autodestruirse y acabar con su entorno. Tienen muchos problemas y seguirán muchos más, pero hay que reconocer que siempre han encontrado la solución. Sin embargo, hay una amenaza ancestral que está por revelarse, pues estamos ya en lo que ustedes conocen como los tiempos del fin. Esta amenaza son seres espirituales de maldad que no vienen de otro planeta. Han convivido con ustedes desde que existen en este mundo y se han manifestado siempre de diferentes formas y apariencia: a veces inocentes, disfrazados de ciencia o como usos, tradiciones y costumbres comunes. Por ello existen las leyendas y la mitología en su historia. Sin embargo, los seres humanos han decidido ignorarlos, y ellos, grandes conocedores de la esencia humana, han sabido penetrar y envenenar su mente y su espíritu a través de los diversos medios adaptados a cada época. Hoy en día lo hacen mediante la televisión, el cine, el internet y a través de todo tipo de medios gráficos y escritos, contaminando la política, la sociedad, la educación, la salud y las relaciones interpersonales. Por supuesto, su propósito final es romper nuestra relación con Dios. El ser humano se ha dejado influenciar y comido del fruto prohibido muchas veces, justificando sus actos y omitiendo o restando validez a la palabra de Dios y a su presencia. Esos entes serán manifiestos de una manera más franca y abierta. Muy pronto atacarán con toda su violencia, desatando más males a la humanidad que en toda su historia. Los han contaminado y los han hecho rebeldes ante Dios. Son sutiles y entran a través de la seudociencia y la falsa religión, muchas veces con rostro de piedad. Han introducido mentiras, deshonestidad, corrupción, fornicaciones, adulterios, homicidios, abusos y muchas cosas más, haciendo creer que son cosas normales y que son un derecho humano al aprovechar el libre albedrío. Les han hecho creer que el pecado no existe y que el maligno tampoco. Mientras tanto, el ser humano engañado se siente libre de ataduras al cauterizar su conciencia, sin entender que se encuentra al servicio del mal y es esclavo de estas entidades. Sus mentiras y engaños provocan guerras, pestes, epidemias, terremotos, plagas, vicio, prostitución y homicidio. Esta amenaza es conocida desde el inicio de los tiempos como demonios, y harán hasta lo imposible por apropiarse de su planeta y sus almas, que están destinadas de origen a vivir en compañía de Dios. ¡Para eso vino Jesús! Pero Satanás ha hecho todo lo necesario para que eso no se entienda así. Y el ser humano, en su soberbia, ha rechazado la salvación y la redención de Jesucristo y la cambió por la basura que les ofrece el príncipe del mal: dinero, placer, poder. Son la maldad pura, no conocen sentimientos como misericordia, compasión, libertad, amor o justicia. Hoy se encuentran por todas partes, en todos los ámbitos y están creando confusión y miedo. Son homicidas y disfrutan atormentando, humillando y viendo al ser humano en derrota. Ellos saben que estás aquí y tratarán de impedir, a como dé lugar, que participes en la misión que se te va a asignar, en caso de que aceptes hacerla.

—¿Puedo negarme?

—¿Conoces el libre albedrío? —respondió Ozuri con otra pregunta.

—Ya entiendo. Hablaste de una misión, ¿qué clase de misión? Aun cuando me es muy difícil creer en los demonios, sé que lo que me dices es verdad, y mi fe lo menciona a cada momento.

—Haz tu pregunta, Leo.

—¿Por qué el demonio que me atacó no terminó conmigo?

—Por dos razones: una es que no lo tiene permitido, no puede tocar tu vida ni tu integridad más allá de lo que él hizo. Aun ellos están sometidos a la autoridad del Altísimo. La segunda es que la presencia de tu ángel custodio lo ahuyentó.

—¿Era necesario sacarme del 2017 y traerme hasta aquí? ¿Con qué fin? ¿La misión incluye regresar a mi espacio-tiempo?, ¿recuperar mi vida y mi familia?

—La respuesta a tu primera pregunta es sí. Es necesario porque aquí vas a reencontrar el origen de algunos puntos importantes de tu personalidad y a personas que influyeron en ella. Cada individuo en la Tierra forja su carácter y desarrolla su personalidad a partir de las personas que lo rodean y de quienes le brindan buenas y malas experiencias, buenos y malos hábitos: padres, maestros, familia, amigos. Pero también son parte importante el tendero, el barrendero, el mecánico, el estilista, el policía, el vago de la cuadra, el rijoso que parece llamar siempre a los problemas y una larga lista de personas que, de una u otra manera, influyeron en el niño Leonardo. Todos participaron, más o menos, para formarte hasta tu edad adulta. Es necesario que revivas algunas cosas, que recuerdes situaciones y personas y que vuelvas a experimentar momentos, pero, por ahora, sólo como observador de aquellas situaciones que marcaron tu vida. Esa es la finalidad y por ello estás aquí. Debes sufrir una transformación. El cúmulo de experiencias cambian y dirigen tu vida hacia otros horizontes. Alguna vez juzgaste injustamente o quizás traicionaste a tus padres, a tu familia cercana, a tus amigos, a mujeres que te amaron, y lo hiciste por egoísmo, desconocimiento o malentendidos. Saber el fondo de por qué actuaron de tal forma te hará madurar y entender sus razones; perdonarás y pedirás perdón, sanando tu espíritu, tu vida y la de aquellos a quien juzgaste injusta o severamente. Ahora entiendes la máxima de Jesús: "Con la vara que mides serás medido". La respuesta a la segunda pregunta es sí; volverás a tu tiempo y espacio original. Aunque el momento de hacerlo lo definirá, por un lado, que aceptes o no tu misión y el éxito o fracaso de ella. El Señor sanará tus viejas heridas y resentimientos que a futuro han sido barreras que no te han permitido desarrollar todo tu potencial y el lugar preponderante que Dios tiene para tu vida. Tendrás la oportunidad de cambiar el futuro en tu entorno generando una cadena, de tal forma que aquellos que toques tocaran a otros y éstos a otros. Entonces tu medio cambiará y el ambiente y cosmovisión de ellos también; mucha gente se salvará y aceptará la redención y salvación de Jesús. Podrán vivir en el perdón y el amor de Dios, logrando con ello tener una vida más prospera y plena; vivirán en comunión con Él.

—Si no acepto, ¿qué pasará, Ozuri? —cuestionó Leo.

—Bueno, volverás de inmediato al lugar de donde fuiste tomado y tendrás que aceptar el futuro, como la mayoría de los mortales, sabiendo que pudiste hacer algo por cambiarlo y no lo hiciste. Llegarás frente a Dios con las manos vacías. Antes de que preguntes más o de explicarte cuál será tu misión, tengo que decirte qué papel juega esa página que extrajiste de la *deep web*.

Leonardo tragó saliva con dificultad. En su interior le excitaba saber lo afortunado que era. Él creía que podría viajar muchas veces a muchos lugares y épocas diferentes y volver cuando quisiera, sin embargo, lo más probable es que este viaje que él no eligió sería el único que haría en toda su vida. Por otro lado, sentía un profundo temor e inseguridad.

—¿Cómo confiar en Ozuri? ¿Qué peligros entrañaría la misión a la que ella hacía referencia? ¿Cómo saber si estaba del lado correcto? ¿Cuáles serán las preguntas adecuadas?

Lo que más lo lastimaba era entender que en ese momento él no existía para nadie. Se encontraba en una dimensión ajena a la suya, en un punto intermedio entre la tercera y la cuarta dimensión. En 2017, Leonardo Valenzuela no existía (desaparecido) y en 1970 simplemente no tenía lugar (no pertenecía a ese tiempo). En realidad no existía en ninguno de los dos espacios, pues en 1970 el que vivía era el niño Leonardo.

En un principio, al llegar, Leo tenía un cuerpo físico y podía interactuar con la gente de la época, pero ahora la misma gente no podía verlo ni oírlo, es como si fuera un fantasma o un espíritu perdido.

Siguió caminando detrás de Ozuri como autómata hasta que llegaron a la punta de un pequeño monte en las afueras de la ciudad. Para entonces la penumbra de la noche ya se hacía presente, pero Leo no había sentido correr el tiempo. Ozuri se le adelantó un par de pasos y le hizo la seña de que no avanzara más. Leo sintió un leve temblor de tierra y vio como ésta era removida de abajo hacia arriba hasta que se abrió paso una especie de cabina metálica circular de unos dos metros de altura, emergiendo como un gran cilindro que deslizó una puerta en absoluto silencio. Al abrirse desplegó del interior una luminosidad blanca que no se expandía por su entorno, únicamente iluminaba el interior de la cabina. Era una sensación extraña ver una puerta abierta en medio de un desierto con todo alrededor en penumbra. ¡Fascinante! Ozuri se detuvo al lado derecho de la entrada e invitó con un gesto amable a pasar a Leo, un ademán digno de la mejor anfitriona.

—Pase, por favor, Leonardo.

—¿Qué hay dentro? —cuestionó Leo con la voz un poco temblorosa.

—No temas. Debo presentarte a mi líder, Ignio, quien está muy interesado en platicar contigo y conocerte personalmente.

Leo avanzó hacia la luz y penetró en la cabina detrás de Ozuri. Cuando estuvieron dentro, la luz se hizo más tenue y la puerta se deslizó, al cerrarse lo hizo tan herméticamente que Leo no pudo encontrar la línea de la unión o el marco, por más que se esforzaba en encontrarla. Cabe mencionar que la ropa de Ozuri no presentaba costuras, parecía ropa de una sola pieza. Después de esto, Leo tuvo esa sensación en el estómago que tenemos cuando bajamos abruptamente y con velocidad, sin embargo, no hubo brusquedad, el descenso del elevador fue suave, y cuando se detuvo hizo uno o dos leves movimientos de sube y baja, como si hubiera rebotado sobre un colchón de goma o de aire.

Nuevamente se abrió la puerta, al tiempo que la luz recuperaba su intensidad. Salieron del elevador y éste hizo un casi imperceptible sonido neumático. Al salir observaron un camino de luces laterales, mientras que las del techo se iban encendiendo conforme avanzaban en el pasillo. En el interior el ambiente era muy confortable: se respiraba tranquilidad y cordialidad y se percibía un ligero aroma perfumado, pero Leo no pudo definir los componentes de esa fragancia. La temperatura era templada y agradable. Leo se sorprendió más porque, a pesar de carecer de muebles en el pasillo y ser una zona cerrada y de piso a techo metálica, sus pasos no sonaban huecos ni la goma de las suelas de sus zapatos rechinaba en el piso. Su andar se sentía suave y ligero, casi como si flotara.

Caminaron unos cincuenta metros y llegaron a una gran sala ovalada con un techo como si fuera la nave de una iglesia, pero metálica y muy iluminada. Fue esa misma luz que había observado en el elevador muy tenue; no deslumbraba. Al centro se encontraban dos hombres enfundados en trajes extraños para Leo, de un color azul marino con vivos blancos, aparentemente en una sola pieza, muy entallados al cuerpo, dando la apariencia de metal en algunas partes y de plástico en otras. Alrededor de la cintura tenían varios bultos pequeños, era como si tuvieran un cinturón con varios compartimientos, pero no se apreciaba hebilla o broche alguno. Le sonrieron amablemente y caminaron a su encuentro mientras le daban a Leo la bienvenida.

Al llegar frente a quien parecía el líder, Leo estiró la mano para saludar, pero Ignio y Gedolin le pusieron la mano en el hombro, dando un ligero apretón y le sonrieron. Leo comprendió que esa era la forma de saludo para ellos. Se le hizo por demás un saludo caluroso, afectivo y franco; contestó con una sonrisa y poniendo su mano sobre el hombro de Ignio y después de Gedolin, no sin sentirse cohibido.

Pasaron juntos y se sentaron alrededor de la mesa de unos dos metros de diámetro, parecía ser de cristal y salió del piso hasta quedar enfrente de ellos. Las sillas eran altas, pero al sentarse se escuchó una ligera asonancia de aire; tenían una parte acolchada y la posición de las sillas se amoldaba al cuerpo del individuo, a manera de plastilina, haciendo muy agradable y seguro sentarse en ellas.

—Déjame presentarme. Mi nombre es Ignio —habló con su extraño acento extranjero— y soy el equivalente a un líder o un comandante en tu mundo. Mi acompañante es Gedolin y él es mi lugarteniente y mano derecha. A Ozuri ya la has conocido; es muy competente y profesional. Ella es nuestro enlace con las personas de tu planeta.

Leonardo, se quedó como en shock al escuchar la presentación de Ignio, pues estaba confirmando la vida y presencia extraterrestre en nuestro planeta. Así, sin más.

—Ahora ya nos conocemos y me da mucho gusto. Vamos a explicarte por qué te encuentras en este lugar. Ozuri me comentó que tienes muchas preguntas e inquietudes, esto es muy normal y hoy es tiempo de responderte.

Al instante se encendió un holograma en el centro de la mesa con la imagen de la página tomada de la *deep web*. Leo sintió un malestar en el plexo solar. No estaba muy seguro de si deseaba conocer el contenido de la página, pero su otro yo le decía que era necesario saberlo. Ignio fue el primero en tomar la palabra.

—Mira, Leo, esta página la pusimos nosotros en su web porque está dirigida a ustedes, a aquellas personas con la suficiente perspicacia y curiosidad para imaginar que el contenido era poco común. Su propósito es llamar su atención lo suficiente como para motivarlos a investigar su origen y significado, además de corroborar que tienen los conocimientos suficientes para llegar hasta ese nivel de la web.

—Pero —espetó Leo— si están dirigidas a los humanos, ¿por qué en un lenguaje que desconocemos?

—Ya te lo dije: no es para todos. Muchos ingresaron a la red y no le dieron importancia al manuscrito, y por no entenderlo simplemente lo descartaron. Tú tienes una mente abierta que vibra en otra frecuencia, eres analítico, desconfiado, perspicaz y tu lógica no se limita sólo a lo que conoces, sino que estás abierto a pensar más allá. Estás dispuesto a creer en lo increíble, aun cuando te parezca absurdo. Tienes el espíritu del científico, investigas y haces preguntas y no claudicas, buscas aun al límite de tus fuerzas.

—¿Y cómo podrían saber quién abre su manuscrito? —cuestionó Leo.

Gedolin tomó la palabra.

—Tenemos una red de información global en tu planeta. Cuando abriste el sitio y grabaste el contenido en tu procesador se activó una alerta, indicando de inmediato tu información personal a partir de lo que ustedes llaman IP.

—Desde ese momento te estuvimos siguiendo y vigilando. Nos interesaba saber qué harías con esa información. ¿La dejarías olvidada en tu escritorio? ¿Después de un tiempo la tirarías? O, como sucedió, ¿te pondrías a investigar todo acerca de ella? Mordiste el anzuelo, como dirían aquí en tu planeta —continuó Ignio.

—Muy bien, ya me pescaron, pero aún no conozco el contenido de esos escritos.

—¡Calma, Leo! —le dijo Ignio—. Esa es la segunda parte y disipará gran parte de tus dudas, y con ello conocerás tu misión.

—Perdóname, Ignio, pero hablas como si ya hubiera aceptado el trabajo y eso aún no sucede.

—Pero sucederá, Leo, sucederá...

XI

Leonardo desde su infancia fue un activo creyente; amaba el carácter compasivo, justo y valiente de Jesús y admiraba su coraje, franqueza y sabiduría. Leo se indignaba y le dolía profundamente el escarnio y la burla que de él hicieron en tiempos de su crucifixión; su corazón lloraba al leer en los evangelios que una parte de su propio pueblo gritaba: "¡Crucifícale, crucifícale!". De esa manera le daban la espalda y exigían a sus conquistadores el peor de los castigos para uno de los suyos. ¡Qué cobarde traición por ambición y poder! La historia del ser humano repetida en todas las épocas.

Pilato, por temor e influido por su esposa, que había tenido sueños advirtiéndole de este justo, tuvo mayor misericordia que los miembros del sanedrín e intentó salvar a Jesús de la crucifixión hasta en dos ocasiones: "Yo no veo culpa en este hombre, le azotaré y lo dejaré libre".

Finalmente, les dio a escoger entre un delincuente común y Jesús, y éstos eligieron a Barrabás. "Fuera con este y suéltanos a Barrabás". Pilato, sin embargo, no estaba convencido, y aun después de que le piden la crucifixión les preguntó: "¿Pues qué mal ha hecho?". Recibiendo por respuesta un cobarde: "¡Crucifícale!". Pilato se lavó las manos delante de ellos y gritó: "¡Inocente soy de la sangre de este justo!".

Esto generó en el pensamiento del niño Leonardo una animadversión hacia el pueblo judío y un amor profundo por Jesús (otra ironía, si tomamos en cuenta que Jesús se hizo hombre y eligió para su nacimiento el pueblo judío). Más tarde, al leer las escrituras, entendió el amor de Dios por esta gente y hoy guarda un profundo respeto y amor por el pueblo elegido de Dios.

Él, como muchos, no había entendido la importancia de este acontecimiento ni el derecho divino de ser el pueblo elegido de Dios, y cuánto tendría que padecer por esta ceguera y el terrible rechazo del Mesías, por haber declarado, sin ningún tipo de remordimiento o prudencia, las palabras que pronunciaron su sentencia: "Su sangre sea sobre nosotros, y sobre nuestros hijos".

Las palabras tienen poder de construir y destruir, así como el poder de trascender. Y para el pueblo elegido de Dios ¡vaya que trascendió! No sólo en la generación que lo llevó a la cruz, sino en las generaciones venideras, de tal forma que el pueblo de Israel ha tenido que pasar un sinnúmero de penurias y humillaciones en el pasado, siendo víctimas de conquistadores y dictadores fascistas que han pretendido exterminarlos del planeta sólo para darse cuenta de que, hagan lo que hagan, no podrán acabar la estirpe que contiene la semilla divina, su raíz, su palabra y su pacto. Aun hoy, Dios los protege de cada uno de sus atacantes; no sólo de sus medios hermanos (árabes), sino de todo aquel pueblo que odie y ataque a Israel.

Sin embargo, Israel carga la consecuencia de sus actos y de sus palabras, viviendo una guerra sin cuartel y sin fin con los árabes palestinos. Por otro lado, Israel ha dejado muy en claro que lo sucedido con Hitler nunca más volverá a pasar y es sumamente intolerante ante cualquier insinuación de violación a su territorio o de los derechos de sus ciudadanos.

Entre los acontecimientos más dolorosos de la historia de Israel, que son muchos, citaremos sólo dos de ellos.

El primero sucedió en el año 70 d.C. Dicha etapa, conocida como el sitio de Jerusalén, fue generada por el rechazo del pueblo judío a la helenización. Durante este corto periodo Jerusalén y Judea perdieron su autonomía y cayeron bajo el dominio de Roma. Fue durante este asedio que se destruyó el Templo de Jerusalén, después de ser mancillado cuando Vespasiano se internó en el templo, matando a los sacerdotes que lo custodiaban. Pero Vespasiano, en su prepotencia y soberbia romana, ingresó con su caballo al interior del recinto, dando un golpe devastador al pueblo de Israel con esa violación sacrílega del templo. El historiador Flavio Josefo mencionó que durante ese asedio murieron un millón ciento diez mil personas, siendo la mayoría judía, y fueron capturados noventa y siete mil de ellos.

En palabras de un gentil se dictó el epitafio y las consecuencias del pueblo de Israel cuando declararon: "La sangre de Jesús sobre ellos y su descendencia".

El emperador Tito Flavio Vespasiano, al volver del campo de batalla, se negó a recibir la corona de laureles por su conquista y declaró: "No hay mérito en derrotar un pueblo abandonado por su propio Dios".

El segundo acontecimiento aún está fresco en la memoria de la humanidad, es una herida que no va a sanar y que debe de ser un ejemplo vivo de lo que nunca más se debe repetir. Por supuesto, me refiero a lo acontecido en el escenario de la segunda guerra mundial y la intentona del lunático fascista Adolfo Hitler para exterminar al pueblo judío de la faz de la Tierra. A esa trágica etapa histórica se le denominó el Holocausto y fue un acontecimiento salvaje, vergonzoso e intensamente doloroso. El pueblo elegido de Dios fue humillado, marcándolo primero con la estrella de David en sus ropas para estigmatizarlo, retirándole derechos civiles y humanos básicos de un ciudadano en cualquier sociedad. En ese tiempo era posible matar a un judío y quien lo hiciera gozaría no sólo de impunidad total, sino que sería visto como un patriota de la raza superior.

La raza aria es un concepto que tiene su origen en aspectos lingüísticos y que luego se extendió como una seudo teoría del origen del ser humano. Ya entrado el siglo XX, fue utilizada por el nacionalsocialismo alemán para darle sustento y justificación a su accionar en la persecución y eliminación de los judíos. Originalmente, estudiosos del siglo XVIII, y anteriores, descubrieron que muchos de los habitantes del continente europeo tenían rasgos similares y dedujeron, por consiguiente, que tenían un origen común. Luego llegaron a la conclusión de que algunas lenguas, como el sánscrito y el persa, además del armenio, el hitita y el frigio, eran la raíz de la cual surgieron la mayoría de las lenguas europeas, incluyendo el latín, el griego y las lenguas germánicas y celtas. Se dio como un hecho entonces que existió una primera lengua ancestral de la cual surgieron las demás; a esta lengua originaria se le llamó "aria" y esta hipótesis dio como resultado la teoría de la familia de lenguas indoeuropeas.

Según los nazis, las características de la raza aria eran: ojos azules, piel clara, pelo rubio, altura y fuerza física. Sin embargo, Hitler no daba tanta importancia al color de ojos o de pelo como a los rasgos faciales.

Había algunos estudiosos alemanes que sostenían que los arios vieron su origen en la antigua Alemania o en Escandinavia, pues era en esos países donde se había conservado la raza pura.

Estas discusiones condujeron al movimiento teosófico (sabiduría sin edad) fundado por madame Blavatsky (madre del espiritismo) y Henry Olcott a finales del siglo XIX. Dicha filosofía está inspirada en la cultura hindú denominada Aria Samaj. Los arios eran una raza elegida por dios (su dios, Ahura Mazda) para liberar al mundo, según su filosofía.

¿Se dan cuenta de cómo el imitador (satanás) urde una forma de confrontar la deidad del Dios vivo? En este caso enfrentando al pueblo elegido de Dios (Israel), raza elegida por Dios para liberar al mundo (aria) y, por ende, Alemania.

Guido Von List unió esta filosofía a un credo nacionalista de donde nace la ideología de Adolfo Hitler.

Volviendo a nuestro relato, más tarde les retiraron a los judíos sus propiedades, empresas y casas. Usurparon y exterminaron todos sus negocios y propiedades. Los arrojaron de sus viviendas prácticamente sin nada y los hacinaron en guetos con una total carencia de espacio y de servicios de cualquier índole. Estas víctimas del despojo de todo lo que les pertenecía fueron muy afortunadas, pues muchos de serían asesinados impunemente antes de llegar siquiera al gueto, donde permanecerían por un espacio de tiempo indefinido antes de entrar a la siguiente etapa de este exterminio programado.

El gueto más conocido fue el de Varsovia, Polonia, levantado entre octubre y noviembre de 1940, siendo retirado en la noche del Pesaj o Pascua el 19 de abril de 1943, casualmente en la Pascua judía. El pueblo hebreo fue liberado por Dios de la opresión egipcia en tiempos de Moisés. Fue durante Pascua cuando a Jesucristo lo crucificaron, y con ese acto de valentía y dolor los pecadores fuimos redimidos por su sangre. Es importante considerar que el gueto de Varsovia tenía una población aproximada de 450,000 personas, que representaba el 30% de la población total de Varsovia en ese tiempo, hacinada en un equivalente al 2.4% (12 km²) del territorio de la capital. Varsovia es un territorio de 517.24 km². Vivían alrededor de 7 personas por habitación y sus raciones de alimentos constituían aproximadamente el 10% del mínimo requerido por un ser humano en condiciones normales. Durante esos tres años de encierro, las enfermedades, el hambre, los homicidios y las deportaciones a los campos de concentración, iniciadas en 1942, redujeron su población a 50,000 personas hacia el final de su clausura. Este gueto tuvo una fuerte resistencia judía al acercarse su eliminación, pero insuficiente para el aparato militar de la Alemania nazi. Terminaron con ellos el 16 de mayo del mismo año, en una valerosa defensa al asedio alemán de aproximadamente treinta días, luchando con armas muy inferiores a los cañones, fusiles, ametralladoras y tanques alemanes, sin tomar en cuenta que el pueblo de Israel no tenía instrucción militar en ese tiempo, sólo contaban con su valentía, el orgullo de su origen, su determinación y, por supuesto, su fe.

En una última etapa fueron transportados en trenes cerrados y vagones para ganado insalubres y con sobrecupo (aproximadamente cincuenta personas por vagón); cada vagón era de unos cuatro metros de superficie, de tal forma que aun agacharse era difícil. Viajaron, en el caso de Auschwitz, 280 km aproximadamente con múltiples paradas; un viaje que originalmente debería tardar alrededor de cuatro horas podía alargarse hasta el doble, con tan sólo una cubeta para las necesidades fisiológicas de todas las personas, con escasez de aire y sin agua ni comida. Aquellos que, a pesar de esto, lograron sobrevivir, una vez llegados a su destino, fue sólo para darse cuenta de que serían asesinados de inmediato en el mejor de los casos, o lentamente, pues su destino fueron los campos de concentración, en donde industrializaron cada parte de esos seres humanos, quienes tenían que realizar trabajos forzados en estados de debilidad y enfermedad deplorables.

Hombres, mujeres y niños separados unos de otros, madres a las que les arrancaban a sus hijos, y muchos de ellos a criterio nazi o porque no servían para el trabajo (niños, ancianos, mujeres, enfermos y todo aquel que les pareciera a esos esbirros). Finalmente terminaban sus vidas en los baños masivos de gas y sus cuerpos en los hornos del campo de concentración, no sin antes despojarlos incluso de sus dientes de oro, los cuales eran fundidos para hacer objetos de joyería o de ornato. Su piel era retirada para elaborar pantallas de lámpara o forros de libros, su cabello era usado para generar almohadas y, el colmo de las cosas, de la grasa que emanaban los cuerpos incinerados se fabricaban jabones; de tal forma que nada, absolutamente nada, del ser humano se desperdiciaba.

Cabe señalar que algunos otros eran enviados a pabellones médicos, donde servían de conejillos de indias o cobayas involuntarias de todo tipo de aberraciones, como inyectarles aire o alcohol en las venas sólo para ver sus efectos en el cuerpo humano; inocularlos con cualquier tipo de virus o bacteria para conocer la evolución de la enfermedad, etc. Todas estas barbaridades tuvieron que vivir los israelitas a manos de Hitler y su Alemania nazi, "la raza aria, la raza superior".

Se cree que aproximadamente dos de cada tres judíos que vivían en Europa en tiempos de Hitler fueron asesinados. Cuando terminó la guerra en 1945, habían muerto seis millones de judíos, un millón de los cuales eran niños.

Hitler era oficialmente católico y cumplía con sus obligaciones económicas con la Iglesia alemana, sin embargo, era un adorador de todo tipo de prácticas anticristianas y algunas francamente satánicas. Incluso creó equipos de científicos, y exploradores para que buscaran objetos esotéricos de poder por todo el mundo, objetos como el Arca del Pacto, el Santo Grial y la lanza de Longinos. Adolfo Hitler hurgó en la mitología antigua y libros sagrados de diversas fuentes y países del mundo buscando objetos de poder, así es como se hizo de la famosa lanza de Longinos, que, según se dice, es aquella con la que atravesaron el costado de Jesús y una leyenda menciona que el poseedor de dicha lanza no perdería una batalla jamás.

Jesús Hernández cuenta en su libro *Enigmas y Misterios de la Segunda Guerra Mundial* que Adolfo Hitler dio con la lanza por casualidad en 1912, cuando no era más que un pintor fracasado que intentaba malvender sus acuarelas por los cafés de Viena. Su futuro artístico se mostraba incierto al haber suspendido el examen de ingreso para la escuela de Bellas Artes. Su futuro personal tampoco era demasiado halagüeño, pues malvivía en pensiones y residencias y sólo, con suerte, conseguía comer una vez al día. Un día, el joven Adolfo, cuando tenía veintitrés años, tratando de huir de una fuerte tormenta, se refugió en el museo del Palacio Hofburg. Deambulando por las salas, centró su atención en un objeto singular que se encontraba sobre un manto de terciopelo rojo que se mostraba como una reliquia cristiana de gran poder místico perteneciente al tesoro imperial de los Habsburgo: la lanza de Longinos o del destino. Se trataba de una punta de hierro de poco más de cincuenta centímetros de largo. La hoja estaba partida y presentaba una reparación con un alambre de plata. En el centro podía apreciarse la cabeza de un clavo y una banda de oro con la inscripción *"Lancea et Clavus Dominus"* ("La lanza y el clavo del Señor"). En su base se observaban unas pequeñas cruces de bronce, explica el autor. Hitler quedó fascinado por el objeto y se obsesionó con su historia, la cual investigó junto a su entonces gran amigo Walter Johannes Stein. Ambos se enfrascarían en el estudio de los poderes mágicos que aquel objeto atesoraba.

Según destacaría Stein posteriormente, Hitler le explicó sus obsesiones y él no pudo más que quedarse asombrado con la enorme ambición del joven Adolfo Hitler, quien estaba convencido de que tenía un alto designio que cumplir, y la posesión de la lanza sagrada podía ser el instrumento necesario para hacerlo realidad. El experto en ocultismo no tomó demasiado en serio a aquel artista fracasado, pero años más tarde sus delirios de grandeza se harían, tristemente, realidad.

Veintiséis años después, en 1938, Hitler se había convertido en el líder del nazismo y de toda Alemania tras subir al poder democráticamente. Sin embargo, y a medida que su poder iba aumentando, sentía una necesidad cada vez mayor de poseer la tan deseada lanza.

En la tarde del 14 de marzo de 1938, Hitler entró, acompañado del jefe de las SS, Heinrich Himmler, con quien compartía, aunque en menor medida, el interés por el ocultismo, en el Palacio Hofburg, destaca Hernández —el deseo del líder nazi estaba a punto de hacerse realidad—.

El Führer se dirigió directamente a la sala en donde se custodiaba la deseada lanza. Himmler salió de la sala, dejando a solas a Hitler con la mítica reliquia.

Al día siguiente las joyas quedarían depositadas en la iglesia de Santa Catalina en Nuremberg, actualmente en ruinas; allí las recibió con todos los honores el burgomaestre. Más tarde se construirían diez vitrinas especiales para exponer al público las joyas, incluyendo la lanza, que Hitler visitaría periódicamente para extasiarse admirándola. También buscó incansablemente el Arca del Testimonio, así como un gran número de cosas de todas partes del mundo: el santo grial, las calaveras de cristal en Centroamérica o el martillo de Wotan.

Hoy en día se piensa que algunos de sus exploradores pudieron construir una base bajo las nieves de la Antártida y se cree que los descendientes de ellos han logrado la tecnología de los ovnis y algunas otras cosas.

Hitler pudo declararse católico o cualquier otra cosa, pero en realidad era el prototipo del anticristo.

Leonardo consideraba que hoy en día la mayoría de los creyentes cristianos, que declaran abiertamente su fe, pero viven en oposición y con prácticas que niegan a Jesucristo y algunas veces rayan en lo absurdo, la mayoría viviendo en una doble moral; dicen amar y creer en Jesús, pero sus actos son exactamente lo opuesto: mienten, fornican, adulteran, asesinan, engañan, se corrompen, se embriagan, se drogan, se prostituyen, roban, etcétera.

XII

Volviendo a la nave.

Gedolin mostraba imágenes holográficas de la página web a Leo donde se observaba una mano de cuatro largas falanges y un extraño brazalete parecido.

—Este brazalete es quizás la única tecnología usada por nosotros y otras especies debido a su versatilidad, ya que con él nos podemos transportar a diferentes lugares en la misma dimensión o a través de la cuarta dimensión. Eso quiere decir, Leo, que con ese brazalete podemos llevar a cabo saltos cuánticos y aparecer instantáneamente en diferentes lugares, sin importar la distancia entre uno y otro punto. Pero no sólo eso, también podemos trasladarnos casi instantáneamente en el tiempo. Este es sólo un instrumento portátil, pues para esos fines existen múltiples diseños y formas de hacerlo.

Leo se encontraba en shock, le parecía irreal estar en una nave de seres venidos de otro planeta que le hablaban de viajes interestelares y dimensionales. No podía asimilarlo. En este momento le parecía estar viviendo un sueño o una realidad alternativa.

—Y este diagrama —apuntó Ignio refiriéndose al cuadro plagado de signos— manifiesta algunas de esas especificaciones y su conectividad con la red de mando, que es el rectángulo más grande que aparece a la derecha de la ilustración de la mano.

—¿Tienes aún alguna duda?

Leo contestó casi como un autómata:

—No por el momento, Ignio. Supongo que después seguramente surgirán.

Claro que tenía preguntas, pero su estupefacción no le permitió hacerlas.

—Claro —respondió Ignio—. Hablemos ahora del enemigo, que son viejos conocidos para ti. Al tiempo de la declaración de tu fe por Cristo. Los demonios son entidades de quinta dimensión celosos del lugar preponderante que Dios le otorgó al ser humano. Su general, Satanás, rebelde, soberbio y violento desde el principio, desea destruir a tu raza, exterminarla, humillarla y que no pueda encontrar la redención que Jesús le vino a brindar, y, por supuesto, que no encuentre el camino a la vida eterna en compañía de Dios. Es una misión que tienen muy clara y trabajan incansablemente de día y de noche para lograr sus objetivos; no por ganar una guerra que ya perdieron con la resurrección de Jesús, sino por ganar almas, que, si no son redimidas, se perderán para siempre y se convertirán en sus siervos eternos. A ti se te ha dado el privilegio de que viajes en el tiempo… no son muchos a quienes se les otorga en vida la posibilidad de hacerlo. Podrás ir a tu propio pasado y darte cuenta de aciertos y errores en tu vida que te llevaron a ser quien eres. En ese pasado hay personas amadas por ti que deben saber de la redención, personas que has juzgado duramente sin entender aquellas cosas que los llevaron a equivocarse o que los motivaron a tomar determinadas decisiones. Mejor aún, tú aprendiste de sus errores. Conocerás sus razones. Cuando termines la misión sabrás el porqué de muchas cosas que no conocías o se han nublado de tus recuerdos y verás a todas las personas de una manera muy diferente, básicamente porque los habrás entendido. Y verás las cosas desde su perspectiva. Te daré un burdo ejemplo, pero creo que sirve para entender el objetivo. En una filmación de las que comúnmente pasan en sus canales televisivos de cualquier parte del mundo, muchas veces se ve a un delincuente de la peor ralea cometer crímenes indiscriminadamente durante una parte del filme. Cuando ese individuo es el protagonista y el productor nos cuenta su historia personal a través de su actuación, el espectador va entendiendo las causas que lo llevaron a eso, se va identificando con el delincuente y siente dolor cuando es apresado y sufre o muere. ¿Por qué parece como si todo su pasado se borrara de un golpe en la memoria de los videntes? ¡Sólo por una razón! Conocen sus causas, válidas o no, y se identifican con él, aun cuando esté equivocado, olvidándose por completo de que es un asesino cruel. Esa será tu misión. ¿Lo entiendes bien?

—Creo que sí, Ignio —respondió Leo.

—No será fácil. Encontrarás mucha resistencia y algunos recuerdos serán muy dolorosos.

—Está bien, lo entiendo —asintió Leo con un movimiento de cabeza.

—Ahora bien, se te han otorgado nuevas facultades. ¿Entiendes que son temporales, cierto?

—No lo sabía. No las conozco.

—Eres como un espíritu, las personas no podrán verte, pero tu sí a ellas. Como eres un ser etéreo tendrás la posibilidad de viajar grandes distancias sin necesidad de un vehículo, sólo por saltos cuánticos. Llevarás un brazalete igual al del fotograma que tienes en la pantalla para ese fin.

—¿Quieres decir que también viajaré por el tiempo?

—Por supuesto, pero eso será controlado por nosotros. No te mostraremos como programar el brazalete, nosotros lo haremos por ti. Te enseñaré algunas de sus virtudes, parte de ellas ya las experimentaste. Tienes masa corporal, pero con la característica de que puedes atravesar objetos de la tercera dimensión. Podrás ver a los demonios físicamente, pero ellos también te verán a ti. Y, desde luego, te estarán acechando, ya que te conocen y saben de tu misión. Tienes prohibido ingresar a la intimidad de las personas, no estás aquí para alimentar tu morbo. Podrás ver a familiares tuyos y amigos del pasado que quisieras abrazar o hablarles, pero no puedes intervenir. Estas huestes de maldad te van a confrontar. Dios te dará lo necesario para enfrentarlos en el momento oportuno. También tendrás una poderosa ayuda.

—¿Quién estará conmigo?

—Aquel que ha estado junto a ti desde el principio. Asriel (Dios es mi ayuda, Dios es mi Salvador), quien estará contigo en todo momento y te informará de los pasos a seguir en tu misión.

—¿Pero por qué dices que ya ha estado conmigo? No lo conozco.

—Por supuesto que sí, aunque antes no podías verlo. Él es tu ángel custodio. Ahora que ya sabes cuál será tu misión necesitamos saber si contamos contigo. ¿Estás de acuerdo?

—¡Por supuesto! —respondió Leonardo con convicción y sin dudar ni por un momento.

Ozuri se acercó a él y le pidió que estirara la mano derecha hacia ella; le puso la pulsera en forma de mariposa en la muñeca. Gedolin le indicó:

—La pulsera responde a estímulos de la corriente energética generada por tu pensamiento. Ozuri estará contigo para realizar pruebas e indicarte sus posibilidades y el siguiente paso.

—¿Qué hay de las demás partes del mensaje?

—Lo que ves aquí es un tratado de la anatomía humana comparada con la de los demonios. Su finalidad es perfeccionar la forma en que ellos se apoderan del cuerpo y la voluntad de los individuos para controlarlos como marionetas mientras los atormentan, lo que ustedes conocen como una posesión demoniaca. Son escritos de un conocimiento ancestral. Algo que debes saber de ellos y de los ángeles de

Dios es que no son ninguna especie o raza extraterrestre, son seres espirituales con el dominio de otras dimensiones y tienen tareas muy específicas. Por supuesto, los ángeles obedecen a Dios y los demonios, a Luzbel. Pero, como dice Santiago el apóstol: "Crees en Dios, bien haces". Los demonios también creen y tiemblan; solamente pueden posesionarse de aquellos que abren puertas. Cosas aparentemente inocentes como los horóscopos, la lectura de cartas, las limpias, las sanidades de chamanes o brujos, la comunicación con los muertos, las canalizaciones, entre otros, se incluye la pornografía y alguna música de rock, son puertas que puso Satanás y que cuando las abres estás invitando a las huestes a intervenir en tu vida. Tú y todos los cristianos del mundo que aceptaron públicamente a Jesucristo como señor y salvador y llevan una vida consagrada y de obediencia a la palabra de Dios están protegidos y no podrán ser dominados, pero sí engañados por ellos.

No habían terminado de hablar cuando entró un joven gallardo vestido con un traje de una sola pieza, de un blanco resplandeciente, ceñido al cuerpo y al que no se le veían costuras, casi podría decirse que emanaba de él luz propia. Era alto y tenía claros rasgos latinos. Su composición corporal era de una robusta fortaleza, su color de piel, bronceado, y tenía una mirada profunda. Sus ojos eran café oscuro y su cabello, largo y color negro azabache. Llevaba una vaina con una espada de empuñadura dorada descansando sobre su espalda.

—Bienvenido —exclamó Ignio—. Mira, Leo, te presento a Asriel, tu apoyo en este y en todos los viajes, ya que, aun cuando no lo conocías, siempre ha estado cerca de ti. Te conoce desde tu nacimiento, aun antes, cuando el Señor lo asignó a tu guarda y seguridad.

Sin lugar a duda él era un ser diferente a la raza de Ignio y Ozuri o a la raza humana. "Resplandecía" y tenía una personalidad atractiva y carismática. Emanaba de él paz e infundía un profundo respeto. Se le notaba amable, pero a la vez intimidante, inexpresivo y serio. Sólo hizo un ademán con la mano para saludar a los presentes y se sentó a la derecha de Leonardo.

Al mirarlo de reojo, Leo se dio cuenta de que Asriel calzaba sandalias al estilo romano, sólo que éstas eran doradas y llevaba ceñido a la cintura un cinturón dorado, también de aspecto metálico. No presentaba barba o bigote y su estatura era semejante a la de Leo. Cuando lo vio de perfil, Leo lo reconoció; sí era el ángel que caminó junto a Leo aquella mañana mientras él, después de un largo periodo de alcoholismo, por fin pudo conocer un amanecer después de un sueño reparador y sin ningún malestar físico. A pesar de que sólo lo vio de reojo por unos instantes, le dio ánimo para seguir adelante, a pesar de las duras pruebas por las que estaba pasando. Leo había tenido manifestaciones paranormales en su vida, de las que hablaremos más tarde. El maligno reclamaba su alma, pues Leonardo había tomado la decisión de aceptar a Jesucristo como señor y salvador en un testimonio público y por convicción propia. Cuando Leo se encontraba por claudicar, después de todas esas pruebas, el Señor le abrió los ojos ese amanecer para que pudiera ver a Asriel, que caminaba junto a él. Con ello el Señor le decía a Leonardo: "Esfuérzate y sé valiente. No temas ni desmayes, porque yo iré contigo dondequiera que vayas". Dios estaba con él y no le abandonaría.

Asriel no expresaba ninguna emoción, nunca podrías saber qué estaba pasando por su mente. Ozuri se levantó y le hizo una seña a Leo para que la siguiera. La reunión había terminado y ahora lo acompañaba a la salida, con más preguntas que respuestas, un profundo deseo de conocimiento, un temor a lo desconocido y un orgullo por los privilegios otorgados.

A punto de tomar el pasillo, Gedolin llamó la atención de Leonardo.

—¡Una cosa más, Leo!

Leo giró para mirar a Gedolin.

—Recuerda que los demonios son la maldad pura; en ellos no hay caridad ni misericordia, no existe la simpatía por alguien ni la empatía con nadie y su vida es engaño y mentira. Conocen la Biblia mejor que tú y las emociones humanas profundamente. Han convivido y los han estudiado desde el principio de los tiempos. Sólo hay dos cosas que les infunden temor: la sangre de Cristo y la autoridad de su nombre. ¡No lo olvides! Lo mejor es no entrar en un diálogo abierto con ellos, hacer caso omiso de lo que te digan y, cuando te acusen y señalen tus pecados y debilidades, recuerda que tú ya fuiste redimido por el sacrificio de Jesucristo en la cruz.

Leo siguió su camino por el pasillo, caminando al lado de Ozuri hasta la cabina del elevador. Entraron en silencio cada uno, haciendo introspección de sus pensamientos. Se cerraron las puertas e inició el ascenso con el ya conocido sonido neumático. Dentro había un silencio que se volvió incómodo. La cabina se detuvo con un leve movimiento flotante y las puertas se abrieron con mucha suavidad. Leo caminó unos pasos pisando el terreno de grava.

—¿Ozuri? —cuestionó Leonardo—. ¿Algún día podrás explicarme por qué nuestros cuerpos tienen masa y volumen? ¿Cómo entonces las personas no me ven y cómo es que se pueden atravesar objetos sólidos? Aún no lo experimento ni sé cómo hacerlo, pero sé que se puede.

—Todos tus cuestionamientos tienen que ver con las distintas dimensiones. A ti en este momento se te ha permitido ser un ente de cuarta dimensión, lo que quiere decir que serás invisible para los seres de las primeras tres dimensiones, pero tú no sólo puedes verlos, sino que tienes la capacidad de interactuar con ellos; por eso te perciben como un fantasma. Te pueden sentir o pueden verte fugazmente como una aparición, te perciben de reojo. Las personas te verán como un *poltergeist* y en ocasiones te podrán ver como tal. De allí tantas leyendas.

—¿Esto aplica en todo el Universo?

—Por supuesto. Las leyes físicas y químicas son las mismas en todo lo creado; algunas ya las conocen e incluso las dominan. Sin embargo, aunque te parezca increíble, hay muchas que aún no han descubierto. En ese rango se encuentra todo lo que ustedes admiran de nuestras naves y sus posibilidades. Aun nosotros desconocemos muchas de ellas; sabemos que existen, pero en realidad aún son un enigma para nosotros. Como para ustedes, muchas de las leyes que conocemos nos permiten tener la tecnología que pueden observar y mucha más que aún no han visto. El conocimiento y descubrimiento de muchas de ellas fue un trabajo de siglos de evolución. En realidad, es así en todo el cosmos, con la única diferencia de que se fueron conociendo en diferente orden en cada lugar donde existe vida inteligente.

—¿Entonces la vida inteligente es abundante en el Universo? —preguntó Leonardo.

—La vida inteligente es más común que la esterilidad y cada día se suman nuevas criaturas inteligentes a la génesis de la evolución. Hay planetas que están muy por encima de nosotros en su tiempo evolutivo, otros que se encuentran en el mismo tiempo evolutivo que ustedes y existen muchas más que están en su génesis. La teoría del Big Bang es correcta, con algunas variantes. Es por ello que entre más te acercas al origen del Universo, las civilizaciones están menos avanzadas, porque son civilizaciones nacientes. Las que se encuentran cerca de tu tiempo, a la mitad de la gran explosión, tienen en general el mismo avance promedio que los terrestres, y las que se encuentran hacia adelante con respecto a la expansión del Universo contienen civilizaciones más adelantadas porque son las más antiguas. No es tan sencillo como te lo platico, pero es una manera en que lo puedas entender. Recuerda y analiza en tu pensamiento que existen universos paralelos y universos dentro de otros universos.

—Todo lo que me cuentas, Ozuri, es verdaderamente fascinante, a pesar de que mucha de esa información en este momento me cuesta trabajo entenderla.

—Ten paciencia, Leo, el tiempo que vas a permanecer como ente de cuarta dimensión te enseñará mucho y te dará ventajas sobre tus coterráneos, pues tendrás el conocimiento de cosas que ellos aún teorizan y no conocen en realidad. En esta dimensión no necesitas el sueño, así que se te hará, quizás, un poco largo el día a partir de ahora.

—¿No dormiré más?

—Sí, lo que sucede es que eres más ligero, etéreo y tu consumo de energía es menor que antes. Como no has practicado saltos cuánticos o cualquier actividad que te haga gastar tus capacidades, tu necesidad de recarga es mínima. Cuando te internes de lleno a tu misión tendrás que descansar y con ello recuperar la energía perdida.

—Entiendo. Supongo que tendré largas horas para meditar en todo lo que he vivido y aprendido hoy.

Leo dio unos pasos y se encaminó hacia Monterrey, tocando de vez en cuando el brazalete para sentir que seguía ahí y tentado a usarlo aun sin la dirección de sus maestros. Tenía una tremenda curiosidad equiparable a su miedo.

Extrañaba a su esposa, hijos, casa y todo lo que era su vida antes de encontrarse donde hoy estaba, sin saber si algún día volvería. A pesar de que Ozuri se lo había garantizado, Leo desconfiaba y no creía todo al cien por ciento.

XIII

En el pasado, cuando él tenía alrededor de veintitrés años, Leo experimentó un cambio radical de comportamiento. Hasta ese momento su vida era trabajo, escuela, alcohol, mujeres, sexo, trasnochadas y la violencia que ejercía contra cualquier persona a su alrededor cuando se encontraba en estado etílico. Sin embargo, muy dentro de sí mismo, él se sentía insatisfecho y vacío. Intuía y sabía que la vida tenía otras vertientes y que en algún lugar había tomado el camino equivocado.

Leo tenía un buen trabajo, mujeres, todas muy bellas, un automóvil y prácticamente podía alcanzar cualquier cosa dentro de su medio: perspectivas de progreso en su empleo, salud y sobre todo juventud. Entonces, ¿por qué se sentía tan vacío? Mucho tiempo se hizo esa pregunta y aparentemente no encontraba la respuesta; no se daba cuenta que la tenía frente a él, en el espejo. ¡Sólo necesitaba estirar el brazo y tomarla!

Desgraciadamente, los seres humanos tergiversamos los verdaderos valores por antivalores, y Leo no era la excepción. Tomó la mentalidad y la filosofía de su entorno, valorando su prosperidad por sus posesiones, aunque tuviera que sacrificar otras cosas que en el fondo eran más importantes. Él, aunque entendía que no estaba en lo correcto, no tomaba una decisión para cambiar, hasta que el Señor le cerró todos los caminos; hubo un acontecimiento determinante en su vida.

Mucho tiempo renegó de Dios por las personas muertas que él amaba, por el amor perdido de una mujer o porque las cosas no salían como él quería. De todo eso Dios era culpable en su pensamiento, así que se alejó de él. En esa etapa de su vida, trabajando para una empresa como gerente de la misma, ingresaron a ella tres individuos armados cuando aún no se abría al público. Uno de ellos, el más viejo, de alrededor de cuarenta y cinco años, portaba una metralleta de origen israelí (Uzi) llamada la muerte silenciosa. Los dos más jóvenes cargaban pistolas.

Dos entraron a la oficina de Leo, donde se habían reunido otros tres empleados de la empresa que platicaban de intrascendencias antes de empezar el día laboral. Uno de los ladrones jóvenes ingresó a la oficina donde se encontraban reunidos y sin mediar palabra tomó por el cabello al Lic. Delgado, dándole fuertes tirones a la vez que lo amenazaba con el arma en la cabeza, apuntando a la altura de la cien. Mientras el mayor, con la metralleta, amenazó a las dos mujeres que se encontraban ahí y a Leo. En un afortunado descuido, debido a la inexperiencia de los ladrones, las dos mujeres se encerraron en una oficina contigua, mientras que el otro ladrón soltó al licenciado Delgado, que corrió a refugiarse al fondo de la empresa, donde ya se encontraban otros compañeros. Mientras tanto, el tercer asaltante corrió a unas oficinas en el lado este de la empresa, que era bastante grande.

El hombre de la metralleta, un individuo de unos 40 años con facha de albañil, ropa y zapatos sucios de tierra y pintura, se movía con suma facilidad, a pesar de ser una persona obesa. Este delincuente le exigió a Leo el dinero, dinero que no tenía. Los ladrones, sin ninguna preparación y sin ninguna planeación, se confundieron cuando el camión de Panamericana entró a la empresa contigua, que se encontraba a un lado de las oficinas donde trabajaba Leo. Como no se le daba el dinero, el ladrón se exacerbó y apuntó el arma a Leo, apretando el gatillo. Leo pensó que iba a morir, pero ese no era el plan de Dios para él. El cargador del arma se salió y cayó al piso, instante que aprovechó Leo para tratar de desarmar al ladrón, forcejeando ambos por el arma, chocando con las paredes y rodando por el piso. En un movimiento rápido, el hombre levantó el cargador, pero no tuvo tiempo de cargar el arma porque Leo de inmediato se le fue encima; sabía que no tendría otra oportunidad.

El tipo corrió hacia la calle y mientras lo hacía le puso el cargador a la Uzi e hizo la intentona de "rafaguear" a Leo, pero cuando apretó el gatillo, el cargador cayó nuevamente. Este asaltante lo recogió y se dirigió a la salida, ya en franca huida, cuando se encontró de frente con el guardia de seguridad de la empresa, a quien el ladrón le disparó con la metralleta, pero, al igual que la primera vez, el arma se encasquilló y no salió un solo tiro de ella. El ladrón corrió hacia su destino, aunque no tuvo la misma bendición que Leo o el guardia y recibió dos disparos del arma del custodio. Uno entró por la barbilla y el otro en el pecho. Al escuchar los tiros, los jóvenes que venían con el asaltante corrieron despavoridos, saliendo como gacelas de la empresa, y pusieron distancia mientras el oficial disparaba al aire gritando que se detuvieran.

Leonardo, que se había cubierto al escuchar los disparos, al fin salió y encontró al asaltante desangrándose en el piso, quejándose de dolor, sintiendo que se le iba la vida. Salieron del edificio otros empleados y uno de ellos pateaba salvajemente al herido con miedo y odio a la vez, hasta que Leo lo detuvo.

—¡Basta ya! El hombre está herido.

—Pero quiso matarnos. Si por él hubiera sido, usted y quien sabe quién más ya estarían muertos.

—Pero no fue así —instó Leo—. ¡Cálmate!

Leo miraba a aquel hombre ahora herido mortalmente, y cuando se cruzaron sus miradas el delincuente ya no era más un asaltante, era sólo un ser humano que sentía cómo se le escapaba la vida, quien dirigiéndose a Leo le dijo:

—¡Ayúdame, por favor!

Leonardo luchaba contra sí mismo, entre el odio y la compasión. Sentía odiarlo porque en verdad no se tocó el corazón para dispararle a quemarropa, pero a la vez era un ser humano que requería ayuda y asistencia. Con esos sentimientos encontrados tuvo la intención de agacharse y hablarle, pero ya no tuvo tiempo, pues llegaron los paramédicos de la Cruz Roja y los oficiales de policía, que no se cansaban de hostigar al malogrado ladrón y hacían escarnio burlándose de él:

—Eso es lo que querías, ¿verdad, guey? Pues ya lo tienes, pendejo —y pateaban una y otra vez su costado.

Él ya no se quejaba; su mirada estaba fija en el infinito, aunque aún no moría. Los paramédicos lo atendieron de inmediato, valorando su estado y poniéndole suero, pero, al igual que los policías, también lo trataron con brusquedad y lo subieron a la ambulancia sin ninguna precaución o cuidado.

Más tarde, en el ministerio público le informaron a Leonardo que el ladrón había fallecido antes de llegar al hospital. El guardia de la empresa fue detenido para realizar las investigaciones y deslindar responsabilidades.

Un agente judicial llamó a Leo y lo llevó hasta el cuarto de tiro de la delegación Gustavo A. Madero, a la que correspondía por el domicilio de la empresa.

—¡Sabes qué, amigo, volviste a nacer! —le dijo el agente—. Si crees en Dios, agradécele y piensa en cuáles son tus pendientes —le mostró el arma, puso el cargador a la Uzi y disparó, escupiendo de inmediato una ráfaga mortal que hizo varios agujeros en el tabloide con forma humana que era el blanco.

Leo le dio las gracias con una sonrisa sardónica y bobalicona. Caminó hacia la recepción, pero las piernas ya no le respondían. Se detuvo un instante.

Cuando salía, Leo se cruzó con el guardia, quien le confesó que nunca había matado a nadie y que no podía olvidar la mirada del muerto. Leo sólo le dijo al joven, poniendo su mano sobre su hombro y acercándose a él:

—Lorenzo, ese hombre sólo vino a cumplir su destino y tú solo hiciste lo que te correspondía hacer. Pudo ser peor si el arma le hubiera funcionado... ni tú ni yo estaríamos hablando de esto.

XIV

Continuando con nuestra historia, veremos que Dios lo estaba llamando, pero esto no era gratuito, pues su hermano, que era un asiduo cristiano y que años después se convertiría en pastor de una congregación en el Estado de México, estaba haciendo campaña en oración con los hermanos de la iglesia para que Dios llamara a Leonardo a sus filas.

Un día, Leonardo, una vez más, amaneció con una terrible resaca y una cruda moral terrible.

—Me siento como si estuviera preso en una habitación de concreto cerrada por cuatro paredes donde la única salida es para arriba —dijo Leo para sí mismo.

Fue así como él rindió su vida al Señor Jesucristo y se la entregó. De esa manera concibió cambios estructurales de comportamiento: dejó de tajo el alcohol, terminó con sus amantes e inició una vida de rectitud, lejos de la mentira y la doble moral. No siempre lo lograba, ¿para qué ser hipócritas? Muchas veces falló y el viejo hombre lo dominaba, ¡pero nunca se dio por vencido!

Cuando uno sirve consciente o inconscientemente a un tirano, le será muy difícil separarse de él porque siempre existirán reclamos y amenazas. En tiempos de la esclavitud en el pasado, los esclavos podían ser comprados y se pagaba por ellos y su libertad. El precio de la libertad del pecado y la muerte espiritual a la que estamos destinados lo pagó Jesucristo en la cruz. Leonardo tenía un precio que pagar por los reclamos del que fuera su amo y lo tuvo que hacer en los meses siguientes; los demonios no iban a dejar ir tan fácilmente a uno de sus siervos más leales, y Dios no iba a dejar solo a este bebé espiritual, lo que generó una batalla por su alma.

La lucha comenzó con manifestaciones que tenían como propósito atemorizar a Leo, de tal manera que prefiriera apartarse del camino recientemente tomado y volviera a su vida anterior. Constantemente tenía pensamientos de culpabilidad: "He sido un pecador, imperdonable, he hecho cosas horribles, Dios nunca me va a perdonar, no tiene caso que lo intente". Por otro lado, recibía manifestaciones sobrenaturales. Leo vivió muchas noches, durante la madrugada, lo que la gente conoce como el fenómeno "se te subió el muerto", por lo general a las tres de la mañana, en una forma antagónica a la muerte de Jesús a las tres de la tarde.

Como dije, vivió varias luchas, pero quizás la más fuerte fue en una madrugada cuando tuvo lo que él creyó, en un principio, que era una pesadilla, en donde se confrontaba cara a cara con un demonio que se burlaba de él, acusándolo de ser hipócrita. Encendió la lámpara de buró que tenía a su lado, tomó la Biblia, la abrió al azar e inició una oración. Pasados unos minutos se recostó nuevamente sin apagar la luz y con la Biblia abierta se quedó dormido.

En otra ocasión, a los pocos días de haber experimentado lo anterior, Leo estaba acostado boca abajo cuando de pronto sintió un enorme peso sobre él. Quería luchar, pero no podía moverse. La experiencia fue tan fuerte que lo despertó. Al abrir los ojos se dio cuenta de que seguía viendo a un demonio con una cara llena de heridas, maquillado como una prostituta homosexual, con la pintura corrida y grandes heridas como de navaja en el rostro. Leo movió la cabeza y el cuerpo tratando de ver de frente a su agresor, que seguía transformando su rostro, impidiéndole moverse o levantarse. Su temor se convirtió en verdadero terror cuando logró ver claramente uno de los rostros y pudo verse a sí mismo con todo el peso de sus pecados. A Leo le pareció el rostro más horrible jamás visto.

 118

Su hermano dormía en una cama gemela junto a él y, al darse cuenta de lo que estaba ocurriendo por los gemidos de Leo, oró con fuerza, haciendo guerra, ayudando a su hermano. Por esa oración Leo logró sobreponerse, tomó la Biblia nuevamente, la abrió y la leyó en voz alta: "El que habita al abrigo del Altísimo. Morará bajo la sombra del Omnipotente. Diré yo a Jehová: Esperanza mía, y castillo mío; Mi Dios, en quien confiaré. Él te librará del lazo del cazador, De la peste destructora. Con sus plumas te cubrirá, Y debajo de sus alas estarás seguro; Escudo y adarga es su verdad. No temerás el terror nocturno, Ni saeta que vuele de día, Ni pestilencia que ande en oscuridad, Ni mortandad que en medio del día destruya. Caerán a tu lado mil, y diez mil a tu diestra; Mas a ti no llegará. Ciertamente con tus ojos mirarás Y verás la recompensa de los impíos. Porque has puesto a Jehová, que es mi esperanza, Al Altísimo por tu habitación, No te sobrevendrá mal, Ni plaga tocará tu morada. Pues a sus ángeles mandará acerca de ti, Que te guarden en todos tus caminos". No había terminado de leer cuando vio un gran movimiento en el aire de su habitación, pero no lo podía tocar, sólo se veía una gran agitación; si no fuera espiritual, habría acabado con toda la habitación, muebles, vidrios, cuadros y repisas. Se hubiera provocado una destrucción total.

Leo comprendió que era una lucha espiritual y, como respuesta a su oración junto con la de su hermano, un ángel luchaba por él contra el demonio, que finalmente fue vencido y huyó de ahí. Todo volvió a la normalidad y al rayar el alba pudo conciliar el sueño, sólo para levantarse dos horas más tarde para ir a trabajar.

Hablaremos ahora de la experiencia en la que Dios le permitió a Leo ver por unos segundos a su ángel custodio. El sábado de esa misma semana se levantó a las seis de la mañana y salió a hacer ejercicio a un cerro cercano; para entonces ya era una costumbre orar mientras trotaba. Tras casi una hora de carrera y oración constante, se detuvo y sólo caminó para recuperar el aliento y no parar en seco la caminata. A su lado, mientras caminaba agitado por el esfuerzo, pudo ver de reojo una figura aproximadamente de su misma estatura con el pelo largo y un resplandor parecido al producido por el gas neón, que brillaba a pesar de que era de día; brillaba todo su ser y su ropa resplandecía. Nunca le mostró el rostro o volteó a mirar a Leo, sólo lo acompañó caminando junto a él.

Leo tuvo miedo de que ese ser se fuera si él se detenía y volteara la cabeza para verlo de frente, así que no lo hizo y siguió caminando hasta que se desvaneció. Ya no podía verlo más, pero podía sentir su divina presencia.

Cuando dejó de sentirlo, a pesar del cansancio, inició una eufórica carrera, sintiéndose lleno de gozo por haber sido digno de ser acompañado por un ángel. Jamás en la vida se había sentido más feliz y agradecido que en ese momento. Nada puede ser comparable a esa experiencia.

El joven Leonardo entendió el mensaje, esa era la forma en que Dios le hacía saber que no estaba solo, que tuviera confianza y siguiera adelante. También le dio la prueba de su existencia, a pesar de que Leo no la necesitaba. Desde ese momento, el temor se fue de su vida y en su lugar ahora poseía sólo confianza, agradecimiento y amor a Dios.

Esas experiencias le dieron un giro a la vida descendente que llevaba en esos momentos y lo marcaron para siempre. Cualquier hombre que vive una experiencia personal con Dios no puede seguir siendo igual.

Leo experimentó en los meses siguientes muchos pequeños milagros y manifestaciones espirituales positivas en su vida; personas que lo habían rechazado antes de pronto lo aceptaban con los brazos abiertos; puertas que se le cerraron en el pasado ahora le eran abiertas de par en par; si sentía hambre y no había dinero, alguien conocido se acercaba y compartía con él. Por otro lado, Leo experimentó una imperiosa necesidad de hablarle a todas las personas del Señor, quería compartir su gozo con cada individuo a su alrededor, aun en la calle a desconocidos. Oraba por bendición para las personas en el transporte público o al caminar en la calle. Se sentía verdaderamente enamorado de Dios. Si cada ser humano estuviera enfermo de esa clase de locura, nuestro mundo no sería lo que es.

Desafortunadamente, el mundo, la carne, nuestra propia concupiscencia y los demonios se encargan de presionar fuertemente al creyente para que esa euforia termine y se vuelva a la vida llena de preocupaciones y egoísmos hacia nuestros semejantes. Estos sentimientos nos alejan de Dios, que habita en la fe, la confianza, la obediencia y el amor; cada una está al alcance de cualquier ser humano. Jesús nos dejó la mesa servida y lista, sólo tenemos que comer de ella y eso empieza por creerle y confiar en Él. Jesús es el puente que une a los seres humanos con Dios. "Porque hay un solo Dios, y un solo mediador entre Dios y los hombres, Jesucristo hombre, el cual se dio a sí mismo en rescate por todos, de lo cual se dio testimonio a su debido tiempo".

XV

Era invierno de 2005, muy cerca ya de las fiestas decembrinas, para Leo las más importantes y bellas de todo el año. Esperaba Navidad y Año Nuevo con verdadero entusiasmo. No eran sólo los regalos, era todo lo que rodeaba esas fechas. Apreciaba y amaba la Navidad, la tenía enclavada en lo más profundo de su ser, pues de ella emanaban los mejores recuerdos y los sentimientos más puros y legítimos de su ser.

Desde siempre, Leo se fascinó con el colorido de las luces, las esferas, el ambiente frío, el olor de los pinos, la música de temporada, los adornos en las calles, los hogares y la comida, así como la algarabía de la gente corriendo de un lado a otro con las compras que harán feliz a la persona amada, eligiendo los ingredientes de la cena, los vinos, cada detalle pensando en sus seres queridos. Eran fechas en las que el dinero toma su verdadero valor al compartirlo con los demás; era un mes lleno de luz y unidad familiar, tiempo de perdón y reconciliación.

Al acercarse diciembre, todo lo relacionado con la Natividad lo transportaba a su infancia: los olores, los sabores, el medio mismo, los adornos en las calles y en las oficinas, la ambientación de los centros comerciales y los eventos que se programan para esos días.

Leo tenía un gusto especial por las compras en los mercados callejeros en las afueras de San Cosme o la Colonia Industrial.

Era una época maravillosa en donde confluía y convivía lo natural y lo sobrenatural, que al combinarse generan un medio maravilloso que se siente en el corazón. Leo y Lili cada año se encargaron de trasmitir en el corazón de sus hijos este sentimiento, logrando que ellos amaran aquello que era la parte más significativa de sus vidas, repitiendo los patrones de sus padres que a ellos los hicieron tan felices en su niñez. Y en esa fecha, a través de esa celebración, sus hijos aprendieron a amar más a Jesucristo y valorar a la familia.

Llevaban a sus pequeños a tianguis donde se vendían todo tipo de dulces y regalos; querían que percibieran y conectaran la Navidad con el aroma de los pinos naturales, el heno y el musgo fresco, así como con los faroles de papel multicolor, los listones y la música.

Aquel diciembre, Leo llevaba a su hijo en brazos antes de que caminara, y éste movía la cabeza como reguilete para todos lados, asombrado de todo lo que veían sus noveles ojos. Cada cosa que veía el niño se guardaba en su corazón y empezaban a tener un significado para él. De la mano, Leo llevaba a su pequeña hija, que se detenía en cada puesto mirando con gran curiosidad y alegría todo lo que se encontraba a su alcance, preguntando por cada cosa.

Lili, como ya dije, compartía su amor por la Navidad y hacía contacto con una infancia feliz y llena de memorias de amor y ternura, así que disfrutaba con su familia de todo esto. Todos juntos generaban un entorno de fiesta y alegría que los seguía a su casa, adornando con coronas de adviento el infaltable pino natural y focos de un gran colorido, ¡lo más importante! También se hablaba de Jesús, motivo de la Navidad.

Leo recordó imágenes de su infancia cuando al mirar por la ventaba buscaba en el cielo, con sus ojos llenos de fe pura e inocente, la estrella de Belén o veía en el cinturón de Orión a los tres reyes magos, que se acercaban en estas fechas a la Tierra con la finalidad de entregar dones a los niños del mundo. Era una imagen de calendario. La habitación oscura sólo era iluminada por las luces del árbol de Navidad que reflejaban su colorida luz sobre el rostro y cuerpo del niño que, hincado sobre el sofá que se encontraba a un lado del árbol, miraba por la ventana las estrellas.

Para la cena de la Nochebuena, Leo y su esposa se esmeraban en elegir el menú. Compraban pavo, entre otras viandas, y era todo un rito la preparación; el incluir a los hijos en ella les daba a los niños un realce memorable en sus vidas. Preparar el pavo era toda una tradición: se ponía una charola en medio de la mesa del comedor, Leo colocaba el ave ahumada en ella y se armaban él y sus hijos de jeringas para inyectarle el vino blanco o rosado al pavo. Esto era todo un acontecimiento de diversión principalmente para los niños, que disfrutaban realmente ese momento de participar en familia durante la preparación de una cena tan importante. Entre juegos, bromas y sonrisas, pero tomando con mucha seriedad el momento, inyectaban una y otra vez al ave desde el día que antecede a la Nochebuena. Al mismo tiempo, Lili estaba apurada en la cocina cortando los ingredientes y seleccionándolos para la preparación de los demás platillos, ya que era tradición preparar bacalao a la vizcaína. Para tal efecto ponían a remojar el pescado veinticuatro horas antes con el fin de quitar lo salado y reblandecerlo para su cocción. Los romeritos tampoco podían faltar en una cena de Navidad. Todo era agitación y movimiento al prepararse para el momento de la cena de Nochebuena y el recalentado del día siguiente.

Ambos se esmeraban en aderezar la mesa, no importaba el cansancio, las presiones de su vida de trabajo o la economía, en ese momento se olvidaban las preocupaciones y todo era felicidad y convivencia; disfrutaban cada momento.

No faltaba la visita de amigos o familiares, que en ocasiones se unían a los preparativos y sugerían tal o cual cosa para hacer más divertido o variado el menú. Para entonces la casa se encontraba llena de luz, listones de colores y el árbol se encontraba en el lugar especial, con las cajas de regalos y sus respectivas tarjetas que indicaban quiénes lo obsequiaban a quién.

Hubo una noche muy especial y diferente: 24 de diciembre del 2005 a la media noche. Toda la familia subió al techo de la casa para admirar las estrellas debido a que en esas fechas el cielo se encuentra muy limpio de nubes. En esa ocasión, ya estando en la azotea de su casa, fueron testigos de algo extraordinario y que le dio más sentido a la celebración, de tal manera que un acontecimiento natural le dio un extraordinario matiz al ambiente de fantasía y milagros que Dios les regaló.

Mientras Lili calmaba la algarabía de los niños, uno en brazos y la niña soltándose de su mano y acercándose peligrosamente a la orilla de la azotea al tiempo que su madre la llamaba, hasta que la acercó a su cuerpo y la abrazó para evitar el peligro, Leo levantó la vista y vio en ese momento una gran cantidad de meteoros que rosaban la atmósfera, encendiéndose con un fuerte sonido, fzzz, fzzz, fzzz, y tomando tonalidades anaranjadas al tocar la atmósfera terrestre, dejando una larga estela de fuego. Se miraban tan cerca… ¡Qué espectáculo más maravilloso! Lo observaron por oleadas durante varios minutos y esta experiencia les quedaría grabada para toda la vida, con excepción del pequeño, que no se daba cuenta aún de la importancia de lo que estaban observando. Fue una lluvia de estrellas tan hermosa que los hizo tolerar el frío por al menos una hora, pues una vez que esto cesó, esperaron por varios minutos con la esperanza de que siguieran cayendo y pudieran observarlos.

Llegó el momento de sacar los globos de cantoya, encendiendo uno por uno y dejándolos subir, depositando en ellos una oración. Al principio, siendo pequeños los niños, sus padres soltaban el globo por ellos y después dejaban ir los suyos. Cuando los pequeños crecieron cada uno arrojaba su globo con su oración; esta debía ser una petición clara y específica para Dios. Después de eso bajaron a la casa, entraron en calor, se repartieron los obsequios y cenaron llenos de alegría.

La energía de los niños al fin se agotó, quedándose dormidos, el pequeño en el sillón de la sala y la niña en la mesa del comedor, aún con un pedazo de pan en su manita. Leo cargó a los pequeños uno por uno y los llevó a su cama, arropándolos bien y dándoles un beso en la frente. Finalmente durmieron a las tres y media de la mañana.

XVI

Nuevamente en 1970.

Debido a lo vulnerable de las personas y la ventaja del observador, Ozuri fue muy clara y enfática en aquello que le estaba permitido o prohibido a Leo con aquel poder y su carga de responsabilidad.

Leo observaba a las personas mientras esperaba instrucciones, aprendiendo a permanecer en silencio y ver y oír con respeto y sin hacer juicio de nada ni de nadie. Veía con interés a un matrimonio que caminaba por la calle conversando de cosas cotidianas e intrascendentes.

—Inés, ¿vendrá a cenar nuestra hija hoy?

—No sé, ayer me dijo que sí. Cuando saliera Ricardo de la academia se irían para la casa.

—Bueno, si viene o no, de todas formas, hay que comprar pan y leche para la cena.

Los siguió por un trecho más, escuchándolos con un vivo interés, sintiendo simpatía por esa estampa familiar irremplazable y hermosa cuando los padres, que nunca dejan de serlo, se preocupan por sus hijos y su mundo se mueve alrededor de ellos.

En algún caso entró a la casa de otras personas, pero, a pesar de que cada vez se acostumbraba más al hecho de que no lo vieran, aún se sentía cohibido y extraño de entrar en la intimidad de un hogar sin haber sido invitado. También se sobresaltaba cuando una persona que no lo podía ver caminaba directamente hacia él.

Es increíble la cantidad de conversaciones que nos pasan desapercibidas. Sólo esa mañana, Leo escuchó pleitos conyugales, la confesión entre amigas de una infidelidad, regaños por notas escolares, declaraciones de amor de novios o pretendientes y varias cosas más.

Ozuri lo tomó por sorpresa tocando su hombro por la espalda mientras observaba a un grupo de amigos haciendo bromas.

—Hola, Leo. ¿Ya estás listo para empezar?

—Claro que sí, Ozuri. En realidad me encuentro ansioso y nervioso.

—No te preocupes, ya verás que no es difícil. Bien, vayamos a aquel terreno que se encuentra solo y es bastante amplio.

—De acuerdo. ¿Qué hacemos ahora?

—Bueno, empezaré por platicarte cómo programar el brazalete. Éste se encuentra firmemente adherido a tu piel y sin que tú lo sientas se conectó a tus terminaciones nerviosas de la muñeca con la finalidad de leer los impulsos eléctricos que emanan de tu cerebro, así que el control del brazalete lo tienes en tu mente. Debes darle la instrucción exacta de a dónde quieres ir, proyectando la imagen en tu mente. El brazalete la leerá, interpretará y de inmediato te trasladará al lugar que indicaste.

—¿Qué pasa si no conozco el lugar a donde voy?

—En ese caso deberás pensar en ello como un deseo, pensando en lo que sabes del lugar. Tú no conoces algunas partes de Monterrey. Digamos que quieres ir a donde tienes tu auto, entonces piensa en el auto solamente. Yo haré lo mismo. Cuando estés listo oprime el centro del brazalete, exactamente en el círculo central.

¡Zappp! Se escuchó un sonido electroestático seco y de inmediato aparecieron ambos en la bifurcación del terreno donde Leo dejó su auto.

—Perdón, Ozuri —dijo Leo recargándose en el automóvil—, pero me siento muy mareado y desubicado. Tengo una sensación de volatilidad impresionante, es como si tuviera la facultad de volar.

—Es normal, pero esto sólo lo sentirás al principio, después, con el tiempo y la práctica, esos malestares pasarán desapercibidos. Ahora piensa, por favor, en el lugar de donde salimos.

Leo así lo hizo y oprimió el botón central del brazalete. En realidad, no era un botón, era una parte del brazalete con una textura diferente; se sentía como si fuera su propia piel.

—El momento del traslado es una experiencia escalofriante porque siento como una pequeña descarga eléctrica cuando oprimo el botón. Después experimento una liviandad o ligereza física casi vaporosa y ya no siento más mi cuerpo, éste se desvanece y es como si fuera parte del viento o de la atmósfera. Luego de un instante, sin que pueda determinar cuánto tiempo, empiezo a sentir solidez de nuevo; es como si viera un video en reversa hasta que termina el proceso y aparezco en el lugar pensado. ¿Realmente me desintegraré por completo para después volverme a integrar? Ozuri, ¿realmente nos desintegramos al viajar?

—En cierta forma sí, pues te conviertes en energía. Así es mucho más fácil y rápido que viajes, como ya lo viste. Practiquemos algunas veces más para estar segura de que ya puedes viajar solo. ¿Alguna pregunta?

—Muchas, pero en relación con el brazalete, no por el momento.

—Bien. Debes trasladarte a la casa de tu infancia en donde viviste por doce años. Una cosa más, este pequeño apéndice del brazalete a un costado, ¿puedes verlo?

—Sí.

—Al oprimirlo se abre esta pantalla con números en lenguaje abselio. No lo debes utilizar, pues con eso te trasladarás también en el tiempo, y si no conoces el lenguaje, no sabrás cómo programarlo y puedes perderte en el tiempo o el espacio.

—¡Entiendo!

—Ahora ve a tu casa de la infancia.

—¿Te veré nuevamente allá?

—Sí, estaremos en contacto contigo. Asriel está cerca.

Ozuri se alejó de allí, perdiéndose, como era su costumbre, ligera y volátil.

—Bueno, ahora estoy tan solo como al principio. Definitivamente tengo miedo de seguir adelante. Siento una profunda emoción de saber lo que encontraré en la casa de mi infancia. Veré a mi papá, a mi abuelita, muerta ya hace veinte años, a mi mamá Carmen, también ya fallecida, y no sé a quién más. ¿Estaré yo en la casa? ¿Me veré a mí mismo? En verdad me siento curioso y acobardado. Al mal tiempo darle prisa —Leo suspiró—. Señor, sé que tú estás detrás de todo esto. Te pido que me des la fortaleza y la sabiduría que necesito para llevar a cabo mi misión; no me abandones y que tu presencia me acompañe en cada momento, que cada paso que dé sea dentro de tu voluntad. Enséñame a discernir y entender.

Inmediatamente, Leo oprimió el botón del brazalete. Pasados unos segundos apareció en la calle Mariano Azuela a la altura del número #247, afuera de su antigua casa en la Ciudad de México, D.F. Lo primero que vio fue el zaguán desvencijado de la entrada; era metálico, de un color rojo descolorido, oxidado, con una cadena gruesa y un candado en el centro.

Al acercarse pudo ver la enorme higuera en la parte sur del patio con su grueso tronco y el columpio de cuerda con una llanta vieja que les construyó su tío Antonio. Al fondo se observaba el barandal de piedra de la que fuera la vivienda de su tía Alicia en la planta baja.

No se veía a ninguna persona y para Leo fue mejor por el momento. Se quedó afuera sentado en la jardinera exterior de la que en ese año aún era la casa del escritor Mariano Azuela, frente a su vieja casona. Podía escuchar claramente la música emanada de la rockola en la cantina de la esquina, que en ese momento tocaba una sentida canción interpretada por Javier Solís: "Esta tristeza mía, este dolor tan grande, los llevo más profundos, pues me han dejado solo en el mundo. Ya ni llorar es bueno, cuando no hay esperanza, ya ni el vino mitiga las penas amargas, que a mí me matan". El Sol en ese momento brillaba de una manera que él no recordaba, la razón era que el aire de la ciudad no estaba contaminado como lo está en el 2017, cuando el Sol ha perdido su color, tiene un brillo opaco y el aire huele a emisiones de escape automotriz. En ese momento, el ambiente era claro y transparente, el aire, limpio y el brillo del Sol, intenso, pero no quemante. Hacía un delicioso aire suave y fresco con un clima templado.

Disfrutó Leo cada momento sentado en esa pequeña jardinera, sintiendo la suave brisa que corría en ese momento mientras esperaba con ansiedad que alguien llegara a la casa.

—¿Quién será? ¿Lo reconoceré sin esfuerzo? Cualquiera que sea es muy amado por mí y seguramente me impactará verlo nuevamente tras cincuenta años. No debo distraerme, tengo que centrarme en mi misión aun cuando no estoy seguro o no sé exactamente qué sucederá aquí. Más tarde iré a la que fue mi escuela primaria a unas cuadras de aquí. Tengo muchos recuerdos del edificio escolar y de algunos maestros, pero no así de mis compañeros de clase; quizás al verlos los reconoceré y recordaré sus nombres de pila o sus apodos. ¿Me reconoceré a mí mismo? Es algo verdaderamente fascinante y raro esto de las dimensiones. No puedo entender muy bien cómo es que puedo sentir el viento, la lluvia, la dureza del piso, lo mullido de un sillón, lo frío, lo caliente, etc., ni el hecho de que pueda ver claramente a todas las personas, pero ellas a mí no. Y según me dijo Ozuri, sólo me percibirán a veces de reojo, como una sombra o un fantasma. A lo más podrán sentir mi presencia. Y lo mejor es que cuando las personas se encuentran en la etapa del sueño, al que llaman nivel de conciencia alfa, nuestra mente se encuentra sensible y el subconsciente puede llegar a otro nivel dimensional, así que cuando estamos en la penumbra del sueño podemos escuchar con claridad y percibir la presencia de los seres de otras dimensiones. Ahora comprendo muchas cosas que eran para mí un enigma, pero me surgen más preguntas que respuestas. Por otro lado, será muy doloroso ver a mis seres queridos, a mi padre, a mi tía Carmen o mi abuelita Laura, y no poder abrazarlos. Bueno, según esto sí puedo, pero lo tengo prohibido. Además, el susto de ellos al hacerlo sería mayúsculo y eso podría generar un futuro alternativo, pues cambiarían las circunstancias de su vida y, por ende, las mías, debido a que el futuro se teje a través de las experiencias que van formando una personalidad y guían un sendero o un camino que seguirá una vida futura. Esto es un riesgo teórico, al menos para mí, que se corre con los viajes en el tiempo. Esto quiere decir que cualquier acontecimiento, por mínimo que sea, puede cambiar el futuro, y esto nos daría, al retorno, varios escenarios de futuros alternos al nuestro. Un ejemplo: si mi madre no hubiera muerto cuando yo tenía seis meses de edad, hubiera crecido en familia con ambos padres. Probablemente mi papá no hubiera conocido o no se hubiera casado con Aurora y yo no tendría a mis tres medios hermanos. Y muy probablemente hubiera tenido más hermanos, hijos de mi madre. El fallecimiento de mi mamá generó un cambio radical en mi vida y la de aquellos a su alrededor. A eso me refiero como un riesgo de los viajes a la cuarta dimensión y la probabilidad de los futuros alternos.

Meditando en esto, Leo vio entrar a una mujer de la tercera edad alta, con un claro sobrepeso, pelo gris y ojos claros. Caminaba por la acera de enfrente con una bolsa de asas de plástico y algunos productos. Tenía un paso seguro, aunque se notaba cierta dificultad y fatiga al caminar.

—No puede ser, pero sí es. ¡Abuelita, mi abuelita Laura! Extraordinario. Ella murió en 1985, poco tiempo después del terremoto que azotó tremendamente a la Ciudad de México.

Era 19 de septiembre de 1985. Amaneció el día fresco y con Sol. Daban las 7:10 a.m. y Leonardo estaba por salir para su trabajo; siempre lo hacía a las 7:20 para llegar a las 8 a la oficina. Se despidió y salió de la recámara de su abuelita. Al cruzar el umbral sintió una fuerte sacudida que le dificultó mantener el equilibrio.

—¡Está temblando! —gritaron su abuela y su tía.

En ese entonces vivían en un departamento en un segundo piso y la parte que daba a la calle no tenía muro, sólo una estructura metálica y un ventanal de piso a techo. Los ventanales y las paredes crujían y todos los muebles se movían en un vaivén acompasado e incontrolable. Leo intentó regresar por ellas, pero el temblor era tan intenso y las sacudidas tan poderosas que se vio forzado a sujetarse del marco de la puerta. Leo alcanzó a dar unos pasos y aquel movimiento oscilante incrementó su fuerza. En segundos cambió y ahora el movimiento era trepidatorio. Al tratar de caminar fue azotado entre las dos paredes. Algunos cuadros cayeron de la pared, las sillas y la mesa del comedor se deslizaban de un lado a otro en la estancia y se generó un ruido estrepitoso cuando cayeron algunos trastes del aparador de la cocina.

Era difícil avanzar con esas sacudidas tan violentas y se podía ver cómo los ventanales cambiaban de forma y se descuadraban, dando la impresión de que estallarían en cualquier momento.

Con gran dificultad, Leo llegó a la puerta de la habitación de las mujeres, que sólo se abrazaban, abriendo los ojos con un gran espanto en medio de la recámara.

Los casi dos minutos que duró el fenómeno parecieron horas; daba la impresión de que nunca terminaría. Lo más difícil fue lidiar con la intensidad, pues, como dije, fue incrementándose paulatinamente. En un momento parecía que estaba por terminar, pero, para sorpresa de todos, volvió a incrementar con nuevos bríos el movimiento. ¡Realmente fue devastador!

Como le fue posible, Leo sacó a su abuela y a su madre de la casa y bajaron atropelladamente la escalera que los separaba de la calle. Afuera todo era un caos: alguna gente corría y otra se sujetaba de los postes o de algún árbol; los automóviles tocaban insistentemente las bocinas, incluso las de los vehículos estacionados se accionaron, y algunas mujeres rezaban el rosario pidiendo a Dios que aquello terminara.

Por el horario, era realmente dramático y cómico a la vez aquel grupo de vecinos en camisón y calzoncillos, algunos descalzos o con una sola sandalia, con los cabellos parados. Sin embargo, todo eso no importaba ante la magnitud del siniestro, sólo quedaba darle gracias a Dios de estar vivos.

Al fin, aquel fenómeno fue disminuyendo hasta que la tierra dejó de moverse. Todavía las personas se quedaron un rato más en la acera a la expectativa y sumamente asustados, conversando o intercambiando experiencias con los más cercanos a ellos.

Cuando todo pasó, Leo acompañó a las dos mujeres de regreso al departamento para iniciar a poner orden en él. Sin embargo, encontró una fuerte resistencia de Laura, quien vivió los temblores generados por el volcán de Colima, ubicado entre los límites de Colima y Jalisco, durante 1913, en los que aquel coloso incrementó su actividad y generaba sismos prácticamente a diario; en aquel tiempo la gente temerosa durmió a la puerta de su casa, en sillas o sillones hasta que los tremores cesaron.

Hablar por teléfono a los demás familiares para verificar que estaban bien fue la siguiente prioridad, que, además, parecía imposible de lograr, pues en 1985 no había muchos teléfonos celulares y los que existían eran voluminosos y con una batería que se descargaba en pocos minutos. Las líneas de los teléfonos fijos estaban dañadas en algunas partes y saturadas porque todos deseaban saber de los suyos al mismo tiempo.

Cuantificar los daños del departamento y el edificio, buscar grietas o pequeños derrumbes en la estructura y cubrir, por el momento, los cristales rotos con plástico o cartón fueron los siguientes pasos.

En la Ciudad de México las personas están acostumbradas a los movimientos telúricos, ya sean leves o de alta intensidad, ya que la gran metrópoli se encuentra asentada en una zona sísmica y cenagosa debido a que fue fundada sobre un gran lago en el valle de México. En realidad, tiembla todos los días con diferentes magnitudes, la mayoría imperceptibles.

Aquellos sismos de magnitud cuatro y medio y hasta seis grados Richter son comunes, pero el de 1985 tuvo una magnitud de ocho punto dos grados en la escala de Richter, siendo el más fuerte de la historia moderna en la Ciudad de México. Su antecesor fue en 1957 y en esa ocasión se cayó el ángel del monumento de la Independencia de México.

Las personas, aun habiendo experimentado la sacudida y viendo en la TV la destrucción que causó el temblor, no estaban conscientes de la gravedad de la desgracia. Por ello, neciamente, salieron a sus actividades diarias, pretendiendo llegar a sus trabajos.

Cuando los noticieros en radio y televisión empezaron a dar la noticia y Jacobo Zabludovsky transmitió los detalles de algunos edificios que colapsaron por completo, como el Hotel Regis, algo en la conciencia global no les permitía a las personas entender o se negaban a aceptar la tremenda destrucción causada por la magnitud y duración del terremoto. ¡Una verdadera desgracia! Jacobo Zabludovsky, el reportero de más influencia en México en 1985, dio la noticia en las afueras del Hotel Regis desde el teléfono de su automóvil.

Leo, viendo el reloj, se despidió de su familia y salió rumbo al metro pensando en que se le había hecho tarde para ir a trabajar. Corrió rumbo al metro, pero éste se encontraba cerrado. No tenía servicio. Trató de irse en camión, pero pasaban muy pocos y cada uno venía con personas desbordándose del transporte. Buscó taxi, siendo imposible encontrar alguno libre o que diera servicio, pues cada uno se encontraba pensando en su familia y nada más importaba. Finalmente decidió caminar. Apenas avanzó seis cuadras y encontró las ruinas del Hotel De Carlo, muy cerca del monumento a la Revolución; un edificio de al menos diez pisos quedó sólo de cinco. Al pasar por enfrente se asombró de ver tal destrucción, pero nunca imaginó, o se bloqueó su mente, que dentro de esas ruinas había un sinnúmero de personas atrapadas o muertas. Al seguir su camino pudo ver múltiples edificios parcial o completamente derrumbados; pensó que era como si hubieran bombardeado la ciudad. Realmente parecía una zona de guerra. ¡Impresionante! Fue hasta esos momentos que Leonardo realmente empezó a hacer conciencia de la magnitud y gravedad del desastre que tenía frente a sus ojos. Al fin comenzó a reaccionar y pensar con claridad.

Sin embargo, al descender su estado de estrés y la fuerte impresión, Leo se dio cuenta de la gravedad de lo que se estaba viviendo. Por otro lado, era tal la destrucción distribuida a lo largo de la ciudad que los servicios de auxilio no se daban abasto, también ellos estaban tundidos de asombro y desorganizados, pues no tenían la preparación para enfrentar un acontecimiento semejante, del que no existían antecedentes.

Al menos en el lugar donde estaba Leo, muy cerca del monumento a la Revolución, donde generalmente a esa hora se encuentran grandes cúmulos de personas deambulando a su transporte o llegando a su lugar de trabajo, se veían unas cuantas personas caminando errática y completamente estupefactos: no sabían cómo actuar. ¿Qué hacer cuando el edificio donde día a día te presentas a laborar ha desaparecido?

Bajo la superficie aún se podían escuchar sonidos subterráneos y se veían enormes grietas con tuberías de agua y gas rotas. Circulaban sólo unos cuantos vehículos. Existía un silencio sordo, aterrador, y el tiempo parecía transcurrir más lentamente. Se podía observar bruma en todo el ambiente por la tierra emanada de las edificaciones derrumbadas. Algunos postes y alambres del tendido eléctrico se balanceaban peligrosamente, otros chicoteaban ferozmente, soltando fuertes chispazos, con un estruendoso sonido eléctrico al chocar en el pavimento.

Llegando a la avenida Isabel la Católica y caminando para doblar en Pino Suárez, Leo logró ver, no sin asombro, lo que había sido un edificio de 10 pisos de Banamex y que hoy era sólo escombro. Un solo piso no quedó en pie; había caído uno sobre otro, asemejando un enorme emparedado de concreto. En esta avenida ya se podía ver más movimiento, tanto de vehículos como de personas, pero aún la gente caminaba como autómata, confundida y asustada.

Leo llegó hasta el edificio donde trabajaba, encontrando algunos compañeros que, al igual que él, no entendieron la magnitud de la desgracia y se habían presentado a trabajar a un edificio que no se encontraba en condiciones de ser utilizado: inclinado y lleno de grietas, amenazando con derrumbarse en cualquier momento.

Por todas partes se escuchaba el ulular de las sirenas de las ambulancias y los vehículos policiacos. ¡No había nada que hacer! Por lo tanto, Leo dio la vuelta y regresó sobre sus pasos, encontrando vehículos del ejército con militares listos para trabajar en la remoción de escombros y rescate de sobrevivientes.

Entre más caminaba era más evidente la gran desgracia que implicaba aquel terremoto y se generó en su conciencia el dolor de la pérdida de vidas humanas. Fue muy afortunado de que ningún ser querido para él se haya perdido en esa conflagración. Desafortunadamente, de compañeros de trabajo y escuela no podía decir lo mismo. Leo se enteró después de la pérdida de varios queridos amigos y por ello se vio inyectado de una necesidad de ayudar, así que se quitó el saco y la corbata y se acercó a uno de los edificios caídos, en donde ya se encontraban personas haciendo cadenas para retirar escombros. Se unió al trabajo de estos ciudadanos, encajando perfectamente y coordinándose de inmediato. Se intentaba abrir un acceso al interior de lo que en algún momento fue un departamento y rescatar a dos sobrevivientes que habían escuchado aún con vida. Esa experiencia, a pesar de sus múltiples vivencias, también dejó marca en su corazón.

Desde esa experiencia, en los lugares públicos, Leo busca que no estén muy concurridos y ubica de inmediato las puertas de emergencia y se sienta cerca de una. En los espectáculos, como el cine o el teatro, invariablemente se sienta junto al pasillo principal.

XVII

Leo, en su viaje temporal, se puso alerta y atravesó la calle, entrando por el zaguán apenas detrás de Laura. La vio acercarse con su caminar lerdo y con una gran fatiga debido a su edad y sobrepeso. Tuvo el impulso de ayudarla con su carga, pero recordó que no debía hacerlo; era difícil ubicar en qué realidad se encontraba.

Ella continuó caminando por el enorme patio-jardín hacia las escaleras que la llevarían a su departamento. Leo, al traspasar la entrada hacia el patio, sintió el aroma y la atmósfera de algo familiar y muy querido para él, así que se detuvo un momento para apreciar con embeleso aquel hermoso patio lleno de árboles y plantas en el que jugaba en su niñez. Admiró nuevamente aquella enorme higuera que le servía de refugio cuando estaba triste o deseaba estar a solas; solía treparse a su grueso tronco y, apoyándose en las ramas más gruesas, se sentaba en la bifurcación del crecimiento del árbol. Podía permanece en ese lugar varias horas, asemejando un pequeño salvaje con la cara y las manos sucias por la tierra adquirida al trepar, y cuando lo hacía al atardecer sólo se podía notar el brillo húmedo de sus ojos o el blanco de sus dientes al sonreír. Su memoria se aclaraba viendo aquel gigante cómplice de su infancia. También fue ahí donde tomó la mano de una niña por primera vez: Perla, una bella niña vecina de la casa de al lado, hermana menor de Dina. Ella poseía unos enormes ojos cafés, cabello chino afro, una simpatía natural y una bella sonrisa. Leo recordó lo que sintió cuando tomó su mano por primera vez, una emoción jamás experimentada por él hasta ese momento… Fue como si pudiera volar.

Más adelante estaba una buganvilia llena de flores moradas y junto a ella una habitación abandonada y ruinosa llena de trebejos, sin puertas ni ventanas, que en su momento para él fue un palacio lleno de sorpresas. Y al fondo se veía aquel barandal de cemento hecho con varias columnas y de donde colgaban macetas con diferentes flores que había sembrado allí su tía Alicia. Aquella era una casa vieja del final de los años treinta y principios de los cuarenta.

Leo llegó al fondo del enorme patio y se detuvo al pie de la vieja escalera de madera que lo llevaría a la que fue su casa en la planta alta y en donde seguramente se encontraba su abuelita Laura.

—Mi abuelita está en la cocina sacando de la bolsa los vegetales y la carne que compró. Ya no recordaba algunos detalles de ella: su cabello cano, sus ojos azules, su gran estatura y su figura regordeta que despertaba ternura y a la vez respeto. Lleva puesto su delantal de cuadritos con encaje blanco en los hombros y en la orilla de la pechera; me gustaba mucho por su colorido y porque era parte de ella. Me fascinaba verla esconder en sus bolsitas los dulces que tenía prohibidos comer por prescripción médica y que, como niña traviesa, hurtaba y escondía en su delantal para comerlas cuando pensaba que nadie la veía. La cocina con una estufa blanca de cuatro quemadores, una mesa grande rectangular de madera con un mantel de plástico estampado con flores amarillas, anaranjadas y azules; un grupo de sillas viejas también de madera; un ventanal al frente de la entrada que se abre de la parte media, empujando las ventanas hacia afuera y manteniendo toda la cocina iluminada y ventilada; a un costado está el fregadero con unos cuantos platos escurriéndose y a un lado una alacena de metal delgado y vidrios, donde se guarda la vajilla, los cubiertos y los manteles de uso diario… Verlo de nuevo me llena el alma de sentimientos encontrados. Mi viejita apurada hace la comida en espera de mí llegada de la escuela, cuidando los detalles, pensando en lo que me gustaba y vigilando que todo estuviera listo para cuando yo llegara. El olor del jitomate y la cebolla friéndose, el sonido de la licuadora moliendo… ¡Qué belleza! No quisiera irme de aquí nunca. Al ver este bello cuadro viviente, las lágrimas se asoman en mi rostro, denotando mis emociones a flor de piel.

—Debo apurarme. Ya no tarda en llegar el niño de la escuela y siempre viene con mucha hambre —decía Laura mientras se ocupaba de los detalles de la comida con un gran amor y una maravillosa habilidad.

Laura tomó sal en una mano y con los dedos de la otra la esparció sobre el guiso y lo revolvió con su cuchara de madera. Ese amor hacía que cada cosa que cocinara fuera una delicia gourmet para quien la degustara. Leo la dejó un momento en su tarea y tomó el pasillo para ingresar al interior de la casa.

—Qué sensación más extraña es entrar a un lugar que en el 2017 ya no existe. Aquí se levantarán dos edificios gemelos con cinco pisos cada uno.

A su paso la madera crujió, haciendo que volteara Laura.

—Estas casas viejas tan llenas de ruidos —habló en voz alta.

Leo miró el viejo baño con boiler de combustible de aserrín, el azulejo del piso en azul y blanco con grabados antiguos y la vieja lavadora con un tambo circular y un eje con aspas rectas en la esquina junto al calentador, así como la estancia del comedor de madera y las sillas con cubierta abullonada en el asiento y la espalda color café oscuro. A su izquierda estaba el cuarto donde dormía su padre y al fondo a la derecha, la recámara donde dormía él con su tía y su abuela.

Cada movimiento de Leo era monitoreado por Ignio y su equipo sin que él lo supiera. Ellos seguían con emoción los hologramas que transmitían en vivo aquello que Leo veía, muy a la manera de "gran hermano", lo que les daba una perspectiva muy personal, como si fueran ellos mismos los que estuvieran en el lugar.

—¿Crees que el enemigo aparecerá en su casa? —preguntó Ozuri.

—No lo sé, lo que sí sé es que harán su aparición pronto, en cualquier lugar, y espero que Leo esté listo.

—Bueno, tendrá el apoyo de Asriel, como siempre.

—Aun así, Ozuri, el problema es la sorpresa. Leo no ha vivido una confrontación directa con un demonio, un frente a frente y cara a cara. Recuerda que Asriel no siempre podrá intervenir, existirán ocasiones en que deba permanecer al margen. Cuando lo atacaron hace veinte años, en el futuro, él no podía verlos, pero hoy los verá con toda la realidad del mal y tendrá que entrar en un diálogo abierto, argumentar y tomar autoridad sobre ellos; espero que sepa hacerlo llegado el momento y que el Espíritu Santo le dé palabra para rebatir y alejar a esos miserables atormentadores. Hasta entonces me sentiré preocupado sabiendo que la confrontación es inminente.

—Él sabrá enfrentarlo llegado el momento, Ignio. Hasta este momento ha encontrado los recursos para salir de cada situación por más compleja y difícil que se le presente. Confía. Sé que se dejará guiar.

Mientras tanto, Leo continuaba explorando y recordando, con una gran melancolía y alegría, su antigua casa. Caminó, atravesando la estancia, y llegó hasta el pasillo exterior, que lo llevaba a una terraza con barandal metálico verde y lleno de macetas con plantas de diferentes formas y colores. Se respiraba un aroma fresco y perfumado debido a que Laura había regado por la mañana todas las plantas. Asomándose podía ver el enorme patio de la casa. A su derecha estaba la casa de los vecinos, arriba vivían los Salatiel Villaseñor y abajo los Espinoza Rodríguez.

De los Salatiel se sabía poco, sólo que el padre de familia era trompetista en un conjunto musical que gozaba de cierta fama y estaba de gira constantemente. La Sra. Sandra (doña Sandi) y él habían procreado cuatro hijos: José, Erwin, Dina y Perla, la menor, que fue el primer amor de Leo. La violencia intrafamiliar acabó muy pronto con esa familia. Don Enrique, además de ser alcohólico y golpeador, también era mujeriego, así que terminó por abandonar a su familia y correr detrás de otra mujer más joven que doña Sandi. Nunca lo volvieron a ver. Doña Sandi, al verse sola en el ocaso de su vida, abandonó a sus hijos, que no tenían quien los educara o les pusiera límites; ellos aprendieron de la vida en la calle. Finalmente, la desintegración tocó fondo y doña Sandi se fue a su natal Acapulco, buscando a su familia materna, abandonando y dejando solos a los cuatro jóvenes, que se negaron a seguirla. Dina, la mayor, se convirtió en activista del socialismo; estuvo muy activa en el movimiento de 1968. Erwin y Pepe, malamente y sin la orientación correcta, se hicieron policías judiciales en los tiempos de mayor corrupción e impunidad de los cuerpos policiacos en México, una corporación que era el terror de cada habitante de la Ciudad de México y la peor lacra del Estado por sus prácticas de tortura medieval combinadas con algunas técnicas contemporáneas.

La época de Durazo Moreno, "El Negro", al frente de la policía capitalina… Bajo su mando ese cuerpo policiaco no respetaba los derechos humanos ni las garantías individuales de los ciudadanos y sacaba confesiones de culpabilidad tanto de inocentes como de culpables. Una vez que caían en las manos de sus esbirros, los detenidos, deseando que parara la tortura, confesaban lo que ellos querían para que se detuvieran. Las torturas más comunes para sacar confesiones eran el clásico tehuacanazo en la nariz (consistía en agitar una soda gaseosa, generalmente de agua mineral, y dejar salir el chorro con el gas sobre la nariz del torturado), otras formas de tortura eran los toques eléctricos en la boca, el ano, los testículos o la vagina y los golpes hasta matar al interrogado, pegando en las partes blandas del cuerpo para evitar, hasta donde fuera posible, el dejar marcas o moretones que delataran el suplicio. En otras ocasiones les enterraban palillos chinos en las comisuras de las uñas de manos y pies, haciendo extremadamente doloroso el procedimiento. Les sacaban las uñas con unas pinzas y sin anestesia, una por una, hasta que el inculpado confesara. Del mismo modo les eran arrancados los dientes. En otros casos se aplicaba la ley fuga. Cabe aclarar que nada de eso se hacía sin la autorización del comandante o jefe inmediato, que recibía, a su vez, el visto bueno de "El Negro" Durazo. En ese medio, Erwin y Pepe pronto se hicieron crueles y en muy poco tiempo, homicidas con placa.

Perla, la más pequeña de los hermanos Salatiel, no pudo salvarse de semejante violencia, tan abrumadora y contundente, en una edad en la que una niña es más vulnerable.

Los cuatro hermanos vivieron solos, por un corto tiempo, hasta que el resentimiento y la agresividad que llevaban en su vida hizo nuevamente su aparición y Dina, que se encargaba de mantener la casa, cansada de tantos líos, se mudó junto con Perla. Los varones tuvieron problemas con el propietario del inmueble, a quien amenazaron de muerte cuando se dio la orden de desalojo.

Volviendo con Leo, él miraba con atención cada detalle de su casa y los recuerdos fluían veloces: venían a su mente algunos detalles y acontecimientos que ya había olvidado por completo. Sin embargo, al estar ahí, todo se le vino a la cabeza de nuevo. Los recuerdos se agolpaban estrepitosa-mente en su memoria.

Curiosamente, la perra de la casa, "Tirana", una hermosa hembra pastor alemán, podía ver a Leo e incluso reconoció su olor, aun cuando parecía confundida. Por ello se mostró mansa y se acercó a él moviendo la cola y con intención de pararse en dos patas para que Leo le hiciera cariños. Por su parte, él se encontraba relajado y excitado por el momento en que vería a su padre entrar por la puerta.

Leo se dio media vuelta para ingresar nuevamente a la estancia, pero se sobresaltó al encontrar en la penumbra una silueta que dio un paso hacia él y dejó entrever su rostro, con una mueca de burla en él. Su piel era ceniza, entre negro azulada, su cara estaba llena de cicatrices y su cuerpo era robusto. Despedía un fuerte hedor a podrido. Verdadera-mente intimidante. Leo se quedó paralizado y de inmediato supo de quién se trataba; por fin podía ver con sus propios ojos a un demonio.

Con un gran temor, Leo miraba los penetrantes ojos rojos de aquella potestad, que lo veían con un odio profundo. A contraluz se observaba una especie de vaho que despedía su cuerpo. El ambiente se sentía denso, muy frío y lúgubre. Leo sintió una terrible opresión en el pecho que casi le impedía respirar, no podía identificar si era miedo o el ambiente de maldad tan pesado.

El demonio movió la cabeza de lado a lado, haciendo tronar su cuello, y avanzó amenazante hacia Leo; mientras lo hacía, desenvainó una espada irregular muy larga y delgada; la llevaba en su mano derecha, manteniéndola apuntando hacia el piso mientras se adelantaba.

Leo no sabía qué hacer. Estaba deseoso de huir de ese lugar, pero sabía que el demonio lo alcanzaría. Pensó en oprimir el brazalete y trasladarse lejos de allí, pero el temor y la sorpresa lo tenían paralizado. El miedo hizo presa de él y sólo atinaba a esperar el embate artero de aquella horrenda aparición.

Con más luz y el demonio cada vez más cerca de él, Leo pudo observar detalles. Lo que parecía su rostro era muy burdo, entre animalesco y humano, plagado de cicatrices patibularias que hacían más feroz su aspecto. Su mirada estaba llena de maldad y era penetrante. Sus ojos eran de un color rojo brillante que los hacía resaltar en la penumbra como si fueran dos brazas ardientes. Fue en ese momento que Leo entendió el significado de maldad pura.

El demonio se acercaba, apresurando el paso hacia Leonardo, mirándolo con burla y menosprecio, alimentándose de su miedo. Su rostro mostraba una mueca que de ningún modo era una sonrisa, aunque el demonio pretendía que lo fuera. Se adivinaba el odio, así como su determinación. Era posible respirar su maldad en la atmósfera, que se sentía viciada y muy gélida por su presencia.

Leo no sabía qué hacer; retrocedía cuando el demonio avanzaba y oraba en voz baja pidiendo la protección de Dios y deseando que Asriel apareciera. Se acobardó al ver aquel ente amenazante. Sabía que estaba en franca desventaja y entendía que podría matarlo sin ningún esfuerzo. Leonardo se vio derrotado antes de siquiera iniciar la lucha. En ese momento llegó a su mente la segunda parte del mensaje de Gedolin y esto iluminó su rostro. La expresión de Leo cambió de inmediato y esto desconcertó al demonio. ¡Sólo temen la sangre de Cristo y la autoridad de su nombre! También le vino a la memoria la carta de Pablo a los efesios: "Vístanse de toda la armadura de Dios, para que puedan estar firmes contra las asechanzas del diablo. Porque no tenemos lucha contra sangre y carne, sino contra principados, contra potestades, contra los gobernadores de las tinieblas de este siglo, contra huestes espirituales de maldad en las regiones celestes. Por tanto, tomen toda la armadura de Dios, para que puedan resistir en el día malo, y habiendo acabado todo, estar firmes. Estén, pues, firmes, ceñidos sus lomos con la verdad, y vestidos con la coraza de justicia, y calzados los pies con el apresto del evangelio de la paz. Sobre todo, tomen el escudo de la fe, con que podrán apagar todos los dardos de fuego del maligno. Y tomen el yelmo de la salvación, y la espada del Espíritu, que es la palabra de Dios; orando en todo tiempo con toda oración y súplica en el Espíritu, y velando en ello con toda perseverancia y súplica por todos los santos". ¡Esto le dio fortaleza!

Aquel engendro del abismo atacó, embistiendo con tal fuerza que Leonardo trastabilló y se fue de espaldas, como si lo hubieran jalado con un arnés. El ataque fue violento y la caída estrepitosa. Leonardo pronto se dio cuenta de que el engendro lo superaba por mucho. De inmediato tomó otra postura delante de aquel demonio, orando por la cobertura de la sangre de Cristo en voz alta. Y tomando autoridad del nombre, que es sobre todo nombre, "Jesús" para que delante de Él se doble toda rodilla en el cielo, en la tierra, y debajo de la tierra.

Leo gritó con fuerza mientras levantaba la mano instantes antes de recibir el segundo golpe, esta vez con la espada. Ésta tocó el hombro de Leo, aunque no plenamente, así que recibió un tajo que, si no fue superficial, tampoco contundente.

—¡Aléjate de mí! ¡Tú no puedes tocarme, ya que fui lavado con la sangre del cordero! ¡He sido redimido y puedo tomar autoridad sobre ti en el nombre de Jesús!

Se escuchó una estridente y sarcástica sonrisa.

—Ja, ja, ja. ¿Crees que puedes vencerme? Conozco todo de ti. Sé que eres un mentiroso y cobarde, que fornicaste con todas las mujeres que pasaron por tu vida y ahora te crees santo. No eres más que un pecador que no merece perdón. Has manipulado aun a tus más allegados a tu conveniencia. ¡Tú le perteneces a mi señor! ¿Qué te hace pensar que puedes salir de su potestad y retarme?

—¡Jamás le he servido voluntariamente! —dijo Leo.

—Ja, ja, ja. No sólo le serviste por tu voluntad, sino que aceptaste sus obsequios y disfrutaste de ellos. Cada vez que mentías le servías; cuando engañabas, cuando aceptabas dinero o sexo a cambio de favores, cuando fornicabas, cuando maldecías, cuando jugabas con la güija, cuando te leían las cartas, cuando escuchabas música de rock que contenía mis alabanzas, cuando usabas dijes o símbolos que me representaban en mis diversas formas, cuando mirabas por curiosidad terrenos de parapsicología, cuando deseabas tener poder por encima de los demás… en cada cosa le servías. ¿Quisiste acaso tener poder sobrehumano alejado de Dios? —hablaba con una voz gutural y en un tono sarcástico—. ¿Recuerdas? ¡No morirás, sino que serás como Dios! Conocerás el bien y el mal.

—¿No es cierto que la mentira era común y cotidiana en tu boca? Mentías por cualquier cosa, aun sin necesidad de hacerlo, y volvías a mentir para tapar tus mentiras anteriores. Toda tu vida es una mentira. No eres más que un cobarde mentiroso con doble moral, como todos los de tu especie. ¡Hipócrita! ¿No eres aquel que juraba en nombre del altísimo cuando sabías que era una mentira? ¿No es verdad que hacías lo que fuera necesario sólo por cumplir tus caprichos? ¿Será cierto que alguna vez robaste? ¿No eras tú el que hablaba maldiciones y blasfemias? En cada cosa le servías… ¡aún lo haces!

Leo al fin respondió:

—¡Basta! Conozco cada uno de mis pecados, en verdad, y no me enorgullezco de ellos, pero fui perdonado y lavado con la sangre de Jesucristo. Soy un pecador arrepentido y, por lo mismo, redimido. Por ello hoy puedo andar con la frente en alto; no por mí, sino por Él, ¡algo que tu miserable alma, si es que tienes, jamás conocerá! Por todo ello te ordeno que te alejes de mí en el nombre de Jesús.

—¡Tú no puedes amenazarme, miserable mortal! —respondió el demonio.

Aquella potestad avanzó amenazadora hacia Leo, con la espada en alto. Con gran fiereza atacó, arrojándose sobre él. Leo no se inmutó; resistió el ataque con valentía y en voz alta declaró:

—Ninguna arma forjada contra mí prosperará y condeno toda lengua que se levante contra mí en juicio. Así que te conmino a que te vayas en el nombre de Jesús; estoy lavado y cubierto con su sangre preciosa.

Aquel guerrero tan agresivo de pronto se vio confundido e iracundo. Su pecho se inflamó y descendió con violencia; parecía que el corazón se le saldría del pecho y su respiración era como la de un toro. Aún tenía la mirada fiera, el ojo asesino, y continuaba blandiendo la espada amenazante contra Leo. Avanzó dos pasos más, luchando contra sí mismo; se notaba el gran esfuerzo que hacía para dar cada paso. Sin embargo, seguía adelante. Una ráfaga de fuego pasó en medio de los dos y se escuchó una voz potente y autoritaria que emanaba de un personaje que blandía una espada rodeada de fuego, una vestidura resplandeciente y que flotaba a la altura de las cabezas de ambos. Descendió, ubicándose en medio de los dos, protegiendo a Leo con su cuerpo.

—¡Ya lo oíste, regresa a tu potestad!

—¡Aún no es tu tiempo! —le replicó el demonio—. Tú no eres nadie, no puedes obligarme y tu protegido es un miserable que no tiene poder sobre mí.

—Tienes razón. Yo no tengo poder sobre ti, pero Jesús de Nazaret, sí. Él vive en mí y cualquier palabra que diga en su nombre es Él mismo quien la dice.

Aquel espíritu, humillado por no ser capaz de actuar en contra de Leo, se retorció, negándose a abandonar el lugar. No obstante, ya no le fue posible soportar el poder de la sangre del Cordero y la autoridad de su nombre depositada por gracia en Leonardo. Tampoco estaba en condiciones de enfrentar al guerrero de luz. El demonio se alejó flotando sobre el balcón de la casa, moviéndose de manera irregular, maldiciendo y amenazando con volver hasta que desapareció en el horizonte.

Aquel caballero de luz se dio la vuelta para quedar de frente a Leo.

—¡Asriel! —exclamó Leonardo al reconocer al hombre de la espada.

—Gracias. En verdad estaba muy asustado.

—No intervine antes porque esta es tu batalla y tú tienes que experimentar el poder y la autoridad de Jesús, y hoy lo hiciste bien. ¡Estaré cerca, Leo, pero por ahora debo irme! —dijo y también desapareció.

Leo se sentía confundido, pero a la vez muy agradecido por la experiencia vivida. Sabía que esto era sólo el principio… las batallas más nutridas estaban aún por llegar y debía estar preparado. Ahora se sentía más seguro bajo la protección de Dios.

—Si tan sólo supiéramos en el mundo lo que hay detrás de cada ser humano, pero Dios quiere que el privilegio que hoy me concede de ver y enfrentar al enemigo lo tengamos todos los seres humanos a través de los ojos de la fe.

Leo recordó el pasaje de 2ª de Reyes: "Entonces envió el rey allá gente de a caballo, y carros, y un gran ejército, los cuales vinieron de noche, y sitiaron la ciudad. Y se levantó de mañana y salió el que servía al varón de Dios, y he aquí el ejército que tenía sitiada la ciudad, con gente de a caballo y carros. Entonces su criado le dijo: ¡Ah, señor mío! ¿Qué haremos? Él le dijo: No tengas miedo, porque más son los que están con nosotros que los que están con ellos. Y oró Eliseo, y dijo: Te ruego, oh Jehová, que abras sus ojos para que vea. Entonces Jehová abrió los ojos del criado, y miró; y he aquí que el monte estaba lleno de gente de a caballo, y de carros de fuego alrededor de Eliseo".

XVIII

De nuevo en 1970.

Leonardo salió de la casa y se dirigió hacia la que fue su escuela primaria. En el camino continuó dándole vueltas a la situación y la confrontación con la hueste.

—¿Qué buscan? ¿Por qué tratan de impedir que vea y reconozca a mi familia? ¿Qué puede haber tan importante que quieran los demonios de mí o de los míos?

Porque al parecer no sólo era un demonio común, un soldado raso, era una potestad, alguien con autoridad. Conocía mi pasado y mi presente, me confrontó con pecados muy personales que cometí antes de conocer al Señor Jesucristo y su misericordia y también con algunos lastres que cargo en la actualidad. ¿Por qué saben ellos tanto del ser humano y de personas en específico? Y nosotros sabemos tan poco de ellos. ¿En qué nivel dimensional se encuentran? ¿Cuántos son?

Aún pensando en todas estas cosas y caminando por las calles de aquella colonia, a Leo, al pasar alrededor de la alameda de Santa María la Ribera, lo atacó la melancolía por reconocer viejos edificios conectados con su infancia y adolescencia, como el cine Majestic, demolido en los ochenta y que en el año 2017 era una plaza comercial y una pequeña sala cinematográfica. Enfrente de dicha sala se encontraba el redondel del parque donde tantas veces jugó con sus amigos de la cuadra o de su escuela, poniendo sus mochilas de portería y armando los equipos rivales entre ellos mismos, ya fuera en la rotonda del parque o en el centro de la hermosa construcción de hierro forjado, el kiosco morisco que se encuentra en el centro mismo de la alameda (fue diseñado por el Ing. José Ramón Ibarrola para ser el pabellón de

México en la exposición mundial de 1884. Una vez que la exposición terminó, la estructura fue traída de regreso a México, teniendo su ubicación original en la alameda central frente al convento de Corpus Christi, donde permaneció por poco tiempo. Finalmente fue trasladado a su posición actual. Es un monumento característico de la colonia y sede de múltiples eventos, sociales, vecinales, musicales y políticos, pero en los tiempos de la infancia de Leo era un estupendo campo de futbol).

Kiosco Morisco de la alameda de Santa María La Ribera.

Parado en ese lugar, cada cosa, hacia donde Leo dirigiera la mirada, removía las fibras más íntimas de sus recuerdos: la papelería, el ancla, el café de chinos, el museo de minería.

También existían casas antiguas abandonadas que eran motivo de leyendas urbanas y cuentos de terror; se decía que por las noches se escuchaban lamentos y gritos. Algún valiente se atrevió a entrar en cualquiera de aquellas casonas y salió del lugar mudo y con el cabello blanco (leyenda urbana). Esta es sólo una de las múltiples historias que existen en cada localidad y que forman parte del folklore y, muchas veces, de la tradición local.

Caminando llegó al fin a su querido "Pensador Mexicano", la que fuera su escuela primaria y donde aprendió a socializar, teniendo, como todos, buenas y malas experiencias. Dentro de las malas quizás la más común fue el hoy llamado *bullying* (la palabra *bullying* deriva de *bully* y puede ser un verbo con el significado de "intimidar". *Bully* es un sustantivo que se traduce como "matón" o "bravucón". Es un anglicismo). Este acoso escolar ha existido desde siempre, sólo que en el tiempo de la infancia de Leonardo no era tan conocido ni difundido y tampoco tan violento. Por lo tanto, no existían medidas de protección, sino que cada uno de los jovencitos debía defenderse por sí mismo. De hecho, los padres aleccionaban a sus hijos para que no permitieran este tipo de abusos o humillaciones. "Si vuelvo a ver que regresas golpeado y no hiciste nada por defenderte, llegando a la casa te doy de azotes por dejado", "¡defiéndete como los hombres!", "sé que puedes y sabes hacerlo, hijo", solía decirse. Esto generó en Leo dos cosas: agresividad e introspección. Él se apartaba de los demás en una actitud agresiva y huraña para evitar un daño o para que cualquiera que fuera su interlocutor temiera acercase con intención de dañarlo.

Leo se quedó unos momentos en la acera de enfrente a la entrada de su escuela. Pudo observar a algunos padres, sobre todo de los más pequeños; algunos rostros le eran familiares. En muy poco tiempo escuchó el timbre que anunciaba que las clases habían terminado. Pronto empezaron a salir los alumnos como hormigas y en oleadas del plantel. Al igual que con los padres, Leo pudo ver caras conocidas, pero no recordaba sus nombres, sólo en algunos casos rememoraba el apodo.

—No lo puedo creer, ahí está el Canica; si no lo estuviera viendo nunca me hubiera acordado de él. Aquel es el Cadete y viene con el Abelardo.

Leo recordaba los sobrenombres de cada uno con una sonrisa de gusto y afecto al verlos transitar por la puerta de la escuela o detenerse a comprar alguna golosina.

Después observó a algunos maestros. Primero reconoció a la profesora Graciela, que se encargaba del tercer grado. Más adelante, caminando al frente de un grupo más disciplinado que los demás, apareció el maestro Salomón, aquel que golpeaba con una paleta de banca en la parte posterior de los muslos a sus alumnos para disciplinarlos. También reconoció al comerciante que le vendía los chicharrones de harina con limón y chile. Mientras miraba al vendedor, Leo levantó la mirada. ¡Ahí estaba ese niño cachetón con uniforme militar verde y botas negras! Era de baja estatura, regordete, peinado de lado y con el cabello reluciente y tieso por efecto del limón que usaba su madre para que permaneciera su cabello inamovible. ¡Ese era él! Qué impresión se llevó Leo al verse a sí mismo.

Decidió acercarse un poco más para escuchar la conversación con sus compañeros y conocer qué hacía o qué hizo ese día y ese año en particular. Qué experiencia más extraña, interesante y divertida a la vez.

Para empezar, no le fue posible reconocer su propia voz infantil. Como la persona que no le gusta que le tomen fotografías, y en las pocas que le toman ninguna le agrada porque no le gusta cómo se ve en la imagen, a Leo no le agrado nadó cómo se veía, aunque le satisfizo su mirada inocente. Al final su sentir era de simpatía y afecto hacia ese niño.

—Yo no sé si cada viajero en el tiempo que tiene esta experiencia, o que la tenga, sienta lo mismo que yo, pero honestamente no me gusta mi imagen infantil. Quizás es porque me encuentro en la pubertad y a esa edad no crecemos parejo y nos vemos raros. Siempre con mi mochila a la espalda —sonrió de verse a sí mismo corriendo con su estorbosa maleta de cuero duro.

Algo pasaba ese día. Todos iban detrás de Leo y otro niño, Víctor, su vecino. Ambos discutían por cosas sin importancia, por algo relacionado con la música tocada de manera muy estridente la noche anterior. Ambos caminaban por el mismo camino para volver a la casa y para ello atravesaban la alameda de Santa María. Víctor lo insultaba con ofensas crueles y humillantes sin razón, pues Leo nada sabía de lo que le reclamaban. Víctor, en un arrebato, al pasar por una de las fuentes del parque, tomó la mochila de Leo y la arrojó a la fuente. Leo tomó una rama de árbol y se inclinó para sacarla de inmediato, preocupado porque se fueran a mojar sus libros y cuadernos, sin embargo, la mochila de Leo era nueva y el cuero flotó, manteniendo a salvo todo su contenido. La rescató sin ninguna avería, sólo tenía una mancha café oscuro en la parte que tocó el agua. ¡Ahora recordaba ese problema muy bien!

Leo observó las caras de expectativa y burla de sus compañeros, que esperaban su reacción. Presionado por esto y su propio enojo por la injusticia, arrebató la mochila a Víctor y la arrojó lo más fuerte que pudo, cayendo ésta hasta el centro de la fuente. Víctor sólo podría sacar la mochila metiéndose a la fuente, no existía otra manera.

Cuando Víctor logró sacarla se encontraba mojado hasta las rodillas y se adivinaba un daño mayor en sus útiles debido a que su mochila estaba gastada y el cuero era blando y con grandes entradas, así que esa mochila se hundió sin remedio. Para rescatarla fue necesario que Víctor se quitara los zapatos y calcetines y se metiera al centro de la fuente, pero fue demasiado tarde. Todos sus libros y cuadernos se mojaron sin remedio. Al levantarla, escurría agua por todas partes. Leo sintió pena por él, pero se justificó porque el agresor había sido Víctor, no él. Por supuesto, al salir de la fuente, los insultos y la violencia se desataron. Víctor, ya iracundo al ver los estragos de su material escolar, se calzó de inmediato sus zapatos maldiciendo a Leo. Una vez que se puso de pie se arrojó con fiereza contra Leo, quien sólo se quitó del camino, haciendo que su rival cayera grotescamente y logrando con eso la burla de todos los compañeros, que hacían rueda y gritaban para apoyar a uno u otro, dependiendo de quién tuviera sus simpatías.

Pasando por el lugar, la maestra Lety detuvo lo que prometía ser una batalla campal. Ambos se fueron por caminos diferentes; un reporte y una cita para los padres al día siguiente. Al fin, eran niños llenos de nobleza, sin rencores ni odios.

Pasado un tiempo se aclararon las cosas, se perdonaron y terminaron siendo entrañables amigos. Esto es algo que hemos perdido los adultos, ya que tenemos muchos intereses creados, así como doble moral. Perdimos la candidez y la nobleza; el privilegio de perdonar aún lo conservamos, pero la mayoría de las personas lo usamos muy poco. Aun entre esposos o familiares cercanos nos cuesta mucho trabajo perdonar y olvidar, incluso a nosotros mismos.

Escuela Primaria el Pensador Mexicano.

XIX

Los demonios estaban furiosos por la humillación de su líder; tenían que hacer algo al respecto. Todo su odio era dirigido a Leo.

La potestad quería matarlo de una vez. Estaba sentado en cuclillas en la enorme nave de aquella cueva profunda enclavada en la Sierra Madre, en cuya entrada brujos y satanistas del lugar llevaban a cabo ritos chamánicos y misas negras con el sacrificio de algunos animales domésticos, lo que aumentaba su energía dimensional y le permitía estar cómodo en ese lugar.

Los demonios son seres oscuros y se alimentan de la energía liberada durante el sufrimiento y miedo de las personas, así como de las alabanzas o sacrificios ofrecidos por los equivocados humanos que los adoran e invocan, pretendiendo que les otorguen poder sobrenatural que, desde luego, tiene un alto precio: su salud física, la muerte de su espíritu, que se vuelve estéril al alejarse de Dios y, por supuesto, su condena eterna. También los engañan haciéndoles creer que están en control de dichos poderes, pero la realidad, aunque ellos no se den cuenta, es que son sus esclavos.

Debido a su necesidad de energía oscura y principalmente el miedo de las personas, ellos inician su manifestación con situaciones apenas perceptibles y van subiendo de tono hasta que llegan a ser demasiado evidentes y toman posesión de los individuos, agotando por completo su energía vital. Por eso cuando vemos testimonios de exorcismos o casos de posesión demoniaca las manifestaciones de los espíritus inmundos son más y más severas de manera gradual.

Los lugareños intuían lo que sucedía en esa cueva y por eso evitaban incluso pasar por enfrente de aquella oquedad; era conocida como la cueva del diablo, como muchas otras alrededor del mundo.

—Tenemos que eliminarlo —farfullaba un demonio enano y desagradable con mirada y actitud servil y traicionera—. Así acabamos de una vez con el problema, mi señor.

El demonio mayor caminaba de un lado a otro de aquel lugar elevado, donde se encontraba por encima de sus subordinados. Se veía inquieto y furibundo. Para desahogar su frustración e ira sacó la espada y dio tremenda estocada al espíritu que se había atrevido a sugerirle la muerte de Leo, desapareciendo éste en una nube de humo negra.

—Está bien custodiado por Asriel —atinó a decir finalmente—. Lo vigila muy de cerca.

—También he visto a Josías y Joel —exclamó su subalterno más cercano—. Por otro lado, están los estigmitas que lo trajeron a este universo dimensional.

—También lo están asesorando y protegiendo —dijo otro demonio con facciones porcinas y un cuerpo desproporcionado, pero muy sólido; se notaba que era un guerrero curtido en la batalla.

—Ellos no me preocupan, no pueden intervenir, este asunto es entre los humanos y nosotros. Este tipo insignificante y pusilánime lo trajeron porque conocen lo peligroso que es para nosotros si logra regresar al 2017 con la información y la experiencia recabada en este tiempo, así que la misión es clara, ya fueron suficientes advertencias. La misión es destruirlo moral y físicamente acabarlo. Él mismo debe tomar la decisión de quitarse la vida. Tenemos que minar su resistencia y aparente seguridad, hay que atormentarlo día y noche, hacerle pedazos su autoestima; que sea él mismo quien se dé por vencido y quien decida morir agobiado por nuestro asedio. Debe renunciar a su misión, pues en este momento, como ente de cuarta dimensión, no podemos matar su cuerpo físico. Pero una vez que renuncie, matarlo será cosa de niños. Ya muerto estará en nuestro poder y será uno más de nuestros esclavos, entonces habremos ganado esta batalla.

Aquellos demonios estaban llenos de odio y reían socarronamente ante la perspectiva que se les presentaba: fustigar y humillar a un odiado ser de la especie humana y eventualmente hacerlo caer en sus garras, alejándolo de la comunión con Dios y de la redención de Jesucristo. Se encontraban entre ellos, Desaliento, Temor, Homicidio, Vicio, Burla, Suicidio y Desesperación. Ellos también se veían ante una disyuntiva de desventaja en este caso en particular.

Cuando el ser humano no puede ver a los demonios es muy fácil clavar el espolón y sembrar en su mente pensamientos para exacerbar sus emociones. Es así como algunos individuos hostigados por ellos llegan a cometer actos deplorables, incluso dicen oír voces que les ordenan lo que deben hacer (¿cuántos homicidas han declarado eso?), sembrando en la mente de las personas la duda, propiciando celos, angustia, depresión y desesperación. En algunas ocasiones los arrinconan para que lleguen hasta el homicidio o suicidio. Conocen las emociones humanas y su reacción, la debilidad de su carne y cómo alimentarla. ¡Llevarlos al límite! Son expertos en la intriga, el engaño y la mentira. Ellos son los mejores políticos del mundo: diplomáticos, aduladores, mentirosos, ladrones sin escrúpulos, mercenarios, homicidas y ambiciosos. Cubren perfectamente el perfil.

Pero la encrucijada de los demonios, en este caso, es que Leo sí puede verlos; sabe dónde están, cuántos son y conoce su aspecto. Eso es una desventaja para ellos. Otra más es que los demonios pueden dominar la mente del individuo en cierto grado y provocar las actitudes por ellos deseadas, y en algunos casos pueden entrar en el cuerpo físico del ser humano y dominarlo por completo, atormentándolo día y noche. Esto último es lo que se conoce como una posesión demoniaca, en la cual la voluntad humana desaparece y pasa a ser gobernada totalmente y casi el cien por ciento del tiempo. Ellos se sienten cómodos haciendo eso y experimentando las sensaciones de los sentidos humanos, por ello se niegan rotundamente a abandonar un cuerpo una vez poseído.

"Al llegar él a tierra, vino a su encuentro un hombre de la ciudad, endemoniado desde hacía mucho tiempo; y no vestía ropa, ni moraba en casa, sino en los sepulcros. Este, al ver a Jesús, lanzó un gran grito, y postrándose a sus pies exclamó a gran voz: ¿Qué tienes conmigo, Jesús, Hijo del Dios Altísimo? Te ruego que no me atormentes. (Porque mandaba al espíritu inmundo que saliese del hombre, pues hacía mucho tiempo que se había apoderado de él; y le ataban con cadenas y grillos, pero rompiendo las cadenas, era impelido por el demonio a los desiertos.) Y le preguntó Jesús, diciendo: ¿Cómo te llamas? Y él dijo: Legión. Porque muchos demonios habían entrado en él. Y le rogaban que no los mandase ir al abismo. Había allí un hato de muchos cerdos que pacían en el monte; y le rogaron que los dejase entrar en ellos; y les dio permiso. Y los demonios, salidos del hombre, entraron en los cerdos; y el hato se precipitó por un despeñadero al lago, y se ahogó".

Es importante acotar que el pecado cuenta con dos vertientes: la carne y el espíritu. Esto quiere decir que quien peca es el ser humano, no los demonios. Ellos pueden propiciarlo conociendo la debilidad de la carne, pero no son la causa directa del mismo. Dios es muy claro al respecto y hace un recuento y una separación de las obras de la carne: "Y manifiestas son las obras de la carne, que son: adulterio, fornicación, inmundicia, lascivia, idolatría, hechicerías, enemistades, pleitos, celos, iras, contiendas, disensiones, herejías, envidias, homicidios, borracheras, orgías, y cosas semejantes a estas; acerca de las cuales os amonesto, como ya os lo he dicho antes, que los que practican tales cosas no heredarán el reino de Dios".

En cuanto al fruto del Espíritu de Dios en nosotros también es contundente: "Más el fruto del Espíritu es amor, gozo, paz, paciencia, benignidad, bondad, fe, mansedumbre, templanza; contra tales cosas no hay ley".

La potestad del mal y sus vasallos preparan la estrategia a seguir para acabar con Leo.

—Deben evitar que pueda ver a sus padres y todo aquello que lo llevó a ser lo que es. ¡No debe recordar cosas que ha olvidado! De esa manera, en el futuro, podrá usarlas para cambiar el destino de aquellos que ya están en nuestras manos, y eso no podemos permitirlo. Él desconoce cosas, que aprenderá si nosotros le permitimos que lo haga, y aun personas perdidas y que están o estarán en nuestro dominio pueden dejar de estarlo. ¡Así que ya conocen su misión, estúpidos, y la importancia de ella! ¡También saben el castigo por fallar!

Después de decir esto la potestad desapareció y los demonios se diseminaron. Cada uno sabía qué hacer.

Por otro lado, Leo se encontraba con Ozuri, quien ha continuado aleccionándolo en relación con su misión y el uso del brazalete. Lo más desconcertante de esta misión es que nunca se le dio una instrucción acerca de lo que tendría que hacer exactamente, sólo se le dejó en 1970 para que observara, recordara y aprendiera. Hasta ese momento, Leo no comprendía a dónde lo llevaría todo esto o qué había de fondo como para que un grupo de ángeles de Dios, espíritus inmundos y seres de otra dimensión estuvieran involucrados.

—Ozuri, ¿por qué tomarse tanta molestia? ¿Qué riesgo les representó a los demonios? ¿Qué poseo yo que ellos puedan desear o que sea tan valioso?

—Almas —Ozuri respondió de inmediato—. Posees el poder de llevar almas a los pies de Jesucristo y a través de ello lograr su redención. De eso se trata esta guerra. Dios quiere redimir a la humanidad entera, por ello se sacrificó Jesús, Él es el camino, la verdad y la vida. Pero Satanás desea impedirlo y ganar almas para su reino. El ser humano no entiende esto y cada vez se aleja de la fe correcta, y al hacerlo también se distancia de Dios y con esa actitud rechaza la redención y el martirio de Jesús. El diablo quiere quitarle al odiado hombre la posibilidad de ser redimido y vivir la eternidad en compañía del Señor. Para ello, Satanás utiliza todo tipo de argucias. Es por ello que Dios habla de aquellos que perseveren hasta el final.

—Ellos podrían eliminarme fácilmente y se acabaría el problema —dijo Leo.

—Sí, es una posibilidad, pero por dos cosas no lo hacen. Una es que no pueden eliminarte estando en esta dimensión y la otra es que ellos también deben seguir órdenes, una de ellas es que no toquen tu vida; no podrán hacerlo mientras permanezcas en gracia y obediencia a Dios. Eso aplica para cada ser humano que acepta a Jesucristo como su Señor y Salvador.

—¿Pero no es gastar demasiados recursos? ¿Cómo podría yo cambiar las cosas?

—No menosprecies el trabajo de Dios. Si no supieras nada de la historia sagrada y alguien te dijera que del trabajo de doce hombres toscos, la mayoría iletrados, surgió la Iglesia de Cristo y se ha difundido el Evangelio en todo el mundo hasta nuestros días, ¿lo creerías? Dios cambia las cosas y lo ha hecho muchas veces en la historia de la humanidad al intervenir en ella. Muy pocas veces lo hace de manera directa, sin embargo, utiliza a hombres y mujeres para hacerlo todo el tiempo. Un solo hombre o mujer ha hecho la diferencia en todos los acontecimientos históricos, y debes ser consciente de ello. Jesús de Nazaret cambió el mundo siendo hombre, enseñándonos principios y valores de convivencia, demostrando en su vida el valor del amor y el perdón. Él le dio una salida a la humanidad caída y derrotada por el pecado. Su intervención en la historia del hombre ha logrado cambiar las sociedades y calendarios y es la razón principal de que estés aquí. Martin Lutero también lo hizo, él reaccionó en contra de los abusos e intransigencias del papado y la Iglesia de Roma en su momento, llena de pecados y corrupción. Pero atacó principalmente el cobro de indulgencias (cuota cobrada por la Iglesia Romana para reducir el tiempo de permanencia de las almas en el purgatorio). Conforme a las costumbres de la época, Lutero publicó en las puertas de la Iglesia del Palacio de Wittenberg, el 31 de octubre de 1517, sus 95 tesis, comenzando con ello un debate teológico que desembocaría en la Reforma protestante y el nacimiento del luteranismo, el presbiterianismo y el anabaptismo, llamados por la Iglesia Católica protestantes y más tarde hermanos separados. Esto generó un sisma, pero también un despertar de la verdadera Iglesia de Cristo (refiriéndome con ello no a una denominación, sino a todos aquellos creyentes que de corazón adoran a Dios en Espíritu, en verdad y luchan, aun hoy, por la salvación de las almas). Ruth cambió su entorno, Esther lo hizo igual con su pueblo. Más contemporáneo, ¿no hizo lo mismo Margaret Thatcher? ¿Entiendes lo que digo? Dios se manifiesta a través de los humanos y ellos son usados por Dios para cambiar el mundo. Nikola Tesla cambió el mundo de su tiempo con sus avanzadas ideas tecnológicas, y aun hoy se aplican muchos de sus descubrimientos e inventos para beneficio de la humanidad, y sí, por supuesto, también para la destrucción. Desgraciadamente, el ser humano tiene en su esencia esa dicotomía como especie. Henry Ford cambió el mundo con la invención del automóvil modelo T; los principios básicos de ese modelo aún son los mismos. Los hermanos Wright cambiaron el mundo probando que el ser humano algún día podría volar. Gandhi cambió el mundo con sus ideas pacifistas y su resistencia pacífica. Beethoven cambió el mundo con su música y la expresión de su temperamento a través de ella y Mozart lo hizo con su enorme genio creativo atemporal. Miguel Ángel, Rembrandt, Goya, Frida Kahlo, Teresa de Calcuta, todos ellos lo hicieron también. No obstante, el mal también ha cambiado al mundo, inducido por las huestes caídas. Hitler quiso acabar con el pueblo elegido. Mussolini, Pinochet, Victoriano Huerta, Idi Amin Dada y todos aquellos tiranos que masacraron a sus pueblos y a sus enemigos cambiaron el mundo y su geografía física y política. Algunos grupos de rock, con cánticos y mensajes francamente demoniacos, están cambiando al mundo, promoviendo el uso de drogas, la violencia y el sexo libre en los jóvenes, logrando la irreverencia y la blasfemia en contra de Dios. Cada uno de ellos fueron hombres y mujeres de la raza humana con ideas y liderazgo sobre otros humanos; cada uno hizo de tu mundo uno diferente para bien o para mal, ya sea en situación geográfica, de vivienda y desarrollo social. Aun la forma de amar fue cambiada, así como la economía, las relaciones humanas, la fe, etc. Así que no puedes menospreciar la labor humana, y menos cuando ésta es dirigida, ordenada y respaldada por Dios. Además, no eres el único en esta situación, Leo, hay otros hombres y mujeres alrededor del mundo en diferentes dimensiones y épocas luchando como tú y teniendo experiencias similares a las tuyas en este momento, con la misma misión.

—¿Me encontraré con alguno de ellos?

—En esta dimensión no lo creo. Pero, definitivamente, cuando vuelvas a tu tiempo lo harás.

XX

"Tú crees que Dios es uno; bien haces. También los demonios creen, y tiemblan".

(Reina Valera, 1960, Santiago 2:19).

La lucha entre el bien y el mal tiene su origen más allá del huerto del edén, en el mismo reino de Dios, cuando Luzbel, el ángel más hermoso de la creación, se sintió tan poderoso que en su soberbia declaró: "Subiré al cielo; en lo alto, junto a las estrellas de Dios, levantaré mi trono, y en el monte del testimonio me sentaré, a los lados del norte; sobre las alturas de las nubes subiré, y seré semejante al Altísimo". Por este acto de soberbia y de reto al poder y autoridad de Dios fue arrojado del reino y de su presencia. "¡Cómo caíste del cielo, oh Lucero, hijo de la mañana! Cortado fuiste por tierra, tú que debilitabas a las naciones".

Desde entonces, Luzbel generó una pugna por ser como Dios y trata de imitar sus dones, incluso disfruta que el hombre le rinda culto y adoración. Así es como surgió el paganismo y el culto a los ídolos.

Hoy, de manera más abierta, también se le rinde culto a Satanás, quien ha llevado la burda imitación del poder de Dios para tratar de desacreditar su palabra, su existencia y la autoridad de su nombre. De esa manera lo hizo en Egipto, sin embargo, Dios envió plagas para debilitar el corazón de faraón y demostrar que Él estaba comprometido con su amado pueblo hasta la liberación. "Entonces llamó Faraón sabios y hechiceros e hicieron también lo mismo los magos de Egipto con sus encantamientos; pues echó cada uno su vara, las cuales se volvieron culebras; más la vara de Aarón devoró las varas de ellos". En este pasaje es evidente la pobre labor o intento de imitar el supremo poder de Dios por parte de los siervos del diablo, que al final vieron cómo sus culebras eran devoradas por la magnífica potestad de Dios. En otras palabras, el diablo no tiene nada que hacer ante la presencia de Dios. Aun hoy en día, Satanás genera curaciones milagrosas a través de los curanderos, brujos o chamanes, a veces para impresionar a los hombres; logra algunos prodigios imposibles para el humano, siendo algunos hechiceros y satanistas muy poderosos en el concepto humano. Hace los mal llamados milagros de sanidad y algunos otros favores. Además, se cobra caro los "poderes" del intermediario. De tal forma que cada ayuda que él da a través de uno de estos chamanes, además de tener comprometida su alma, se cobra muy alto en salud física y en la cautividad de su voluntad, muchas veces poseyéndolos completamente.

Los médiums y los brujos, por ejemplo, son canalizados por algún espíritu por su propia voluntad, pero en realidad son los espíritus de los muertos. Usan su invisibilidad para engañar a las personas que no se dan cuenta de que en realidad son demonios disfrazados (lobos vestidos de ovejas).

Estos individuos que sienten tener el poder y dominio de los espíritus a los cuales les solicitan su socorro, siempre padecen de fuertes migrañas, miedos obsesivos, gastritis y, en algunos casos, hasta enfermedades mortales como cáncer. Siempre son perseguidos por estos espíritus inmundos que los esclavizan y se divierten atormentándolos.

En el peor de los casos, el engaño es tan sutil que los brujos que se hacen llamar blancos piensan que usan su brujería para hacer el bien, pero ignoran que la brujería no viene de Dios, es contraria a Dios, y, por ende, su poder no emana de Dios. ¿Entonces de dónde viene? De hecho, Dios tiene como anatema a quienes la practican. "Pero los cobardes e incrédulos, los abominables y homicidas, los fornicarios y hechiceros, los idólatras y todos los mentirosos tendrán su parte en el lago que arde con fuego y azufre, que es la muerte segunda". Sólo es una artimaña más del diablo, pero suena tan convincente que engaña aun a los elegidos.

El diablo es tan astuto que hace dudar a quien sea porque se presenta bajo la figura de bondad y justicia. También lo hace disfrazando su control sobrenatural sobre el ser humano como ciencia o seudociencia, llenando los escaparates, los kioscos, la radio y las redes sociales con videos, imágenes y mentiras escritas. Unos son falsos y otros ciertos sólo en parte, sin contar el sinnúmero de videos que sólo generan leyendas urbanas y alimentan el morbo de las personas hacia esos hechos que destacan el supuesto poder del diablo y sus compinches.

¿Qué decir de su arte dramático? Él disfraza la mentira de verdad y argumenta con tanta claridad y convicción sus falsedades que es fácil pensar que tiene razón y cambiar los valores en antivalores. Algunos ejemplos: las relaciones íntimas fuera del matrimonio son un pecado, pero hoy las vemos como algo muy natural, y aun algunos cristianos, en apariencia fervorosos, están pecando. Y no conforme con eso, cuando alguien se atreve a levantar la voz al respecto es atacado con dureza como un retrógrada e ignorante, cuando no como un pastor demente y fuera de sus cabales. Lo mismo sucede con las drogas y hasta con el homicidio.

El diablo, a través del cine hollywoodense principalmente, ha hecho creer a las personas que matar por una causa noble es permitido, ignorando el mandamiento no matarás. Inyectó en la mente del ser humano un antivalor y lo hace ver como bueno.

La palabra pecado ya está en peligro de extinción y algunos hasta sienten pena de mencionarla. Ahora lo llaman debilidad de carácter, y sí lo es, pero muchos errores salen de la voluntad y el libre albedrío del ser humano.

El diablo nos acerca el dolor y la muerte, alimentando el morbo humano. Cada vez son más las muertes horrendas y sanguinarias videograbadas y se llenan de visitas en internet: homicidios arteros y cobardes filmados con cámaras de seguridad en asaltos, peleas de hombres y mujeres en donde, en lugar de separarlos, los animan a golpearse más; los azuzan para que se hagan pedazos y sirvan de diversión a los demás, que gritan, dan consejos y aplauden como jauría de locos o como público del circo romano. Y todavía tenemos el cinismo de cuestionar a Dios. ¿Por qué permites que suceda? ¿Y nuestra responsabilidad en esto?

Volviendo a las publicaciones, considero que la mente científica, antes de creer en dogmas de cualquier tipo, primero estudia y analiza el propósito, el objetivo, el porqué, el cómo y el para qué de las cosas. Si la ciencia se basara en creencias, entonces no sería ciencia. A veces sólo leemos una verdad a medias y creemos todo lo que se publica en internet de manera gráfica o escrita. En las revistas seudocientíficas y esotéricas, en la mayoría de los casos, sólo leemos encabezados o pie de fotografía.

Recuerda lo que sucedió con Eva en el Paraíso: "Entonces la serpiente dijo a la mujer: No moriréis; sino que sabe Dios que el día que comáis de él, serán abiertos vuestros ojos, y seréis como Dios, sabiendo el bien y el mal. Y vio la mujer que el árbol era bueno para comer, y que era agradable a los ojos, y árbol codiciable para alcanzar la sabiduría, y tomó de su fruto, y comió, y dio también a su marido, el cual comió, así como ella". De esta manera vemos cómo el maligno incursiona aun en las profecías, manifestando augurios falsos que nunca se cumplen, adivinaciones que se consuman sólo a medias o ponderando abiertamente sólo los males que le vienen a la humanidad como un castigo a su desobediencia, provocando el miedo y el terror en las personas que prefieren no hablar de ello. De esa forma el diablo intenta deformar la imagen de Dios como un ser castigador y vengativo que usa su poder para fustigar a todos los que no le obedecen ciegamente. ¡Nada más fuera de la realidad! ¡Él es un Dios amoroso, misericordioso y comprometido con su creación! ¿A nadie se le ocurre imaginar que el sufrimiento es permitido por Dios en los tiempos del fin para que el ser humano recapacite, vuelva sus ojos a Él, se arrepienta, corrija su camino y sea redimido? ¡Ese es el propósito real de la profecía que viene de Dios!

Arrepentimiento, preparación para el día difícil, hacer lo correcto escuchando la voz de su Palabra para evitar sus juicios y que las cosas sucedan de una manera diferente… Para ello, el Señor nos dio cuatro armas maravillosas: arrepentimiento sincero; aceptar al Señor Jesucristo como señor y salvador; oración que salga del corazón, que le adore en espíritu y en verdad; elegir en nuestro libre albedrío la obediencia por convicción. Dios también nos dio tres ayudas y promesas de salvación: el Espíritu Santo, nuestro Señor Jesucristo y la Iglesia. Sin embargo, somos demasiado tercos y siempre buscamos hacer las cosas en nuestro propio camino y conveniencia, buscando no obedecer a Dios y justificando nuestros actos delante de Él y de los demás. De esa manera, lo más seguro es que cada una de las profecías bíblicas se cumplan al pie de la letra, como ha venido sucediendo por siglos. Pero no queremos verlo. Ejemplo: los seres humanos no hemos tenido la sabiduría para cuidar y administrar los recursos de la Tierra que Dios nos dio para que los administráramos. En lugar de eso contaminamos el aire, el campo, los mares, los ríos y prácticamente todo lo que tocamos, sin contar con el exterminio de las especies animales.

En fin, la lucha entre el bien y el mal continúa y entre más cerca estemos del fin de los tiempos, más fuerte será el asedio del mal, pues sabe que sus días están contados y su tiempo está por llegar. Su lucha es para ganar el mayor número de almas y llevárselas. En realidad, la guerra por evitar la redención y salvación del ser humano la perdió en la cruz del calvario con el sacrificio y la sangre de Jesucristo. Y es tan poco lo que el ser humano debe hacer para obtenerla, únicamente tiene que aceptar a Jesús, obedecerle y con eso se habrá sacudido la potestad del diablo para siempre.

XXI

Leo volvió a la casa de su infancia. Ya eran las 20:00. Antes de ingresar se detuvo un momento para respirar un poco. Este paso lo llenaba de emoción y miedo: vería a su padre mucho más joven que él y conviviendo, circunstancias de las que tenía hermosos recuerdos, pero muy escasos. Ya no recordaba de qué hablaban cuando él era un niño, sólo rememoraba estar sentado frente al televisor antiguo de blanco y negro con un grande y pesado mueble de madera y puertas al frente cubriendo la pantalla. Tragó saliva, respiró una vez más y se introdujo a su casa atravesando el desvencijado zaguán.

Caminó por el gran patio principal y llegó al final, donde su tío Toño había improvisado un taller de imprenta. Dio vuelta a la izquierda, donde se encontraba una escalera de madera y un pequeño y oscuro pasillo que daba a la cocina de su tía Alicia, a quien vio al fondo preparando la cena. Sintió el deseo de estar con ella, pero decidió continuar hacia el piso donde vivía con Raúl, Laura y Carmen. Subió la escalera lentamente, pues, a pesar de haber atravesado el portón de la entrada sin que le implicara un esfuerzo, como si fuera un fantasma, ahora debía pisar con cuidado, pues su peso, aunque era menor al que tendría en su existencia de tres dimensiones, sí era suficiente para hacer crujir los viejos escalones o el piso de duela. Mientras lo hacía recordaba la historia de esa vieja casona tan querida para él, incluso el olor a viejo le era agradable. Son increíbles las cosas que podrían ser desagradables por su estado físico… ¡Cuando en ellas se ha recibido amor parecen piezas del mejor palacio!

Leo vivió en esa casa hasta los doce años. La encontró un tanto sombría y con grandes grietas, incluso la luz era mortecina, ocasionada por el deterioro, la humedad y la herrumbre de las conexiones eléctricas. Se detuvo un momento en el umbral del comedor mientras pensaba que, por lo general, los seres humanos vivimos como si Dios no existiera y practicamos una fe tibia y cómoda, justificando nuestros actos y repitiendo una y otra vez las mismas equivocaciones, fingiendo que desconocemos sus ordenanzas. Al fin y al cabo, no recibimos ningún castigo inmediato. Otros alegaremos un completo desconocimiento de la Palabra de Dios, pero no conocer la norma no excluye de su cumplimiento, es por eso que Dios nos dio la conciencia. Cada uno de nosotros sabe en su corazón cuando está actuando mal. Y es la misma consciencia la que nos provoca remordimiento y después nos guía al arrepentimiento. El desconoce la Palabra, o justificarnos en el desconocimiento de ella, nos lleva a cometer graves errores en nuestras vidas y genera tremendos vacíos espirituales que después queremos llenar con vicios o excesos; cada uno de ellos está cavando nuestra tumba espiritual, llevándonos en una vertiginosa carrera en descenso. ¿Pues de qué aprovecha ganar el mundo si perdemos nuestra alma?

El pecado, aunque ya es una palabra en desuso, es la causa de todos los males humanos. Dichos males sólo son la consecuencia de nuestro distanciamiento de Dios; el pecado nos aparta de Él.

Enumeremos algunos de los pecados que hoy llaman vicios del carácter en terapias psicológicas y en las reuniones de Alcohólicos Anónimos, pues tienen miedo de llamarlos por su nombre: infidelidad, drogadicción, alcoholismo, tabaquismo, mentira, corrupción, deshonestidad, peleas y contiendas, robos, homicidios, fornicaciones, deshonrar y faltar el respeto a nuestros padres, desear la mujer del prójimo, traición, deslealtad, maldiciones, abusos y manipulaciones, odio, ira desmedida y mal dirigida, venganza, comer con exceso aun cuando no tengamos hambre, adulterio, inmundicia, lascivia, idolatría, brujería y hechicería, enemistades, murmuraciones, envidia, celos, herejías, orgías, consultar agoreros o jugar con "juegos" de adivinación, como la güija o el echar las cartas, consultar el horóscopo o muchos más que cualquiera de nosotros comete o ha cometido alguna vez.

Quizás piensen dentro de sí que algunos de los pecados enumerados son exageraciones o lo consideran sólo un juego, pero para Dios no hay exageraciones. Se es o no se es.

Dios existe, si tú no lo crees es algo sin importancia, porque su palabra será cumplida al pie de la letra, sin importar si tú crees o no en Él.

Tal vez piensen: ¿cómo puedo pecar fumando o tomándome una copa o probando un poco de droga de vez en cuando? Primero diré: "¿O ignoran que su cuerpo es el templo del Espíritu Santo el cual está en Ustedes, el cual tienen de Dios y que no es suyo?". Y segundo, piensen en el origen y las consecuencias en su vida; tomen en cuenta que su cuerpo no es suyo, sino que le pertenece a Dios. El alcohol metaboliza en azúcar y puede generar diabetes, y una borrachera, cuando menos, nos generará comportamiento vergonzoso, sin irnos a los extremos. La droga desde el origen es dañina; es extraída, fabricada y distribuida por el diablo, pues él viene a robar, matar y destruir, y eso es precisamente lo que hace el narcotráfico.

¿Y qué dice de otras cosas, como la adivinación? "Y la persona que atendiere a encantadores o adivinos, para prostituirse tras de ellos, yo pondré mi rostro contra la tal persona, y la cortaré de entre su pueblo". "No comeréis cosa alguna con sangre. No seréis agoreros, ni adivinos".

—El trabajo es arduo, pues si en mi tiempo hay un conocimiento equivocado de Dios y su herencia para el ser humano, en esta época más. Mi familia jamás ha escuchado mensajes más allá de la homilía en la iglesia.

Leo continuó hacia la entrada del comedor, pero no se atrevía a entrar y ver el rostro de sus seres queridos. Avanzó unos pasos en la penumbra, cobijado por la imposibilidad de que ellos lo vieran. Lo primero que captaron sus ojos fue a sí mismo jugando de rodillas con un carrito en el piso de la sala, en medio de donde se encontraban los adultos. Continuó caminando hasta quedar enfrente de todos ellos. En cierto instante se sintió desnudo delante de ellos e inconscientemente trató de ocultarse.

—Había olvidado los ojos azules de mi abuelita, y aún no está tan gordita y su cabello no es totalmente blanco. Se ve alta y con mucha dignidad. Mi padre es todo un galán, tan delgado y siempre de traje y corbata, con su bigote muy bien recortado. No lo recordaba con esa personalidad tan seria y formal. Aún puedo reconocer el aroma de su lavanda. Mi tía Carmen, que para este momento ya fungía como mi madre… ¡Qué mujer tan bella! Ojos grandes café claros y tan expresivos, su cabello negro azabache y su cara de muñeca. Mi tía Alicia, tan atractiva, a pesar de ya contar con dos hijos, con esa mirada tan inteligente y sagaz. Siempre dominante, líder y de carácter fuerte, teniendo en su casa un matriarcado de hierro del que sólo se rebeló su hijo menor, Ricardo. Y yo, regordete, cachetón, con cara inocente, cabello muy negro y una espesa cejijunta, estaba jugando aparentemente sin hacer caso, pero en realidad me encontraba atento a cada palabra que se decía. No tenía una personalidad propia y siempre trataba de encajar en el estereotipo de los adultos, queriendo ser como ellos querían que yo fuera: sin una identidad. Alimentaba mi ego cuando platicando entre ellos decían lo buen niño que era. En esa época tener una televisión era un lujo muy caro, sólo se podía tener una en toda la casa, por lo general era el mueble principal en la sala, y no existía tanta variedad de programas. No recordaba que mi padre acostumbraba a fumarse un cigarrillo en el baño o en su recámara mientras leía las noticias hasta que lo volví a ver recostado en su cama aflojando la corbata, sin zapatos y con sus calcetines impecables y aún con restos de talco en ellos, disfrutando la soledad de su habitación y jugando con el humo del cigarro, sacándolo por la nariz y la boca mientras leía despreocupado el diario. A un lado de él pude ver su cajetilla de Casinos sin filtro. Por lo general los disfrutaba sin boquilla, pues gustaba del sabor dulzón del papel y el tabaco en su boca.

Leo dio media vuelta y se dirigió a la recámara donde descansaban su abuelita, su tía Carmen y él. «Esto también lo había borrado de mi memoria», pensó Leo. Vio a las dos mujeres sentadas sobre la orilla de su cama, iluminadas con una lámpara de buró cada una y escuchando su radionovela de Kalimán. En esa época también pasaban Chucho el Roto y el Ojo de Vidrio por la XEW. Algunos programas cómicos, como La Tremenda Corte los pasaban por las mañanas (programa cubano muy exitoso), así como la hora del Panzón Panseco.

—Yo estaba acostado en una cama a un lado de mi tía-madre, quien también era una asidua lectora de todo tipo de temas y fumadora de los cigarros Raleigh. Disfrutaba mucho de leer novelas románticas que contaban historias de amor apasionado y salvaje a la vez, autoras como Corín Tellado, Emily Bronte, Victoria Holt, etc. Me siento tan extraño de vivir lo ya experimentado; es tan difícil ser testigo de los estragos del tiempo y cómo se desarrolla la vida de familia cuarenta y seis años atrás. En este tiempo aún los sonidos ambientales son distintos y no existen los teléfonos celulares, no hay internet ni computadoras. Los televisores son enormes, a blanco y negro, tienen bulbos y un estorboso mueble. Obviamente, no existe en este tiempo una comunicación expedita ni inmediata; una noticia tiene que esperar a que se encuentre un teléfono fijo para llamar y que haya una persona para contestar del otro lado. Los autos son grandes y estorbosos, excepto el sedán VW, pero empieza a expandirse el uso de los automóviles medianos. El metro apenas se inauguró el año pasado (1969). El ser humano llegó a la Luna el 20 de julio de 1969 a bordo del Apolo XI, su tripulación: Neil Armstrong, Edwin F. Aldrin y Michael Collins, de treinta y ocho, treinta y nueve y treinta y ocho años, respectivamente. El fax aquí en México se encuentra en pañales; el télex de tira perforada es lo más común en las empresas. Mucha gente aún no lo conoce o no lo ha visto (facsímil), pero algunas papelerías empiezan a tener el servicio. Las imprentas son grandes máquinas impresoras con tipos de metal intercambiables. ¡Vaya! Los cambios, a pesar de ser vertiginosos, casi pasaron inadvertidos por nuestros ojos. Qué diferente es la vida hoy a como es en 2017. Como niño, al asomarme a la ventana sólo veía pasar a los vecinos, comerciantes y transeúntes de ocasión. En 2017 abro el internet, veo el mundo entero y puedo hablar con personas de cualquier parte del mundo. Gracias, familia, porque ustedes me enseñaron a ser un asiduo lector y devorador de libros. Aprendí a ser autodidacta y hoy en día tengo una biblioteca con más de 1,500 libros, y cada día se suman algunos títulos más. Esas enseñanzas se traspasaron a mis hijos, principalmente a mi hija, una lectora que nunca está satisfecha y lee de todos los tópicos.

Leo salió de la casa para encontrarse en un punto con Ozuri. No se percató de las sombras negras que como gárgolas lo seguían con ojos malignos. ¡Eran Desaliento y Temor! Asriel también lo seguía de cerca, cubriéndolo en todo momento, pero ahora con dos ángeles más, Natanael y Amasai, enormes y robustos guerreros de rostro brillante que levitaban a cierta distancia cerca de Leo, cuidando que ni él ni los demonios los vieran. Ambos estaban listos para la batalla, con sus manos en el puño de su espada; ambos se encontraban firmes y seguros, aunque tensos ante la expectativa de una confrontación inminente. Por su parte, Asriel, que era el único que se dejaba ver para disuadir a los enemigos de cualquier ataque, caminaba junto a Leo, unos pasos atrás de él, también con la mano en la empuñadura de su espada.

Asriel se alejó de Leo unos momentos para reunirse con sus guerreros. Apenas lo dejó solo, Desaliento se abalanzó sobre Leonardo, que rodó al contacto del impacto; lo golpeó con todo su peso en la espalda y nuca. Leo quedó aturdido después de dar varias vueltas rodando por el piso. Aunque muy sorprendido por ese ataque, se incorporó de inmediato y pudo ver frente a frente a Desaliento, cuyos ojos penetrantes y una mirada torva estaba fija en él.

—¿Qué es lo que quieres? —preguntó Leo mirándolo a los ojos.

Desaliento no contestó, sólo se limitó a sonreír en una mueca digna de la más temible película de terror. Leo, al estar cerca de él, sintió una profunda tristeza y amargura, lo que indicaba que la primera ofensiva del demonio lo había dañado; se sentía derrotado aun sin haber empezado a lidiar con él. Leo perdió las ganas de luchar y de seguir adelante; no se sentía capaz ni con aliento para continuar y pensó que era mejor abandonarlo todo.

Por su parte, Asriel y sus guerreros, que presenciaron el ataque, estaban inquietos. Natanael le pidió a su líder que lo dejara intervenir.

—Déjame enfrentarlo, Asriel —dijo y alistó su espada.

Pero Asriel le indicó que esperara. Esta era una lucha que Leo debía enfrentar solo; era su pelea y debía afrontarla solo por el momento.

El demonio avanzó hacia Leo y dando un fuerte salto le dio un tajo que lo tocó en el pecho, causándole mucho dolor. Cayó pesadamente de espaldas, poniendo las manos en su tórax. Ahora se sentía derrotado y sin deseos de luchar, pensando que moriría sin remedio, buscando sólo salir de ahí o acabar de una vez.

«¡Vamos, Leo, reacciona, no permitas que te derrote! ¡Demuéstrale por qué fuiste elegido! ¡Sólo hay dos cosas que les infunden temor, la sangre de Cristo y la autoridad de su nombre!», recordó Leo las palabras de Gedolin y oró.

—Señor, cúbreme con tu sangre maravillosa y no permitas que el mal me toque —dijo Leo poniendo una rodilla en el piso e inclinando la cabeza.

Al ver esto, Desaliento retrocedió desconcertado, dando un traspié. Su sonrisa se volvió una mueca estúpida e inexpresiva.

Leo se puso de pie y le habló al espíritu inmundo.

—Te ordeno en el nombre de Jesús que te alejes de mí, ¡no puedes tocarme!

El demonio trató de resistirse, pero no pudo más. El poder de la palabra y la autoridad del nombre fue demasiado para él.

Desaliento cayó al piso como si hubiera recibido un fuerte impacto. Se levantó aturdido y se alejó a toda prisa del lugar, dejando un desagradable olor a carne podrida tras de sí. Leo y los ángeles sabían que esta victoria era sólo temporal… volverían a ver a este demonio.

Los demás ángeles caídos que observaban la escena se elevaron del lugar lentamente uno tras otro, maldiciendo con una rabia contenida. Su líder, Aamon, ya pensaba en el siguiente paso, farfullando maldiciones porque se dio cuenta de que derrotar a Leonardo sería una misión difícil porque aprendía rápido y sabía echar mano de la protección divina y las armas que Dios le dio al ser humano.

"Porque no tenemos lucha contra sangre y carne, sino contra principados, contra potestades, contra los gobernadores de las tinieblas de este siglo, contra huestes espirituales de maldad en las regiones celestes. Por tanto, tomad toda la armadura de Dios, para que podáis resistir en el día malo, y habiendo acabado todo, estar firmes. Estad, pues, firmes, ceñidos vuestros lomos con la verdad, y vestidos con la coraza de justicia, y calzados los pies con el apresto del evangelio de la paz. Sobre todo, tomad el escudo de la fe, con que podáis apagar todos los dardos de fuego del maligno. Y tomad el yelmo de la salvación, y la espada del Espíritu, que es la palabra de Dios".

XXII

Leo siempre se preguntó por qué su padre nunca le presentó a la familia de su madre. El único que lo visitaba y a quien conocía como familia, siendo más pequeño, era su abuelo Rafael y su esposa, Matilde. La diferencia de edades entre su abuelo y su esposa era muy evidente; él ya era una persona de sesenta y cinco años, mientras que Mati, como le decían de cariño, era una mujer treinta años más joven. Su abuelo siempre lo buscó y siempre que lo visitaba le llevaba diferentes regalos. En una o dos ocasiones Raúl correspondió devolviendo la visita a la casa del abuelo de Leo.

Cierto día de diciembre, Margarita, tía de Leo, a quien él no conocía, llamó a Leo para informarle de la muerte de su abuelo Rafael. De acuerdo con su tía, el abuelo había tenido una larga agonía; había enfermado gravemente de soledad y tristeza.

—¡Mati! ¿Cómo pudiste hacerme esto? —gritaba ofuscado Rafael mientras dos niños lloraban al ver la escena.

—¡Mírate! Ya eres un viejo y yo estoy llena de vida, con necesidades de mujer que tú ya no puedes satisfacer.

—Pero si ese es el punto, ¿por qué te casaste conmigo?

—Porque en su momento creí estar enamorada. Rafael, míranos, nuestras diferencias son evidentes.

—¿Y qué hay de nuestros hijos? Ellos no tienen la culpa de tus liviandades, Matilde. Y si las diferencias, como dices, son tan evidentes, ¿por qué no te divorciaste de mí? ¿Preferiste engañarme de esta manera?

Rafael la espetaba con el rostro enrojecido, manoteando y lleno de ira y dolor. Se sentía humillado y herido. Mientras tanto, Matilde, como fiera, trataba de justificar lo injustificable.

—Por dos cosas. La primera es que yo no lo planeé, simplemente se dio. Y la segunda es que tú nunca me darías el divorcio. ¡Y lo sabes!

Cuatro ojos infantiles presenciaron la escena desde un rincón del comedor del pequeño departamento sin saber qué pensar, pero se sentían asustados y lloraban, en cierto modo, de manera controlada porque percibían la violencia inminente en este intento de diálogo.

Matilde guardó distancia de Rafael y gritaba llorando lo que para ella eran sus razones. Él tenía la comisura de los labios emblanquecida por la rabia contenida y con la mirada iracunda. Ya habían tenido problemas antes por muy diversas razones y discutían acaloradamente cada vez, sin embargo, los niños intuían que esta vez era diferente. Rafael estaba lleno de ira. Los niños lloraban abrazados, con verdadero terror en sus rostros.

—Ya, papito, no le hagas nada a mi mamita —decían y se abrazaban de sus piernas—. ¡Tenemos miedo, mamá!

Al ver las lágrimas de sus hijos, Rafael se detuvo y cargó al más pequeño, tomando de la mano a su hermana. Los llevó a su habitación tratando de calmarlos. Los recostó y cubrió con sus mantas, dándoles un beso en la frente.

Había lágrimas de rabia y dolor en el rostro de Rafael. Realmente se estaba esforzando por no permitir que la ira saliera enfrente de sus hijos.

—¿Por qué lloras, papito? —preguntó la niña.

—No es nada, princesa, es de gusto por verlos a ti y a tu hermanito tan grandes e inteligentes.

—Papá, ya no quiero que peleen mi mamita y tú, me da mucho miedo.

—No se preocupen, su madre y yo tenemos un problema, pero lo resolveremos. Ya estamos bien. ¡Los amo!

Besó sus frentes y salió de aquel cuarto con el rostro demudado viviendo una serie de sentimientos encontrados entre la ternura y la ira, el dolor y el amor, la compasión y la lástima.

Cerró la puerta tras de sí y volvió hacia Matilde. Al salir la encontró llorando sobre la mesa en el extremo contrario del comedor. Rafael la miró con desprecio y continuaron los cuestionamientos.

—¿Dónde lo conociste? ¿Lo conocen los niños?

—Sí, ¡lo conocen! Salimos en varias ocasiones con ellos.

—¿Dónde lo conociste? —repitió la pregunta—. ¿Cómo se llama?

—¿Para qué quieres saber su nombre? ¿Qué más da?

—¡Para matarlo! A él y a ti por miserables.

—Ja, ja, ja —rio ella con sarcasmo, escupiéndole en la cara—. ¡Eres un cobarde incapaz de hacer algo así! Además, es mucho más joven que tú. No tendrías oportunidad.

Rafael contestó con orgullo, sintiéndose impotente y humillado por las palabras de su mujer.

—Soy viejo, pero aún estoy fuerte.

—No sé cómo me fijé en ti, ¡mírate! Eres un viejo, hueles mal y no me satisfaces ni como hombre.

Rafael ya había escuchado suficiente. Arremetió de un salto en contra de Matilde, quien no pudo incorporarse ni retroceder a tiempo y un puño se le estrelló en el rostro, haciéndola ver negro cuando su cabeza retrocedió como efecto del impacto. Bruscamente cayó de la silla, sólo para ser golpeada en las costillas por los pies de Rafael. Él detuvo por unos segundos el castigo mientras se dirigía a la cocina; tomó un cuchillo del estante y salió con la muerte en su mirada, enarbolando el cuchillo y decidido a matar a su esposa. Matilde, a pesar del dolor físico por el castigo recibido y sangrando abundantemente por la nariz y el labio inferior, se levantó rápidamente. ¡Nunca lo había visto así! Tenía la mirada extraviada.

Matilde corrió lo más rápido que pudo al baño, el refugio más cercano que tenía, y se encerró en él, pidiendo ayuda a gritos. Rafael pateó salvajemente la puerta hasta en dos ocasiones, pero ésta no cedía. Rafael atacó con el cuchillo, cuya hoja atravesó la puerta por la parte más delgada, aterrando a Matilde con cada cuchillada, pues no sólo se trataba de la impresión de que cada golpe llevaba su nombre, sino también de la destrucción provocada al astillar la madera con la hoja del cuchillo, lo que hacía inminente que cediera la puerta… entonces ya no habría nada entre Rafael y ella.

—¡Auxilio, por favor, llamen a la policía! —gritaba Matilde para que la escucharan los vecinos—. ¡Roberta, por favor! ¡Ayúdenme, me quiere matar! —gritaba por la ventana del baño, llamando a su vecina y amiga.

Con una tremenda patada la puerta cedió. Rafael entró blandiendo el cuchillo contra ella, quien, en un movimiento desesperado de supervivencia, esquivó la puñalada, recibiendo sólo una leve cortada en el antebrazo. Agachándose, Matilde logró escurrirse hacia el comedor de nuevo, poniendo distancia entre su esposo y ella del otro lado de la mesa, concibiendo un juego macabro del gato y el ratón.

Tocaron a la puerta.

—Es la policía. ¡Abran la puerta!

—Maldita, antes de que entren estarás muerta y con eso pagarás todo lo que me has hecho.

 184

—Por favor, Rafael, perdóname —suplicaba Matilde mientras sujetaba su antebrazo, que oprimía tratando de retener la sangre que escurría hasta su mano.

—¡Abran o tiramos la puerta! —se escuchó desde afuera.

Los oficiales se mostraron nerviosos porque Matilde gritaba desesperada que Rafael tenía un cuchillo y la quería matar.

En un rápido movimiento arrojó una silla sobre Rafael, que perdió el equilibrio momentáneamente. Ella aprovechó esta distracción y se escabulló hacia la puerta para abrirla, momento en que Rafael le propinó una horrible puñalada a la altura del hombro derecho, por la parte de la espalda. Matilde aulló de dolor y se tomó con la mano izquierda el hombro, como si con ello adormeciera la parte de su cuerpo herida.

Matilde había llegado, arrastrándose, hasta la puerta, logrando quitar el seguro. Los niños salieron de su recámara y ahora se encontraban abrazando a su madre, llorando y pidiendo misericordia. Esto género que Rafael volviera en sí y no le diera el tajo mortal.

La puerta cedió. Los oficiales entraron de inmediato y desarmaron al hombre, quien, ya sintiéndose derrotado, había detenido su agresión entregando el cuchillo. Salió del departamento escoltado por dos oficiales.

Mientras tanto, los vecinos llamaron a la cruz roja para que atendieran a Mati, que sólo repetía: "¡Perdóname, Rafael, perdóname!". Pero ya era demasiado tarde, el daño en el alma de Rafael, el cuerpo de Matilde y, sobre todo, en el corazón y la mente de sus hijos ya estaba hecho. Rafael tenía que afrontarlo y ambos enfrentarían el juicio de sus hijos con el paso del tiempo.

Roberta, su vecina, sacó a los niños y los llevó a su departamento. Matilde fue llevada a la ambulancia, que inició la marcha con su lúgubre ulular, mientras que la patrulla policiaca también hacía sonar su sirena, llevando a un demacrado e inexpresivo Rafael a su destino con la justicia.

El abuelo de Leo fue encarcelado y condenado por intento de homicidio y lesiones que tardan más de quince días en sanar. Su condena en realidad fue corta y por buen comportamiento salió a los cuatro años, tiempo en que nadie lo visitó. Cuando esto sucedió, Leo y su familia paterna ya se habían alejado del abuelo y tenían muchos meses sin tener contacto o comunicación alguna.

Al salir, Rafael encontró su departamento abandonado. Nadie parecía saber nada de Matilde y sus hijos. La casa la vaciaron de muebles y de todo lo que pudiera tener algún uso o valor. Sólo quedó una desvencijada mesa de desayunador y una cama sin colchón de la litera de sus hijos, hijos de los que ya no estaba seguro si eran suyos. Todo era un absoluto desorden; Rafael apenas y lo limpió. En realidad, sólo recogió algunas piezas del piso, levantó dos sillas desvencijadas y eso fue todo. Su departamento se encontraba en ruinas, al igual que su alma. Se sentó en la orilla del tambor de lo que en otros tiempos fungió como cama de su hija y, poniendo su mano sobre su frente, lloró amargamente. Después de esto murió de un paro cardiaco sólo seis meses más tarde.

De ese modo fue cómo supo Leo del deceso de su abuelo. De Matilde y los niños nunca más se tuvieron noticias.

Cuando su tía le contó lo anterior a Leonardo, el abuelo ya había sido enterrado. Lo único que le dieron fue un manojo de fotografías de su madre que tenía en una caja el abuelo. ¡Un verdadero tesoro! Eso fue todo lo que supo Leo de la familia por parte de su progenitora; nunca conoció a nadie más ni supo más de ellos. Sus únicos recuerdos fueron una foto en blanco y negro de su madre, un alhajero en forma de cabaña de madera, un libro de contabilidad y *La Historia Verdadera de la Conquista de la Nueva España*, escrita por Bernal Díaz del Castillo.

XXIII

Volvamos a 1970, donde se encuentra Leo después de haber tenido un desagradable encuentro con Desaliento. Él estaba agotado, pero feliz de haber enfrentado a esa potestad enemiga, sabiendo que lo había derrotado porque contaba con la protección de Dios. Aún no lograba apartar de su mente el aspecto del espíritu inmundo: ese rostro lleno de maldad y sus penetrantes ojos manifestaban un odio irracional. Su actitud era amenazante. Se sentía vulnerable y poderoso a la vez — si esto fuera posible—, e inseguro, pero confiado. No podía olvidar ese sentimiento de tristeza y depresión que lo embargó al mirarlo a los ojos, nunca se había sentido tan cansado emocionalmente como en esos momentos.

—Lo peor fue cuando me golpeó con la espada, en ese momento sentí deseos de morir y acabar de una vez por todas. Lo más extraño es que no hirió mi piel con la daga, pero tocó mi espíritu. Pude sentir cómo me hizo daño y el malestar fue inmediato.

Leo recordó la pesadez que sintió y aquella terrible sensación de derrota.

—¡Qué devastador puede ser el ataque de un demonio! Potenciado por nuestra ignorancia, sentimientos y mala conciencia… nunca lo hubiera pensado así. Y él seguramente se ríe de nosotros cuando nos ha destruido y utilizado para sus fines de odio y destrucción.

Dios quiere redimir a la humanidad, mientras que el diablo la quiere de rodillas delante de él. Lo interesante es que el propósito satánico jamás se cumplirá en todas las personas, pues un gran número de seres humanos somos, y seremos, salvos por la fe en Jesucristo; nos arrepentiremos de nuestros pecados y seremos redimidos por la bendita gracia de Dios. ¡Para eso vino Jesús!

Pero ahora hablemos un poco de Laura, abuela de Leo y madre de Raúl, uno de los seres más significativos en la vida de Leo. Siempre la vio como un símbolo de esfuerzo, valentía y bondad. Tenía una fuerte conexión con ella; en más de una ocasión se llegaron a comunicar con el pensamiento. Cuando Leo aún era un niño podía saber lo que Laura sentía.

Cierta vez llegó Leo de la escuela secundaria y estando dentro del departamento escuchó la voz de su abuelita que lo llamaba, e incluso pudo escuchar su respiración fatigada. Por lo general ella venía cargada con lo adquirido en el mercado para la comida y llamaba al muchacho desde el pie de la escalera para que le ayudara a subir las pesadas bolsas. Recostado en el sillón después de regresar de la escuela, Leo se encontraba a punto de caer en sueño profundo cuando creyó escuchar la respiración agitada de Laura, como cada vez que llegaba del mercado cargada con las compras del día. Pensó que al abrir la puerta la encontraría, sin embargo, no fue así. Por lo tanto, Leo sintió el impulso de salir a buscarla y encontrarla en el camino.

Caminó unas cuadras hacia el mercado de San Cosme y encontró a su abuela recargada en la pared, con las bolsas en el piso. Se veía pálida y sudorosa —señal de que no estaba bien—. Al ver a Leonardo se le dibujó una sonrisa en el rostro y sintió un gran alivio.

—Parece que te llamé con el pensamiento, mijito.

—¿Estás bien, abuelita?

—Sí, hijo, sólo un poco cansada.

Leo tomó las bolsas y caminaron despacio hacia el departamento. Cosas como esta eran cotidianas entre ellos dos.

Laura, siendo una mujer de la tercera edad, aún era muy bella, de tez clara, ojos azules, alta y con cabello gris y plata. Fue heredera de un apellido de abolengo en Guadalajara, de donde ella era oriunda y donde los ojos claros son comunes por la ocupación de los franceses en esa parte de la República Mexicana durante la segunda intervención francesa entre 1862 y 1867.

Debido a la deuda externa y la suspensión de pagos de México, surgió una alianza tripartita entre España, Francia e Inglaterra; encontraron la excusa perfecta para intervenir a nuestro país. Dos de ellos se retiraron al llegar a un acuerdo con México (España e Inglaterra), sin embargo, Francia no lo hizo e ingresó a territorio mexicano, sufriendo un serio tropiezo en Puebla de los Ángeles, donde fue derrotada por las tropas al mando del general Ignacio Zaragoza en la memorable batalla del 5 mayo de 1862. No obstante, esto no fue suficiente para desanimar los planes de conquista del gobierno francés. El asedio continuó y fue al año siguiente que los franceses invadieron Tabasco; de allí continuaron su marcha hacia la capital de la república. Fue durante esta conflagración histórica que se dio la toma de Guadalajara el 5 de enero de 1864, cuando el avance imparable de los franceses ocupó también Aguascalientes y Zacatecas.

Se generó una larga lucha por la soberanía de nuestro país y la constitución de un gobierno mexicano para los mexicanos, siendo el líder de la lucha don Benito Juárez, opositor al gobierno impuesto de Fernando Maximiliano José María de Habsburgo-Lorena, quien, a ruego del partido conservador mexicano, presidido por José María Gutiérrez Estrada, que se trasladó junto con una comitiva de aproximadamente diez personas al castillo de Miramar en Trieste, Italia, lugar de residencia de Maximiliano de Habsburgo y Carlota de Bélgica, solicitaron la presencia de un emperador europeo. Pensaban que los mexicanos no teníamos la capacidad de gobernarnos a nosotros mismos y, por supuesto, velaban por los intereses propios de la aristocracia mexicana. Napoleón III, después de descartar algunos candidatos, envió a Maximiliano de Habsburgo y a su esposa Carlota de Bélgica como emperadores del pueblo de México.

Finalmente, cuando el ejército de la Reforma derrotó al ejército francés y éste inició la retirada, Maximiliano se quedó solo y decidió escapar de la manera más ingenua y absurda: disfrazándose de indígena, creyendo que pasaría desapercibido. Desde luego, fue reconocido y apresado por el general Mariano Escobedo. Más tarde fue fusilado por órdenes del presidente de México, don Benito Juárez, quien no cedió a ningún ruego de perdonarle la vida, ya que tenía que dejar un precedente de manera muy clara para todo aquel que pretendiera en el futuro intervenir en nuestro país.

En fin, debido a esto es que en Jalisco existen muchas personas con ojos claros y de tez blanca, pues los militares franceses, fueran presos o desertores, vivieron en nuestro país y ahí tomaron mujer. Otros más sedujeron a las bellas tapatías de la época, embarazándolas. De esa herencia le llegaba la dignidad, su color de piel y sus ojos claros a Laura, eso le daba un aire de superioridad hacia los demás, en su muy personal concepto; poseía prejuicios racistas hacia las personas de piel oscura.

Dichos prejuicios se fueron desvaneciendo con el nacimiento de Raúl, a quien le decía "mi negrito" por ser el más moreno y el menor de sus hijos, a pesar de que en realidad su color de piel más bien era moreno clara.

Después ya vinieron los nietos, entre ellos Leo, que también era de piel morena clara, y otros nietos más cuyo color de piel tampoco era blanco o rubio, a quienes amó profundamente y por quienes ella también fue muy amada. ¡Leo aún extraña su presencia!

 190

Cuando el mundo se le cerraba y las cosas no iban bien, siendo niño y aun después, se hincaba, poniendo la cabeza en el regazo de su abuela. Ella lo acariciaba con su mano regordeta y tibia. Eso lo hacía descansar y sentir que nada era imposible y que todas las cosas estarían bien, sin importar cuán complicadas se vieran. Con Laura se sentía seguro y protegido; el miedo se alejaba y una paz cálida lo sustituía. Eso aún le hacía falta a Leonardo.

Laura era una hermosa joven de quince años cuando conoció a Manuel. Se enamoraron y se hicieron novios, aunque esto no duró mucho, pues en pocos meses se casaron en su ciudad natal: Guadalajara. Una vez casados se trasladaron a la Ciudad de México, en donde radicarían el resto de su vida. Todos sus hijos nacieron en el Distrito Federal, hoy Ciudad de México.

Manuel era relojero y tenía un local que se dedicaba a la reparación y venta de relojes. Fiel a la época, era alcohólico y macho, así que Laura tuvo que soportar los golpes y la violencia física y verbal cuando él volvía de la cantina. Del mismo modo, debía tolerar sus celos desmedidos y obsesivos, aun sin el alcohol de consejero.

Laura tuvo quince hijos, ya que en ese tiempo se trataba de tener todo el tiempo a la mujer embarazada para evitar riesgos de infidelidades.

Los celos, los golpes, las agresiones y el estar permanentemente embarazada hizo de Laura una mujer infeliz. Leo la escuchó repetir en varias ocasiones: "Que Dios me perdone, pero cuando Manuel murió, descansé. Hasta ese momento pude disfrutar mi vida y a mis hijos".

Laura llevó una vida dura de infancia corta, pues en su tiempo las mujeres se casaban a los quince años o más jóvenes. Para entonces ya había vivido muchas experiencias desagradables, una de ellas fue la Revolución Mexicana.

—Me contaba que la enviaba su madre a buscar comida y, estando ella en camino, a veces se desataban las balaceras y tenía que transitar en medio de ellas, corriendo y ocultándose. Cuando tenía 12 años, al viajar en tren de Guadalajara a Colima en compañía de sus padres, éste fue atacado por la gente de Francisco Villa, teniendo que huir en compañía de su hermano por los llanos, entre árboles y matorrales. Su hermano Enrique era un soldado carrancista y es con él con quien más se frecuentaba en la infancia. Todos nos movíamos alrededor de la abuelita, de la misma manera que giran los planetas alrededor del Sol; eso nos hizo vivir maravillosos días de convivencia durante los domingos, el día de las madres, el día de su cumpleaños y, por supuesto, en las mágicas Navidades y la celebración del Año Nuevo. El barrio de Santa María era maravilloso. Ahí se reunían todos los vecinos de la cuadra y se organizaban en un gran grupo al que se le repartía luces de bengala, una vela y una pequeña hoja con las letanías (oraciones a manera de cánticos de amalgamada tradición en todas las Navidades). Iniciábamos todos, niños y adultos, la marcha alrededor de las casas que componían una manzana cantando: "En el nombre del cielo, ooos pido posada, pues no puede andar mi esposa amada. Venimos rendidos desde Nazaret; yo soy carpintero de nombre José. Posada te pide, amado casero, por sólo una noche, la reina del cielo. Mi esposa es María, es reina del cielo y madre va a ser del divino verbo. Dios pague, señores, su gran caridad y los colme el cielo de felicidad". En este punto un pequeño grupo se separaba, entraba en una casa, detrás del zaguán, y contestaba a los del exterior: "Aquí no es mesón, sigan adelante. Yo no puedo abrir, no sea algún tunante. No me importa el nombre, déjenmele dormir, pues ya les he dicho que no voy a abrir. Pues si es una reina quien lo solicita, ¿cómo es que de noche anda tan solita? ¿Eres tú, José? ¿Tu esposa es María? Entren, santos peregrinos, no los conocía. Dichosa la casa que alberga este día a la virgen pura, la hermosa María". Y gritaban todos juntos mientras se abría el zaguán para que pasaran todos los vecinos: "Entren, santos peregrinos. Peregrinos, reciban este rincón, aunque es pobre la morada, la morada os la doy de corazón". Para una mayor convivencia y cordialidad por parte de los anfitriones, se les invitaba a los peregrinos un vaso de ponche con piquete y conversaban animadamente en grupos pequeños de su preferencia. Ya cuando los vecinos se retiraban a sus respectivas casas para celebrar con sus familias, se abrazaban todos fraternalmente y se deseaban las mejores bendiciones para todo el año. Los de la casa continuaban con la celebración que había iniciado al menos tres días antes, organizándose para ver cómo se distribuían los guisados y qué comida le tocaba a cada quien, así como el vino, las piñatas, los refrescos, etc. Cada familia preparaba un guiso, otra, los refrescos, alguien más hacía el ponche, otra familia compraba las piñatas y, por supuesto, el vino y la colación (dulces de la temporada). Para la colación se compraban pequeñas canastitas de papel y cartón de colores que rellenaban con esos dulces. Por lo general, Alicia era la encargada de hacer el ponche: dos enormes ollas de peltre, una a la que le agregaba brandi o ron y la otra, que sólo tenía frutas, era para los niños.

Laura se encargaba de hacer los romeritos; Leo ayudaba a quitarles los tallos, mientras que su abuelita preparaba y le daba el punto al mole y hacía las tortitas de camarón.

El árbol de Navidad se engalanaba con muchos focos para que brillara y tuviera mucha luz.

Los demás vecinos cooperaban con el bacalao y a veces hacían pierna o cuete mechado.

Antonio, el esposo de Alicia, preparaba las piñatas de los niños, llenando los jarros de barro con dulces y fruta. Se rompían dos piñatas hechas en casa. Se adquirían ollas de barro y se disponía agua caliente a la que se agregaba harina para la elaboración del engrudo, excelente pegamento para las tiras de papel crepé que adherían al barro. Cuando se tenía el tiempo se hacían cucuruchos de cartón, con los que se le ponían las puntas a la estrella. En caso contrario, sólo se pegaba el papel a la olla de barro en espiral, dejando la olla decorada como si tuviera una faldita.

El día de Navidad, después de cantar las letanías, y una vez que la mayoría de los vecinos se había retirado, sacaban al patio las piñatas y empezaba el deleite de los niños, a quienes formaban del más pequeño al más grande de estatura y cantaban: "No quiero oro ni quiero plata, yo lo que quiero es romper la piñata". Al que le tocaba el turno se le vendaban los ojos con un pañuelo o mascada, se le entregaba un palo y se le daban varias vueltas para marearlo. Una vez suelto, el pequeño tiraba de palos al aire y los demás le gritaban, tratando de ubicarlo para que le atinara a la piñata, que, además, era movida, columpiándola hacia los lados y de abajo hacia arriba para hacer más difícil y divertido el romperla. "A la derecha, a la derecha, no, de frente, arriba, brinca, ahí vas bien", decían. Mientras tanto, los demás entonaban la canción alusiva a la ocasión: "Dale, dale, dale, no pierdas el tino porque si lo pierdes, pierdes el camino". Los niños alrededor estaban a la expectativa para ganar la mayor parte de la fruta y los juguetes al momento de que rompieran la piñata.

En cierta ocasión, Ramiro, que era uno de los más grandecitos, dio varios golpes en el barro, pero no lograba romper la piñata, hasta que en un giro bien calculado dio un fuerte golpe en la panza de la olla, rompiéndola en un gran número de pedazos, dejando ésta caer su valioso contenido. Todos se abalanzaron sobre los restos que caían al suelo, tratando de agarrar lo más posible y obteniendo mucha fruta, dulces y algunos juguetes. Uno que otro de los pequeños lloraba amargamente porque no había podido recoger nada, pues los más grandes se habían hecho de la mayor parte de los dulces. Un niño cayó después de un empujón de otro pequeño. Siempre existía uno o dos de los más avezados que no querían levantarse y peleaban con los demás, quienes les sacaban por las orillas de sus cuerpos parte del botín; cuando al fin lograban levantarse ya habían perdido la mitad de lo recogido, pero, aun así, levantaban los restos de cartón que les servirían de recipiente para llevarse todo lo ganado. A aquellos que no agarraban nada se les regalaban bolsita de dulces para que nadie se fuera con las manos vacías.

Una vez hecho esto, todo era tiempo libre para platicar, jugar, tomar la copa o comer botana hasta el momento cumbre del día. A las doce de la noche era la hora en que se ponía al niño Dios en el nacimiento porque al fin había nacido, celebrando con un brindis y abrazos el acontecimiento. Iniciaba un tiempo solemne en que un pequeño, elegido de antemano, se encargaba de leer y entregar los regalos que en intercambio se daban unos a otros. Por lo general, los pequeños recibían ropa de sus padres y uno que otro juguete de sus tíos. Por ello no se sentían tan pletóricos de alegría con los regalos recién recibidos. Sin embargo, el dar y abrir los obsequios para conocer el contenido del paquete y hacerlo público a todos les resultaba sumamente emocionante y divertido. Ver las caras y el agradecimiento al familiar que se lo regaló junto con un fuerte y sincero abrazo. Los niños sabían que los juguetes los recibirían el 6 de enero por parte de los Reyes Magos, si se habían portado bien y cumplieron con sus deberes todo el año. Una vez entregado hasta el último regalo y pasada la euforia de ver y conocer cada uno, se dejaban en alguna habitación de la casa.

¡La cena! Era el momento más importante de la celebración. Como eran muchas personas, los niños cenarían en la mesa de la cocina y los adultos en el comedor, donde tenían que turnarse hasta que terminaran los primeros para sentarse los siguientes. Algunos más, si ya tenían mucha hambre, comerían sentados en la sala o en cualquier otro lugar de la casa. La cena era servida y el brindis continuaba toda la noche y en ocasiones hasta el amanecer. La música no paraba en toda la noche y algunos bailaban todo el tiempo.

Al día siguiente, los que habían partido en la madrugada regresaban después del mediodía del día siguiente al recalentado y se hacía una gran reunión alrededor de la comida para después retirarse temprano e integrarse a las actividades normales.

Una celebración semejante, aunque no tan grande ni lucida como la de Navidad, se llevaba a cabo en el Año Nuevo, en la que nadie se quería dormir hasta el amanecer para ver nacer el nuevo año. Después de la cena y a las doce de la noche se acostumbraba a hacer un brindis con sidra y pedir un deseo por cada uva que se comía; son doce, una por cada mes del año. Inmediatamente después se dan los abrazos de felicitación, expresando los parabienes de corazón a cada uno de los familiares para el año que comienza. En ese momento se olvidan rencores o resentimientos entre familiares, surge el perdón y el amor predomina; todos se abrazan y se bendicen mutuamente. Alguien llama a la mesa mientras aún siguen los abrazos y cada uno toma su lugar, luego se hace una oración de agradecimiento a Dios por habernos permitido vivir un año más y un brindis en el que cada miembro de la familia dedica unas palabras de agradecimiento, aliento, melancolía, amor, fe o cualquier emoción y sentimiento que aflore a quien brinda en turno. Es un momento muy emotivo y hasta me atrevería a decir que solemne, en el que también hay lágrimas debido a que alguien recuerda a los ausentes, ya sea porque viven lejos o fallecieron en el transcurso del año que se va o en algún año reciente.

Para Leo, el Año Nuevo era una prolongación de la Navidad, ¡pero no terminaba ahí la magia! Para el niño Leonardo otro día maravilloso lleno de ilusión, bendición y milagros era la noche de reyes. Cuando todos se acostaban o dormían, Leo se levantaba, se sentaba al pie del árbol de Navidad, que era el único iluminado, y, viendo los focos prendiendo y apagando y mirando las estrellas por la ventana, buscaba con ojos llenos de fe y esperanza el cinturón de Orión, que, según lo dicho a los niños, eran los tres reyes magos que venían en camino cargados de regalos para los bien portados. Él miraba como si estuviera hipnotizado los focos de muchos colores; el reflejo de su luz en el vidrio de las esferas y ese olor a pino que llenaba toda la habitación formaban parte de esta hermosa fantasía y le daban al ambiente un toque mágico y misterioso. Leo amaba ese momento, en el que podía soñar algo más allá de lo natural y esperaba poder ver a los reyes cuando llegaran en su caballo, su camello y el elefante. No eran sólo los regalos, era el momento en donde los mismos seres que le llevaron obsequios al niño Jesús lo hacían ahora con Leo, quien no entendía muy bien el simbolismo, pero sí lo sobrenatural del momento. Soñaba con ver a aquellos personajes que él imaginaba muy altos, con ropas finas y grandes turbantes con una gran gema en el frente. También esperaba ver a sus animales flotando en el aire mientras esperaban a que ellos volvieran. No podía imaginar al elefante, el camello y el caballo flotando enfrente de la ventana.

Leo se levantaba en la madrugada y brincaba de gusto al ver sus juguetes, corriendo con su padre para enseñarle lo que le habían traído. Después corría con su tía Carmen y hacía lo mismo con su abuelita. Ese día de juegos marcaba el final de las fiestas decembrinas.

Esa bella experiencia infantil tan llena de amor logró darle a Leo el énfasis para esa celebración año con año. Es y será la más bella experiencia y la fecha más importante para él, sin importar el momento qué se esté viviendo. Leo las disfrutaba por él mismo y por sus hijos.

Algunas cosas se perdieron en el tiempo por la carestía de la vida y la desintegración de la familia después de la muerte de Laura, pero hoy, él y su familia habían rescatado tradiciones del pasado y creado otras propias. Ese día, los hijos sabían que no se podía celebrar en ninguna otra parte, pues la Navidad sólo tenía un lugar para celebrarse: el hogar y en familia. Es un momento íntimo y muy singular que Leo, su esposa y ahora sus hijos no permitirían jamás que se perdiera por ningún motivo. Mientras Dios lo permita, cada año se festejará el nacimiento del Salvador del mundo: Jesucristo.

Globo de cantoya.

Árbol de Navidad.

XXIV

Ozuri le sonrió a Leo cuando se encontraron nuevamente en la nave de Ignio y su equipo. Saludó con un ademán a Ignio, Gedolin y a Asriel, que en esta ocasión se encontraba de pie junto a Gedolin y tenía un gesto menos adusto; en realidad se miraba y actuaba amable. Ignio habló.

—Bienvenido, Leonardo. Estamos aquí para que nos platiques cómo te has sentido, tus experiencias y para responder cualquier duda que tengas.

Leo dudó un poco y tuvo la sensación de ser culpable de algo. Aún no sabía de qué.

—Ignio, es que aún no hay nada qué evaluar. He estado muy poco con mi familia y no he podido recopilar ninguna información.

—Al contrario —dijo Ignio—. Cada evocación o recuerdo de tu pasado es parte de la misión, y sé que es mucho el pasado removido, que has compaginado con aquello que sabes o creías saber de cada uno de tus familiares, y hoy tienes una expectativa diferente a la que tenías antes de volver al pasado. Has evaluado mentalmente la personalidad de cada uno y has entendido, conforme a sus raíces, las causas de ser lo que son, y eso te incluye. Has visto que cada uno es consecuencia de sus raíces, de su entorno, de su educación y que han dado lo mejor de sí para sus hijos y su familia, algunos equivocándose y con deficiencias, pero siempre bien intencionados y procurando que los demás no tengan que andar el mismo camino difícil o se vean forzados a llevar una vida dura. A su manera, cada paso que dieron fue para protegerlos y protegerse. ¡Esa es tu misión! Cuéntanos tus vivencias, por favor. ¿Qué sientes al remover y recordar el pasado?

—En realidad, tú lo has descrito perfectamente. Muchas veces juzgué a mis familiares por lo que oí o vi desde mi perspectiva, pero hoy todo se me trastornó al ver y, sobre todo, recordar o conocer su origen. Hoy me explico muchas cosas y me es más fácil entender sus actos o el porqué de sus decisiones. Hoy tengo más parámetros e información para entender. Cada uno de ellos actuó de acuerdo con sus medios, conocimientos y experiencia en su momento; también lo hicieron de acuerdo con la época, pues tenían muchos prejuicios que hoy ya no lo son más. Pude darme cuenta de lo trastocados que están nuestros valores y lo mucho que se han degradado en el 2017. He visto que cada uno es un maestro que enseña sus valores o anti-valores inculcados o aprendidos y he conocido que los valores no se aprenden por la teoría, los aprendemos de los actos de nuestros padres, principalmente, y de la gente que nos rodea. Si se equivocaron, no pueden ser reos de juicio; siempre que el error haya sido con una buena intención, sin egoísmo, envidia o deseos de hacer daño.

—¿Crees que lo que has aprendido te ha movido de algún modo y que cuando vuelvas a tu vida serás diferente?

—Sí. En realidad, te confieso que muchas veces juzgué mal a mi familia o a mis padres, incluso fui muy duro al calificar sus decisiones. Pero, ahora que conozco sus motivos, me arrepiento de haberlos prejuzgado y siento amor y ternura por aquel al que escarnecí sin ningún fundamento.

—Por otro lado, hay un aprendizaje que no conocías.

—¿Te refieres al momento en que me enfrenté a un demonio?

—Sí. Platícame qué sucedió.

—Bueno, nunca me había sentido tan vulnerable, triste hasta la muerte, desalentado y sin ganas de vivir.

—Así es —habló Asriel—. El nombre de ese demonio es Deabah (Desaliento) y es una potestad, por ello te sentiste así de sólo mirarlo. Pero fuiste muy valiente y lo enfrentaste con la autoridad del nombre y la sangre del Cordero.

—Sí, así es —dijo Ignio—. Ahora dinos qué sucedió después. ¿Cómo es que te decidiste a actuar? ¿Cómo lo hiciste y por qué?

—Bueno, la verdad es que estaba paralizado de miedo. Busqué a Asriel, pero no pude encontrarlo. Incluso creo que lo llamé con el pensamiento entre oraciones. Al no encontrarlo me sentí vulnerable y solo. Cuando me encontraba más humillado, y a punto de rendirme, llegaron a mi mente tus palabras, Gedolin —dirigió su mirada hacia él. Gedolin se acercó a la mesa y se incorporó al frente de su silla con una actitud de atención—, cuando me dijiste que ellos sólo temían la sangre de Cristo y el poder de su nombre. Por ello me hinqué y me decidí a hablar con Dios y en su nombre. Honestamente, no tenía la menor idea de cómo hacerlo y me sentía tan mal y con tanto miedo que lo que menos quería hacer era lo que hice: ¡orar! Me extrañó que aquel espíritu inmundo no se abalanzara sobre mí cuando estaba más vulnerable y me hiciera pedazos al verme arrodillado.

—¡Es muy claro! Tu fortaleza está en tu debilidad. Cuando creíste estar más vulnerable es cuando estabas más protegido y por eso no pudo tocarte. Cubierto y seguro porque la gracia del Altísimo estaba sobre ti, como lo está con cada hombre o mujer que ora de rodillas pidiendo su amor y protección. Recuerda: "El que habita al abrigo del altísimo, morará bajo la sombra del omnipotente". Por ello mis ángeles y yo no podíamos intervenir, ¡era tu lucha! Y tenías que enfrentarla solo —fue Asriel el que habló—. Costó un gran esfuerzo detener a mis guerreros, pero era esencial que no intervinieran.

—Tienes razón, pues casi de inmediato aquella tristeza y depresión dejó de oprimirme con la fuerza del principio y me sorprendí porque tuve la fortaleza de ponerme de pie y confrontarlo. La verdad es que dudé un poco y pensé por un momento que mi oración no había sido lo que lo derribó, y mucho menos lo que lo hizo huir. Pero casi de inmediato me di cuenta de que la oración de fe atrae la presencia de Dios, eso lo aturdió y lo hizo retroceder.

—Excelente —dijo Ignio, quien volteó a ver a Asriel y a Gedolin con una sonrisa de complacencia y complicidad—. Ahora sabes cómo confrontarlos y derrotarlos. Desde luego, seguirás contando con el apoyo de Asriel y sus soldados, pues recuerda que el demonio Distracción estará muy activo después de la derrota de Desesperación y Desaliento. No debes alarmarte, pero el siguiente ataque será más contundente y es muy probable que por varios flancos. Tratarán de impedir por todos los medios que continúes aprendiendo y sigas estrechando los lazos de amor con tu familia. Cuando adquieras este conocimiento volverás al 2017 siendo una verdadera amenaza para el avance de las fuerzas del maligno. He observado que eres muy sensible a Burla y tus atacantes también lo saben. ¡Ten cuidado! Existen algunos ángeles caídos que son muy fuertes y se resisten a retroceder. Ahora entiendes que eres potencialmente peligroso para ellos; estás conociéndolos y aprendiendo de su proceder, de tal manera que, al volver a tu tiempo, estarás en condiciones de discipular a otros, que aprenderán cómo actúan, desenmascarándolos, y sabrán de qué manera enfrentarlos. Muchos que están consagrados ya lo hacen porque Dios se reveló a ellos y lo están enseñando en sus iglesias. Sin embargo, falta consagración y, con ello, la unción en muchos casos; esperamos que esa unción la lleves y la compartas con las congregaciones. Recuerda que la lucha contra los demonios no es tu objetivo al volver, tu meta es predicar el Evangelio a toda criatura, ese es el mandato de Jesús y esa es tu verdadera misión. El conocer cómo se mueven los demonios es para que sepan quitar o eliminar obstáculos para la difusión del Evangelio y la redención de los seres humanos, esto es básico y muy necesario para los tiempos finales. La efusión demoniaca está como nunca en la Tierra, pues saben que su tiempo está cerca y están incrementando sus ataques, usando a todos sus ciervos para hacerlo por todos los medios.

—Así es —dijo Gedolin—. Seguirán usando la música y la televisión, que es su mayor predicadora; aumentarán sus ataques en la red de internet hacia los niños y los jóvenes, que rápidamente caerán en sus garras bajo la promesa de conocimiento y diversión, además de poder, y proliferarán las drogas, a pesar de los esfuerzos humanos por evitarlo. Sobre este último punto, puedes ver que detienen a grandes capos, pero eso no impide que el adicto consiga drogas a la vuelta de la esquina, ya sea antes o después de la persecución, muerte o encarcelamiento de delincuentes. Por otro lado, se están fundando todo tipo de iglesias con un falso mensaje; los falsos profetas, las doctrinas equivocadas y la enseñanza de anti-valores se difunden como si fuesen valores, muchos de ellos trasmitidos por la televisión o el internet a través de las redes sociales, como Facebook, Instagram, TikTok o Twitter. Dios es muy claro al decir genéricamente: ¡no matarás! Es verdad, así es como se disfrazan las cosas y se engaña aun a los elegidos.

Leo, ya más confiado, continuó hablando.

—Saben, sobre el tema de la muerte y las armas pienso que el ser humano en este momento tiene todo el conocimiento y la tecnología para evitar el asesinar y sólo inhabilitar, desactivar, neutralizar o anular el poder destructivo de las armas a distancia, pero le parece mejor matar y destruir; con eso hace negocio y se colabora para que la Tierra no sea sobrepoblada, pero estoy convencido de que con electromagnetismo y otros conocimientos se podrían desactivar proyectiles e incluso armas de fuego, evitando con eso asesinar. El ser humano cada vez construye más y más armas destructivas que acaban con la creación y la vida humana, animal y vegetal, además de ser contaminantes. Imaginen si pudiéramos neutralizar un arma en lugar de matar al portador de ella, o desactivar un proyectil en lugar de contraatacar y exterminar a un número indefinido de personas.

Todos estuvieron de acuerdo, sin embargo, nadie opinó nada más al respecto; fue como si supieran que eso, tratándose del ser humano, no sería jamás.

Ignio cambió el tema, siendo muy puntual al mencionar la invasión del mal en la Tierra y la necesidad de que surjan personas que, al ponerse en la brecha, contrarresten esa embestida, y Dios, a través de esos líderes, logré redimir y salvar la vida eterna de muchos.

—Supongo que ahora es más clara tu misión y por qué era necesario que tú viajaras a este año en particular. Me doy cuenta con beneplácito de que vas muy bien y pronto podrás viajar nuevamente a tu tiempo. No te confíes, mantente alerta en todo momento. Esto aún no termina, de hecho, está por entrar a su periodo más álgido.

Todos se levantaron de sus lugares, dando por terminada la reunión. Leonardo tenía muchas dudas más en relación con ellos, así que continuó con sus cuestionamientos.

—He entrado en varias ocasiones a tu nave y me maravillo de la tecnología que puedo observar en ella; alguna la comprendo, otra la deduzco y otra más sólo me queda reconocer que no la entiendo. Hablo con ustedes como con buenos amigos y cada vez me identifico más y he atisbado un poco en su forma de vida.

—Entiendo, quieres saber acerca de nuestra sociedad, nuestras naves y nuestro comportamiento —dijo Ignio.

—Sí, definitivamente son ese tipo de preguntas.

—Claro. Te diré sólo aquello que puedas conocer, no me es permitido hablar de nosotros abiertamente.

—¿Por qué nos censuran la información, Ignio?

—Primeramente, porque no queremos contaminarlos. Ustedes deben evolucionar como sociedad y encontrar sus propios caminos. Les ayudamos un poco a su evolución en el pasado remoto, pero después ya no nos permitieron seguirles enseñando, principalmente cuando los superiores se dieron cuenta de sus tendencias a la guerra, la destrucción y el abuso del poder.

—¿Cuántas razas son? —preguntó Leonardo.

—Esa es una pregunta que no te puedo responder porque no tengo la respuesta, sin embargo, debo decirte que son muchísimas; no puedes imaginarte cuántas.

—¿Y aquí en nuestro planeta cuántas son?

—En la Tierra actualmente vivimos cinco razas de sistemas planetarios y galaxias diferentes. Unas de ellas viven en oquedades de la Tierra y son aquellas que han generado la teoría de la tierra hueca.

—¿No lo es?

—No totalmente. Existen grandes espacios huecos y cavernas enormes, algunas del tamaño de un continente entero. Otras tienen sus ciudades en el fondo marino. Los intraterrenos han hecho sus bases en los cráteres volcánicos, una de las más grandes se encuentra en México, en el Popo-catépetl. También usamos el magnetismo de los volcanes como un portal.

—¿Cuántos son de cada raza?

—Eso no te lo puedo contestar, sólo debes saber que son muchísimos de cada una y tienen bases diseminadas en todo el planeta.

—¿Por qué están aquí y por qué son tantos? Me hace pensar que, si se muestran hostiles, acabarían con nosotros.

—Mira, eso es algo que no debería responderte, no es algo que debas saber aún, sin embargo, romperé el protocolo en este caso particular por tratarse de ti y porque tus preguntas son legítimas. No venimos a explorar, eso ya fue en el pasado de tu planeta. Las razas que te menciono vivimos en la Tierra, nos desarrollamos y reproducimos aquí; en cierto modo también somos terrícolas. Hay una raza de seres hostiles, pero se encuentra bajo estrecha vigilancia de las demás razas para evitar que causen un daño a tu especie antes de tiempo, es por ello que ninguna de nuestras naves viajan solas, pues siempre hay centinelas u otras naves cerca de la principal. En ocasiones se ven verdaderas flotillas en nuestros cielos y permanecen juntas en una especie de formación y después se disgregan.

—¿A dónde van? ¿Qué hacen cuando regresan?

—Bien, nosotros también tenemos misiones que cumplir. Esas esferas no tripuladas están recabando información, por ello a veces permanecen estáticas en el cielo por algún tiempo. Otras se van alrededor del mundo, dependiendo de cuál sea su objetivo, y unas ya no vuelven, ya que se van a otra base a descargar la información recabada. Otros vuelven a su nave madre y unas más se trasladan a otro Universo.

—¿Qué tipo de información es la que recaban?

—Eso no te lo puedo contestar por ahora, pero en su momento te será revelado. En realidad, todas las respuestas están en la Biblia, el libro sagrado, sólo que a su tiempo se irán revelando, aunque otras aún están por hacerlo. ¿Tienes más preguntas? —le dijo Gedolin.

—Muchas, muchísimas. Espero tener respuestas antes de volver al 2017.

—Las tendrás, Leo, te lo aseguro.

Leonardo caminaba al lado de Ozuri por los pasillos de la nave y le habló, agradeciéndole por su apoyo y dirección. Una vez estando fuera, Ozuri se inclinó para darle un beso en la mejilla a Leonardo.

—Gracias, Leo, por estar aquí. A nosotros nos está prohibido intervenir directamente, sólo podemos apoyarte de la forma que lo estamos haciendo y me da mucho gusto ver que lo estás haciendo muy bien. El Señor no se equivoca.

—Gracias, Ozuri, pero la verdad es que yo soy el agradecido con Dios por permitirme vivir esta experiencia sin merecerlo.

Caminaron en sentidos opuestos y Leo dijo:

—Ozuri.

—Dime, Leo.

—¿Crees que se me permita viajar a otro tiempo?

—¿Qué quieres decir?

—Quisiera ver a mi madre conviviendo con mi padre cuando recién se casaron o cuando eran novios; me encantaría todavía más ver a mi padre y a mi madre cuando eran apenas unos niños.

—Lo siento, Leo, pero eso no está permitido. Sin embargo, se lo diré a Ignio.

Del otro lado, a no mucha distancia de allí, se encontraba Aamon con sus demonios.

—¡Muy bien, Desaliento! Lo hiciste dudar y entristecerse hasta el punto de querer quitarse la vida; lloriqueaba la niñita —todos reían socarronamente—. Faltó muy poco para que muriera de tristeza. En 1970 existe como niño y en el 2017 está entre las personas perdidas. Es una pena que reaccionara de la forma en que lo hizo, pero estoy seguro de que un ataque coordinado, en donde intervengamos varios de nosotros al mismo tiempo y tú, Distracción, logres evitar que se dé cuenta hasta que sea demasiado tarde, será su fin. No quiero errores de ninguno de ustedes, porque ya me conocen y saben que el castigo por ser estúpidos les causará mucho dolor. ¡Vamos! Desesperación, Desaliento, Burla y Temor, síganlo. No lo pierdan de vista. Busquemos el lugar adecuado para atacar. Los demás sigan a los guerreros del cielo, sé que estarán muy cerca de Leonardo. No los pierdan de vista y cualquier movimiento extraño me lo comunican de inmediato. Ellos no tienen que verlos, así que sean discretos porque también se cuidaran, pues saben que estaremos cerca.

XXV

Leo volvió a su casa con más preguntas que respuestas y con la firme intención de hurgar hasta lo más profundo en los recuerdos de su pasado. Se había despertado en él un ansia por entrar en lo más recóndito de cada uno de los personajes de su vida; no quería perderse nada, pues ahora entendía que todo era de vital importancia y le hacía mucho sentido, ahora sabía por qué lo asediaban de esa manera.

—Puedo ver claramente a ese demonio burlándose de mí. En el filo de la azotea puedo ver uno más agazapado en cuclillas y vigilando cada uno de mis movimientos.

Aamon se encontraba feliz observando cómo intimidaban a su presa.

—Miren cómo tiembla ese miserable humano —les dijo a sus subalternos—. No es más que un cobarde llorón. En verdad los odio, son tan limitados.

Deabah (Desaliento), un viejo conocido de Leonardo, también estaba esperándolo, buscando la oportunidad de enterrarle el aguijón y verlo humillado y vencido por su propia conciencia; deseaba verlo ahogarse en sus remordimientos. Estos entes malignos saben muy bien qué cuerdas tocar en el pensamiento de los humanos para hacerlos sentir mal y acabarlos lentamente. Ellos sólo tienen que alimentar el pensamiento y la naturaleza del ser humano hará lo demás.

Para esta operación también se encontraban Naats (Blasfemia) y Peluggah (División), entre otros entes. Todos se encuentran en absoluto silencio acechando a su objetivo. No sólo estaban allí por Leo, sino que estos seres atacarían a cada ser humano vulnerable. Se encontraban ahí Tavanut

(Lujuria), Shalu (Vicio), Avoda Zará (Idolatría), Yiddeoni (Adivinación), Sensagent (Murmuración), Qanah (Envidia), etc. Todos ellos adquirían el nombre de la emoción o pensamiento que atacaban en sus víctimas; se divertían cuando provocaban algún conflicto entre las personas. Si existía violencia, mucho mejor.

Se deleitaban alimentando la envidia, los celos y el odio entre los individuos. Les deleita atormentar y ver el sufrimiento en sus víctimas. A Leo le parecía muy triste el hecho de que esos seres sólo conocieran la maldad.

—Qué mundo tan horrible, sin amor, sin misericordia, sin libertad, sin justicia, sin ternura, sin honestidad, sin esperanza… Condenados a vivir en el infierno de sus propios actos por una eternidad. Lo más grave: ¡sin la presencia de Dios! Al menos los seres humanos tenemos la esperanza y la salvación a través de Jesucristo.

Leo recordaba también cómo en el año 2017, y un poco atrás, con la tecnología de las cámaras digitales en los celulares y las cámaras de vigilancia de alta definición e infrarrojas, se captan una gran cantidad de seres de orígenes y dimensiones desconocidas, quedando grabados aun cuando las personas no puedan verlos físicamente. Los últimos registros han logrado captar a estos seres que en el pasado sólo se conocían por relatos de terror y testigos, en los cuales muy pocos creían y se convertían en leyenda urbana. Se les ha bautizado como gente sombra, una traducción del inglés *shadow people*. En realidad, no son otra cosa que demonios, espíritus inmundos, ángeles caídos y muchos otros nombres. El de gente sombra es un término elegante para engendros conocidos antes de que existiera la humanidad. Stephen William Hawking (1942-2018), el famoso físico británico más brillante de nuestro tiempo, que dominaba la matemática aplicada, física teórica y cuántica y, desde luego, la astrofísica, teorizó sobre agujeros negros, singularidades, espacio temporal, relatividad general, materia y energía oscura. Él contaba con una gran cantidad de libros que reflejaban sus conocimientos; algunos de los más conocidos son: *Una Breve Historia del Tiempo, El Gran Diseño, El Universo en una cáscara de nuez* y *la Naturaleza del Espacio y el Tiempo*, en donde da a conocer diferentes teorías. Sin embargo, en *El Universo en una cáscara de nuez* y *La Naturaleza del Espacio y el Tiempo* ya habla de la materia, la energía y el universo oscuro, paralelo al nuestro, de donde emanan estos seres, que, como dije, se les llama gente sombra debido a que eso es lo que parecen ante los ojos humanos. Son seres que se encuentran en otro plano dimensional, pero que pueden interactuar con nosotros. Lo que habría que considerar es si el universo oscuro al que se refiere Hawking puede ser el abismo bíblico o incluso el mismo infierno.

Ente sombra fotografiado por el autor en Villa Aldama, Nuevo León.

Los demonios se alimentan de la energía que el ser humano desplaza cuando siente miedo; esto explica la pérdida de calor en los lugares donde estos entes se manifiestan. Pueden hacer cosas increíbles: moverse a velocidades impresionantes y atravesar objetos con masa. Estos entes sólo vienen a atormentar a las personas que les abren las puertas y no cuentan con protección alguna por desconocimiento o incredulidad.

Al escuchar música de rock que pondera a Lucifer, en ocasiones, las grabaciones contienen conjuros al derecho y al revés de la grabación. Sus intérpretes son blasfemos e irreverentes, pero hacen creer a sus fans que sólo es publicidad. Así los jóvenes cantan y bailan las obscenidades de dicha música; y cierta música es francamente ofensiva a Dios.

Los jóvenes llevan ropa con títulos y símbolos esotéricos que muchas veces no saben ni lo que significan. Estos símbolos que los conjuntos de rock ponen en sus portadas, camisetas y afiches varios no son al azar, ellos y sus mercadólogos lo hacen con todo conocimiento de causa y su propósito es ganar almas para satanás. Todos ellos son esotéricos. Hay literatura que resalta y pone de manifiesto su "poder", juegos en apariencia inocentes, como la güija. También consultan a agoreros, adivinos o brujos, y visitan a médiums para comunicarse con las "personas muertas". Ven en la televisión películas de terror que alaban a Satanás y en casi todas existen invocaciones; permitimos que nuestros hijos las vean y no lo censuramos.

Hay quien distrae su vida en la pornografía y llega a convertirse en un vicio para él o ella, pero son muy pocos, en relación con la población mundial, aquellos hijos que ven a sus padres o algún miembro de la familia orando a Dios para bendición, pidiendo su presencia y su guía, así como su protección y la de su familia. Menos aún se les escucha pedir por sus líderes, por su país y por la salvación y sanidad de su pueblo. Y cuando todo lo echamos a perder, entonces queremos que Dios lo arregle. Hasta entonces nos acordamos de Él, y muchas veces lo culpamos de las consecuencias de nuestro pecado. ¡Qué terrible injusticia! Somos egoístas y pecadores, alimento para los demonios; eso es dejarles las puertas de nuestra casa abiertas para que ellos hagan lo que quieran y puedan afligirnos.

Debemos hacer un verdadero acto de conciencia y no tomar nada a la ligera o como un juego. Esto es tan serio como la vida eterna. ¡Debemos reconciliarnos con Dios! Este momento es extremadamente vulnerable para el ser humano y aprovechado por estos demonios para interactuar con el ser humano. Sin embargo, no pueden hacerlo cuando la posible víctima se encuentra protegida por el poder divino, de allí que la oración antes de dormir sea tan efectiva. Además, tomar una decisión por Cristo es nuestra protección permanente, esto aunado a evitar el abrir puertas que les haga más fácil apoderarse de nuestra voluntad; digamos que esto lo hacen con nuestro permiso.

Leo, mientras pasaba del zaguán a la casa, pudo sentir la tremenda opresión derivada de la cercanía de los demonios. Más arriba y listos para actuar, esperando órdenes, se encontraban expectantes Asriel y sus ángeles. Leo cruzó el patio delantero rogándole a Dios que le diera la fuerza y el valor necesario para llevar a buen fin su misión y lo que estaba por venir; podía sentirlo en el ambiente. También pidió su protección orando el Salmo 91:

—"El que habita al abrigo del Altísimo Morará bajo la sombra del Omnipotente. Diré yo a Jehová: Esperanza mía, y castillo mío; Mi Dios, en quien confiaré. Él te librará del lazo del cazador, De la peste destructora. Con sus plumas te cubrirá, Y debajo de sus alas estarás seguro; Escudo y adarga es su verdad. No temerás el terror nocturno, Ni saeta que vuele de día, Ni pestilencia que ande en oscuridad, Ni mortandad que en medio del día destruya. Caerán a tu lado mil, Y diez mil a tu diestra; Mas a ti no llegará. Ciertamente con tus ojos mirarás Y verás la recompensa de los impíos.

Porque has puesto a Jehová, que es mi esperanza, Al Altísimo por tu habitación, No te sobrevendrá mal, Ni plaga tocará tu morada. Pues a sus ángeles mandará acerca de ti, Que te guarden en todos tus caminos. En las manos te llevarán Para que tu pie no tropiece en piedra. Sobre el león y el áspid pisarás; Hollarás al cachorro del león y al dragón. Por cuanto en mí ha puesto su amor, yo también lo libraré; Le pondré en alto, por cuanto ha conocido mi nombre. Me invocará, y yo le responderé; Con él estaré yo en la angustia; Lo libraré y le glorificaré. Lo saciaré de larga vida, Y le mostraré mi salvación".

XXVI

Leo se encontraba distraído pensando en el siguiente paso cuando escuchó que lo llamaron. Leo escuchó la voz de Ozuri, pero no la podía ver.

—¿Me escuchas, Leo? No estoy físicamente contigo, estoy comunicándome por telepatía o transmisión del pensamiento. Debo decirte algo muy importante.

—Dime, Ozuri. Te escucho.

—Hemos programado tu pulsera para que viajes al 10 de junio de 1971. Es de vital importancia que te traslades a esa fecha.

—¿Qué debo hacer?

—Sólo oprime el brazalete y serás enviado a ese lugar en el tiempo. De inmediato sabrás en dónde te encuentras y los acontecimientos de ese día. ¿De acuerdo?

Leo dudó un poco antes de oprimir el brazalete. Recordaba aquel día como si hubiera sido ayer y no deseaba volver a vivirlo. Bzzzz. Leo inició su viaje a 1971.

Su cuerpo se sentía como si fuera comprimido para después volverse tan etéreo como el aire. Se sintió ligero y perdió la conciencia por milésimas de segundos, pero su percepción era diferente y para él había pasado demasiado tiempo hasta que apareció materializado en la acera de la Rivera de San Cosme.

10 de junio de 1971, jueves de Corpus, es una fecha que permanecerá en su memoria hasta el día de su muerte, un acontecimiento con un buen número de sucesos y situaciones que lo marcaron para siempre, cosas que le enseñaron una

realidad humana de un régimen antidemocrático, dictatorial, aplastante y cobarde. Conoció las consecuencias del miedo, el abuso de poder y la prepotencia más miserable entre lo más bajo del ser humano, si puede llamarse humano a quien actúa de la manera que lo hicieron los representantes del poder ejecutivo y judicial. Cuando se cometen actos vergonzosos como estos, donde el abuso de la fuerza, humilla, sobaja y asesina a sus gobernados, a su pueblo, a su juventud, a sus intelectuales en general a través de los cuerpos de seguridad, que irónicamente fueron creados para su protección y salvamento. Y de pronto se convierten en sus sicarios inmisericordes, asesinando a todo aquel que se cruzara en su camino, incluyendo niños, para que una vez consumado semejante acto de cobardía, crueldad y vileza se nieguen rotundamente las órdenes dadas y sus actos vergonzosos, como si estos cuerpos de seguridad fueran autónomos de la presidencia de la república; el presidente se viste de inocencia en un remedo cobarde de Poncio Pilatos, lavándose las manos, culpando a otros o justificando sus actos, ignorando que la sangre no se lava, que cada quien tiene sus propias culpas y puede quedar impune ante los hombres, pero no ante la justicia divina y su conciencia. La sangre derramada siempre clama justicia y será saciada.

Cuando un miserable como Luis Echeverría Álvarez dio órdenes al grupo paramilitar denominado Halcones y reprimió violentamente una manifestación pacífica de estudiantes de la UNAM (Universidad Nacional Autónoma de México) y el IPN (Instituto Politécnico Nacional) que apoyaban a la UANL (Universidad Autónoma de Nuevo León), la cual había sufrido una injusticia antidemocrática por parte de las autoridades de su estado, dichos estudiantes de la Universidad Autónoma de Nuevo León combatían la imposición de una Ley Orgánica y pedían la elección democrática de su rector y profesores, así como la inclusión de alumnos de sectores marginados o con bajos recursos y exigían al régimen una reforma política que acabara con el autoritarismo. Tras un recorte presupuestal a la institución (UANL) y luego de que ésta rechazara la petición de los estudiantes de participar en la toma de decisiones de los consejos técnicos, se convocó a una marcha, la cual se replicó en la Ciudad de México, con la participación de estudiantes de la Universidad Nacional Autónoma de México y el Instituto Politécnico Nacional.

Los antecedentes de esta masacre la tenemos, como dije, en la UANL, cuando ésta modificó sus estatutos de tal forma que daba una mayor participación a los estudiantes y maestros para la elección de su rector, cosa que no le agradó al gobierno estatal. Por eso, cuando el democráticamente recién elegido rector tomó el cargo, el gobierno del estado le redujo el presupuesto a la universidad y obligó a que se aprobara una nueva ley en la que se eliminaba la autonomía. Debido a esto estalló una huelga que fue apoyada por otras instituciones a nivel nacional.

Es importante conocer los antecedentes, ya que en 1970 había llegado al poder el flamante presidente, anterior Secretario de Gobernación, y el principal responsable de la masacre de Tlatelolco a escasos 20 meses de la tristemente célebre masacre de Tlatelolco el 2 de octubre de 1968. Luis Echeverría Álvarez, apoyado y encubierto por Gustavo Díaz Ordaz, junto con el apoyo a la UANL, hizo que los ingenuos líderes del movimiento estudiantil creyeran en las promesas de campaña de un homicida y mentiroso como Luis Echeverría Álvarez, el pinche pelón, como le nombraban en su momento. Es por eso que estos estudiantes decidieron manifestarse y aprovechar la coyuntura abierta con el apoyo a la UANL, solicitando el siguiente pliego petitorio: la democratización de la enseñanza, el control del presupuesto universitario por los alumnos y profesores, presupuesto universitario equivalente al 12% del Producto Interno Bruto (PIB), libertad política, educación de calidad para todos, respeto a la diversidad cultural mexicana, estricta apertura democrática, apoyo a la vida política sindical de los obreros y fin de la represión por parte del gobierno.

Así las cosas y el 10 de junio de 1971 a las 17:00 horas salió la marcha estudiantil de la estación normal de la línea dos del metro (transporte metropolitano), avanzando por la calzada México-Tacuba con destino al zócalo capitalino. A los pocos metros de iniciado el recorrido, un grupo de granaderos impidió el paso a los estudiantes, enfrentando al grupo estudiantil. Se desplegaron grupos paramilitares, tanques antimotines, camiones de bomberos, camiones de granaderos y patrullas de seguridad pública. Es de no creerse el aparato de seguridad desplegado para intimidar y reprimir a un grupo de estudiantes. Lo peor de esto es que los padres de esos jóvenes y toda la población de la época pagaron con sus impuestos para que asesinaran a sus hijos.

Todo inició cuando un grupo de individuos, vestidos de civiles, salidos del grupo gubernamental del ejército, seguridad pública y granaderos que se encontraban en bloque a la altura del cine cosmos (Av. San Cosme y Circuito Interior), armados con varas de bambú y metralletas o rifles de asalto, iniciaron la agresión y tiroteo en contra de los jóvenes manifestantes, mujeres y hombres, además de algunos niños.

Ese grupo se hacía llamar los Halcones, un grupo de choque paramilitar que atacó a mansalva a los estudiantes, haciendo creer, o tratando de tergiversar la opinión pública, que sólo se trataba de un enfrentamiento entre estudiantes de escuelas y grupos rivales. Estos halcones atacaron salvaje y ordenadamente a los manifestantes, provocando un caos incontenible en el que los jóvenes corrían sin rumbo para ponerse a salvo; otros intentaban defenderse de la cobarde y desigual agresión, y unos más trataron de refugiarse en los establecimientos comerciales o en las instalaciones de la Normal de Maestros. Esta violencia se extendió por las calles aledañas a San Cosme, el cine Cosmos, circuito interior, Melchor Ocampo, Velázquez de León, Manuel María Contreras, Gabino Barrera y Rosas Moreno, del lado de la colonia San Rafael y por el lado de Santa María la Ribera por Fresno, Avellano, Cedro, Nogal, Daniel Delgadillo, Lauro Aguirre y Av. de los Maestros.

Leo apareció de su traslado en la esquina de la Normal Superior, Rivera de San Cosme y Fresno, a un costado de la que fuera su escuela secundaria anexa a la Normal Superior, poco antes de las cinco de la tarde, hora en que iniciaría la marcha. ¡De inmediato se dirigió a la entrada de la escuela secundaria!

—Ya recuerdo este día. Deben ser casi las cinco de la tarde porque hay mucha gente, muchos jóvenes que se dirigen a la Normal de Maestros, algunos de ellos caminando sobre el camellón central. ¡Esa joven! —al reconocerla, Leo quiso detenerla en un impulso—. ¡No vayas, detente! ¡Te matarán!

Pero ella no podía verlo y continuó su camino, pasando de largo ante la impotencia de Leonardo. La chica bromeaba con otras dos jovencitas, ninguna rebasaba los dieciocho años e iban caminando con alegría, riendo y bromeando. No podían imaginar lo que pasaría después.

El día había estado soleado, pero ya se encontraba el Sol declinando para darle paso al atardecer y más tarde a la noche. El clima estaba templado, con tendencia a refrescar; hacía un leve viento, una brisa suave y delicada que se sentía muy agradable.

—¿Qué estoy haciendo? Ellas no me escuchan y, si lo hicieran, podría cambiar el futuro en uno alternativo. No puedo hacer nada, sólo debo observar. Señor, apiádate de esas jóvenes.

Bzzz. De nuevo, Leo fue transportado, ahora estaba afuera de la joyería donde trabajaba su madre, Carmen. Ella era la encargada. Ahí estaba, detrás del mostrador. La pudo ver como una mujer madura, hermosa, con su cabello negro azabache y sus bellos ojos cafés, siempre tan bien arreglada y maquillada, atenta a la entrada de cualquier cliente.

Ring, ring. Sonó el teléfono. Respondió Mari, una de las empleadas de la joyería.

—Sí, permítame. ¡Carmelita! Le hablan de la escuela de su hijo.

Leo pudo ver en su expresión de su madre cómo le extrañó sobremanera la llamada; por lo mismo se apresuró a tomar la bocina y contestar, temiendo que algo malo haya sucedido.

—Buenas tardes, ¿la señora Carmen Valenzuela?

—Sí, a sus órdenes.

—Señora Valenzuela, soy la prefecta Clementina Solares de la secundaria anexa donde estudia su hijo. Se ha suscitado una situación de emergencia en las afueras de la escuela por la manifestación estudiantil; hay enfrentamientos y no podemos dejar salir solo a su hijo, solamente le será entregado a un adulto de la familia. Es necesario que venga usted por él. Si viene en metro, tendrá que bajarse en la estación Revolución porque San Cosme no tiene servicio.

—Pero dígame, ¿está bien mi hijo?

—Sí, no se preocupe. Todos los jovencitos están seguros dentro de la escuela, pero apresúrese, por favor.

—Dígame qué está pasando.

—Disculpe, pero tengo que llamar a otros padres.

 220

—Mari, tengo que irme. Parece que sucedió algo en San Cosme con lo de los estudiantes. Por favor, dile a Abel que se espere contigo y te ayude a cerrar. Cualquier cosa que pregunte don Miguel le explicas lo que sucedió.

—Sí, Carmelita, no se preocupe.

Carmen salió de allí lo más rápido que pudo, con rumbo al transporte colectivo.

Bzzz. Nuevamente fue trasladado Leo, ahora a las afueras de la escuela secundaria. Observó a los jóvenes que caminaban por el camellón central rumbo a la normal. Leo instintivamente volteó a las ventanillas de la escuela, ya que recordó que ese día se encontraba en la ventana cuando todo empezó. Sin embargo, no pudo verse a sí mismo, ya que había muchos niños apilados en las ventanas y el salón de Leo se encontraba en el segundo piso, además, no recordaba cuál era la ventana de su aula de clases. Él sabía lo que sucedería a continuación. Leo volteó en dirección al metro normal; buscaba con la mirada y con mucho miedo.

—¡Ahí está! En el semáforo de Fresno con sentido al zócalo.

Leo vio el automóvil gris de modelo antiguo que esperaba el cambio de luz o quizás alguna señal u orden superior. Al ponerse el siga, el vehículo aceleró, continuando la marcha por el carril de alta velocidad que se encontraba pegado al camellón; disminuyó la velocidad y, cuando se encontraba a la altura de la secundaria, aceleró un poco la marcha, se abrió la ventanilla polarizada de la parte trasera y apareció el cañón de un arma; no se pudo ver el rostro del miserable que la portaba porque llevaba un sombrero de ala al estilo de los gánsteres de Chicago. Se escuchó un tableteo y disparó sin piedad con aquella metralleta sobre todas las personas que caminaban por el camellón, sin distinción de sexo o edad, gente inocente y desarmada que jamás imaginó una agresión tan cobarde y contundente.

Cayeron de inmediato dos o tres jóvenes y una mujer que, por su vestimenta, parecía oficinista; se notaba que nada tenía que ver con la marcha. Dos niños se salvaron milagrosamente, pues a su lado cayó una joven pareja que sangraba abundantemente del pecho.

—No, Señor, no quiero volver a vivir esto, por favor. No puedo sólo ver y no poder hacer nada. ¡Te lo ruego!

La gente, desconcertada con la brutal agresión, no sabía hacia dónde correr ni atinaba a conocer lo que estaba pasando. La marcha estaba a muchas cuadras del lugar y esta gente sólo caminaba, no cantaba consignas ni tenía pancartas, sólo estaban en el lugar y la hora incorrecta y fueron cobardemente asesinados.

Mientras tanto, Carmen se trasladaba en el metro llena de angustia, queriendo acortar la distancia que la separaba de su niño, como ella le decía. Por los altavoces del metro indicaron que no había servicio en las estaciones de San Cosme y Normal. Mucha gente descendió en la estación Revolución; iban en la misma dirección que ella, llevando la misma carga. «Dios mío, falta mucho para llegar», pensaba mientras subía trabajosamente los innumerables escalones que la llevarían a la calle.

—Al fin. Estos tacones me están matando y ya para esta hora me duelen mucho los pies. ¿Qué habrá pasado? Esas señoras venían diciendo que había disparos y muertos… Dios mío, que esté bien mi muchacho.

Carmen ya se sentía desfallecer por la fatiga y el dolor de los pies debido al pavimento irregular y el subir y bajar las banquetas. Sin embargo, sólo el amor que le tenía a Leo y su enorme responsabilidad la hacía seguir adelante, sin parar ni detenerse a tomar aire. Finalmente pudo ver a pocos metros la entrada a la secundaria. Las calles estaban casi desiertas y todos los negocios se encontraban cerrados. En esa zona no pasaba ni un automóvil. El silencio de muerte se escuchaba en los pasos de aquellos que caminaban o corrían en dirección a la escuela para encontrarse con sus hijos.

Al llegar a la entrada, Carmen vio a muchísima gente por el ventanal hacia la explanada del patio principal de la secundaria. Un prefecto le abrió la puerta y tomándola del brazo la introdujo al edificio rápidamente, cerrando tras de sí una vez que estuvo dentro. Todas las personas eran padres de familia que iban a recoger a sus hijos.

—Perdone, busco a Leonardo Valenzuela. Soy su mamá.

—Sí, señora, permítame.

—¡Leonardo Valenzuela! —vocearon por el altavoz.

Salió Leo de entre los compañeros. Carmen lo abrazó y besó como si hubiera pasado mucho tiempo sin verlo. Él también la abrazó con fuerza, como suplicando que lo sacara de allí. Leo no lloraba, pero estaba vivamente impresionado, pálido y demudado por lo que había visto; sus reacciones no eran las normales ni su rostro reflejaba la sonrisa eterna que siempre lo distinguió de niño.

—Por aquí pueden salir —indicó un maestro usando las manos como altavoz.

Aquellos que ya tenían a sus hijos se dirigieron hacia donde les indicó el profesor. Al salir, Carmen y Leo caminaron sobre la Av. San Cosme hacia Fresno. ¡Nunca Leo se había sentido tan vulnerable!

Sobre Fresno, y ocupando los dos carriles de San Cosme, se encontraba una valla de jóvenes hombres y mujeres tomados de las manos, caminando unos pasos hacia adelante y después hacia atrás gritando consignas.

—Ven, hijo. Vamos a caminar por la orilla, pegados a la pared, para ir a la casa.

—Mamá, pero nadie camina por allá.

—Hazme caso. Si escuchas disparos, te tiras al suelo.

—¡Sí, mamá!

A una cuadra de la valla estaba el mismo carro que asesinó a los jóvenes en el camellón, atravesado y tapando parte de la avenida San Cosme. El auto se veía con las llantas ponchadas y los vidrios rotos. Afuera del vehículo un hombre con gabardina gris y sombrero de ala (posiblemente el mismo que disparó por la ventanilla del automóvil apenas unas horas atrás) golpeaba salvajemente a un joven de no más de dieciocho años, jalándolo del cabello con salvaje violencia y azotándolo contra la lámina del vehículo. No se podían ver sus facciones debido a lo ensangrentado de su rostro. El tipo de la gabardina jalaba al muchacho de los cabellos, él se movía como si fuera un muñeco de trapo debido a la violencia y al odio inaudito con el que era tratado. Aquel esbirro estrelló su cara contra la dura lámina del vehículo, generando un terrible daño en la cara del jovencito. En la otra mano portaba una metralleta con la que disparaba sin ningún escrúpulo hacia donde se encontraba el grupo de valientes jóvenes que le gritaban cobarde y exigían que soltara al otro joven.

Al ir caminando Carmen y su hijo por la orilla de la avenida, pegados a la pared, el tipo volteó y disparó otra ráfaga con su arma hacia donde estaban. Y continuó haciéndolo, disparando, en semicírculo, ráfagas de metralleta. Leo, obedeciendo la voz de su madre, se arrojó al piso y esperó que su madre hiciera lo mismo, sin embargo, ella, invadida por el miedo, corrió hacia atrás, pero en línea recta, poniéndose en la trayectoria de los disparos. Leo observó eso y corrió detrás de ella, tomándola de una mano para quedar cubiertos en la esquina de Fresno.

Decidieron volver a la escuela y buscar refugio mientras todo pasaba. No podían llegar ya por la entrada principal, así que tuvieron que intentarlo por la entrada de la Normal Superior sobre la calle de Fresno.

Leo se adelantó y se deslizó por un pequeño espacio de la puerta metálica de la Normal; la abrió un poco más para permitirle la entrada a su madre. Un hombre que pasó por el lugar le preguntó:

—¿Qué haces?

—Trato de abrir la puerta para que pase mi mamá y podamos llegar a la secundaria.

—¡No puedes pasar por aquí!

—Sí. Mira, por esta puerta y después por la puerta de la alberca…

No terminó la frase, pues la habitación por donde pensaba salir se encontraba llena de sangre en el piso. Pasó su mirada por la habitación y vio muchos cuerpos ensangrentados, algunos, evidentemente, ya habían muerto. En uno de los escritorios se encontraba inerte la joven que había visto sonriendo apenas unas horas antes; tenía mucha sangre en el pecho y junto a ella se encontraba un joven con las vísceras expuestas. Leo se acercó a la joven que tanto lo había impresionado y de quien presenció su asesinato; le impresionaron sus bellos ojos inertes, abiertos, mirando fijamente al infinito con una expresión de sorpresa e incredulidad.

Hoy Leo veía las cosas de diferente forma, ya con la experiencia y la madurez de la edad y lo vivido. Cuando lo vio por primera vez era apenas un niño impresionado e impactado por todo lo que le estaba tocando vivir, con incredulidad y tristeza. ¿Cómo podían los seres humanos hacer cosas como estas?, ¿qué clase de odio y desprecio por la vida tenían en su corazón?, ¿cómo era posible que no sintieran dolor y remordimiento por lo que hacían? No pensaban en el sufrimiento de las familias de esos jóvenes, en la corta vida que segaban, vida productiva y no inútil, parasita ni estéril, a diferencia de la del depredador que les quitó la vida.

No obstante, ahora Leo podía palpar las consecuencias de la sinrazón, la ambición, el egocentrismo, la prepotencia, la cobardía, la miseria espiritual y la indiferencia ante el dolor ajeno y la inhumanidad.

Leo salió de la habitación y al pasar por uno de los pasillos exteriores pudo ver una ambulancia de la Cruz Roja con varios hombres afanosos arrojando cuerpos al interior del vehículo uno sobre otro, sin importar si estaban muertos o heridos. Aún se escuchaban los quejidos y ayes de dolor. La ambulancia salió sin que se conociera su destino. Desde luego, esos hombres eran cualquier cosa menos paramédicos. Leo salió de aquel lugar sintiendo náuseas.

—¿Qué pasa, hijo?

—Ahí dentro hay muchos muertos y heridos, mucha sangre.

—¡Hay mucha sangre y muertos, mamá!

Carmen lo abrazó en un gesto protector y de infinita tristeza.

—Calma, hijo. Debemos buscar otra forma de volver a la casa.

Saliendo de allí caminaron hacia San Cosme. En ese lugar los encontró Nicolás, novio de Rosalía, prima de Leo, hija de su tía Ema. Este joven, avisado por Rosalía, fue a buscarlos. Él trabajaba para la Secretaría de Gobernación y logró pasar los retenes policiacos hasta la escuela secundaria gracias a su placa de identidad (charola).

—Suban, señora Carmen. Los llevaré a su casa.

—Gracias, Nico.

—Vengo del Rubén Leñero. Buscaba al primo de una vecina, pues le habían dicho que se encontraba herido en ese hospital.

—¿Y lo encontraste?

—No, señora, y espero que no lo hayan llevado allí.

—¿Por qué, Nico?

—Cuando estaba en el hospital, preguntando por los ingresos, entraron hombres armados y se metieron hasta los quirófanos… estaban rematando a los sobrevivientes de la trifulca.

—Dios mío, qué horror. ¿Qué cosa tan mala hicieron esos pobres niños?

—No lo sé, señora Carmelita. Quien haya ordenado esto no se detiene ante nada; algunos de los que pude ver en el Rubén Leñero eran niños —dijo verdaderamente conmovido y con la voz entrecortada.

Nico se metió por la parte de atrás, ingresando por Icazbalceta. Antes de llegar a la calle de Melchor Ocampo lo detuvieron policías de seguridad pública, quienes con prepotencia le impidieron el paso.

—No puede pasar por aquí. Devuélvase.

—Oiga, oficial, es que yo vivo en Melchor Ocampo y mi madre es una anciana; está en casa sola y debe estar muy asustada y preocupada, no sabe nada de nosotros —argumentó Nicolás.

—¿Tiene una identificación?

Nico le mostró la credencial metálica que lo identificaba como trabajador de la Secretaría de Gobernación. El oficial ya no indagó más y le dio el paso.

—¡Déjenlo pasar!

Nico los dejó en la puerta de la casa y ellos entraron de inmediato, agradeciendo su ayuda. Subieron a tientas las escaleras. En la casa no había luz eléctrica, ya era de noche y la oscuridad era patente, pues en la calle tampoco se habían encendido las luminarias. Al escucharlos, Laura salió a su encuentro y los abrazó, agradeciendo a Dios que los llevara con bien, acariciando a Leo en la cabeza mientras lo apretaba a su cuerpo.

Laura era una mujer muy valiente que en su juventud se vio en medio de escaramuzas revolucionarias, ataques a trenes y no se sabe cuántas cosas más. Así que, aunque angustiada, se mantuvo siempre en control.

¡No es el fin de la historia! Por muchas horas se escucharon balazos aislados y a veces francas balaceras. Leo se asomó con cuidado por la ventana entre la cortina de la sala y pudo ver cómo hombres que tenían armas, cubiertas con mantas blancas, saltaban la barda del panteón inglés, que se encontraba enfrente de su casa. Muchos estudiantes buscaron refugio entre las tumbas o dentro de las capillas, ya fueran sólo un hoyo o mausoleos. Así que estos individuos apostados sobre la barda dispararon a mansalva hacia el interior del panteón. Dentro del mismo, Leo sólo vio sombras. Esto duró aproximadamente media hora y después estos individuos brincaron al interior del panteón y ya sólo se escuchaban disparos esporádicos, pudiendo observar Leo solamente los flamazos en la oscuridad. Seguramente eran ejecuciones de aquellos que de alguna forma sobrevivieron.

Otros individuos que se quedaron en la calle o sobre la barda vigilaban las ventanas de los edificios de enfrente entre las que se encontraba la casa de Leo. Si algún movimiento notaban, disparaban apuntando a las ventanas o sobre los muros que las rodeaban, haciendo estallar los vidrios en algunos casos. En la casa de Leo dispararon hasta en dos ocasiones, aunque sólo alcanzaron el muro debajo de la ventana.

De esa forma dieron las doce de la noche. Era alrededor de la 1:30 de la mañana cuando se estacionaron dos camiones de basura de la delegación Cuauhtémoc sobre la banqueta del camposanto. Abrieron sus depósitos. Un hombre en la barda, a la misma altura del camión, recibía los cuerpos de los muertos o heridos en ese lugar y entre dos personas más los balanceaban y los arrojaban al interior del camión. Mientras tanto, otro grupo de personas se dedicó a extraer con cuchillos las balas de la barda y de las casas de enfrente del panteón.

Las noticias del día siguiente eran en relación con un enfrentamiento entre grupos estudiantiles rivales. Echeverría, como todos los políticos acartonados, prometió hacer una investigación y castigar a los culpables. Cosa que por supuesto nunca sucedió. No hay, hasta el día de hoy, un solo detenido por los acontecimientos del diez de junio de 1971, sin cifras fehacientes del número de muertos ni de los desaparecidos. Las familias de ellos fueron amenazadas y calladas por la represión llena de toda la bajeza gubernamental.

Fueron tres sexenios que México sufrió a manos del gobierno priista, represor, asesino y cobarde. Gustavo Díaz Ordaz, Luis Echeverría Álvarez y José López Portillo... Trágicos dieciocho años para México, donde no niego que existieron algunos avances en la economía en tiempos de Echeverría, pero se vinieron abajo con López Portillo y su famosa devaluación del peso. Es tan indignante saber que ninguno de estos nefastos gobernantes ni su séquito recibieron condena alguna por sus delitos, y se suman a la ya larga lista de impunidades en todos los niveles. La sangre de estos jóvenes asesinados impune y cobardemente clama desde la tierra y se une a las lágrimas de sus padres y personas que los aman, y eso definitivamente no será ignorado.

Pero todo a su tiempo, todo a su tiempo. Era necesario volver a 1970. Esta visita había terminado.

XXVII

Leo volvió a 1970, a su casa de Santa María. Se sentía agobiado. Eran las dos de la mañana, todos dormían en casa. Se recostó sobre el sillón de la sala y casi de inmediato se quedó dormido.

Las 3:15 a.m. Leo despertó con una fuerte opresión en el pecho. Reconoció de inmediato esa sensación e intentó incorporarse, pero, como en una pesadilla, estaba consciente de lo que sucedía a su alrededor y no podía moverse.

Ahora podía ver a sus atormentadores: Talal (Burla) y Noun (Desaliento), dos demonios temibles que levitando sobre él lo observaban burlonamente. Noun ya era un viejo conocido, pero a Talal era la primera vez que lo confrontaba; éste atacó primero.

—Ja, ja, ja. ¿Ya te viste? Eres un miserable cobarde que llora como niñita con un poco de sangre. Das pena, ¡maldito llorón! Ay, qué horror. Está muerta. Cuánta sangre. Ja, ja, ja. Eres un pusilánime y un asqueroso morboso. Ja, ja, ja.

Sus burlas eran lacerantes por la forma en que hacían escarnio, con una terrible insensibilidad, de la situación que tanto dolor causó a Leo. Sabía muy bien dónde hacía daño, como si conociera sus pensamientos. Al mismo tiempo lo exacerbaba con argumentos mentirosos, sucios y mal intencionados. Leonardo rayaba en la desesperación y el dolor causados por tanta basura salida de la boca de aquella potestad. Aun no siendo un hombre cobarde, sí era sensible, y Talal lo sabía, por eso lo destrozaba con sus palabras, y cuando comprendía que había causado dolor, insistía hasta desesperarlo. Leo sentía mucho odio, pero no le haría el juego sabiendo que el dolor y el temor son energías que alimentan a los demonios.

Leo no atinaba a decir nada, seguía sin poder moverse, solamente observaba a la hueste con esa cara de payaso, con el maquillaje corrido y una enorme boca que abría sólo para proferir blasfemias y maldiciones. Era sucio y maloliente, con una ridícula mueca a manera de sonrisa. Su ojo maligno disfrutaba viendo la angustia de Leo y reía con un extraño sonido gutural. Ahora parado en el piso, mientras hablaba, daba vueltas alrededor de Leonardo, acortando la distancia entre los dos a cada vuelta. Leo podía sentir su presencia cercana y percibir su asqueroso olor a podredumbre.

Leo aún no se reponía de la visión de Talal cuando apareció Noun. Este último no hablaba, sólo lo miraba con una expresión difícil de describir: una mueca de ingenuidad e inocencia con un mohín que pretendía ser sensual. Levitó a un par de metros de él, intentando tocarlo para descargar toda su cizaña en él.

Leo no salía de su asombro, sólo procuraba no verlos a los ojos, recordando su pasada confrontación. No tenía ánimo de enfrentarlos, se sentía débil y cansado emocionalmente. No oponía mucha resistencia, por lo que era una presa fácil de ese par de depredadores.

Leonardo oraba en su mente, pidiendo la cobertura de la sangre de Jesucristo y el poder de su nombre para arrojar a ese par de miserables. Otra vez pudo sentir el gobierno y control de su cuerpo y en un movimiento rápido intentó salirse del círculo imaginario que había trazado Burla al volar a su alrededor. No fue lo suficientemente rápido y sucumbió al ataque de Noun, su viejo conocido. Ambos lo tenían copado y Leo no tenía fuerza para resistirse, estaba débil y decaído. La misión de Burla y Desaliento era precisamente esa: no darle respiro y atacarlo sin piedad para hacerlo pedazos y minar su resistencia.

—¡Pobrecito! —decía Talal sarcásticamente—. ¿Te sientes mal? ¿Estás cansadito? ¡Me das pena! —decía mientras levitaba a su alrededor y poniendo sus dedos cadavéricos y de largas uñas sobre sus propios labios.

Leo estaba copado y solo. Temblaba sin saber qué hacer y sólo atinó a gritar:

—¡Aléjense de mí! ¡Fuera de aquí! —sonó más como una súplica.

—¿Y dejarte solo a merced de cualquiera que quiera hacerte daño? —dijo Noun con un tono sarcástico.

De pronto, Talal dio un salto y se abalanzó sobre Leonardo, que cayó derribado de espaldas al recibir el embate del demonio, pero esta vez Leonardo ofreció resistencia, sujetándolo fuertemente de su brazo derecho, que tenía una textura babosa y como de carne podrida. Los dedos de Leo al aferrarse a Talal se hundían en su viscosa piel; él, por su parte, no demostraba ninguna emoción o rictus de dolor.

En sus respectivas habitaciones, Carmen y Raúl, ignorantes de la lucha que se estaba llevando a cabo, se revolvían inquietos en sus camas.

Talal y Leo rodaron por el suelo, luchando. Burla quería zafarse de la mano de Leo, que se aferraba a él como si tuviera garfios debido a la desesperación. Al tocarlo, Leo tuvo una sensación de humillación.

Rodando por el piso, Leo expuso su espalda y aprovechó Noun para darle un tajo con su espada. Leonardo aulló de dolor, pero aun así no soltó a su presa. Temía dejarlo suelto, pues sabía que haciéndolo no tendría ninguna oportunidad y sería una presa fácil para sus dos atacantes.

Burla logró zafar su brazo y ahora ambos arremetieron en contra de Leo, que se encontraba indefenso y no atinaba a invocar su autoridad; estaba vencido por el desgaste emocional. A punto de declinar, Leo miró a sus atacantes asustado y casi derrotado.

Un gran resplandor dorado surgió en el ambiente y esto hizo retroceder a ambos demonios, abriendo desmesuradamente los ojos. Se escuchó un sonido silbante y, de una estocada, Noun salió despedido tres metros atrás. Talal, repuesto de la sorpresa, atacó de inmediato y se fue encima de Hod (gloria y honor), un poderoso ángel de Dios que estaba a cargo de resguardar la casa familiar bajo las órdenes de Asriel.

Ambos demonios unieron sus fuerzas y lucharon con ferocidad, atacando al mismo tiempo a Hod, quien blandiendo su espada y haciéndola girar los mantuvo a raya. Cuando chocaban las espadas surgía un humo negro y un resplandor brillante; salían chispas y se escuchaba un estruendo eléctrico.

Noun, cobarde y traicionero, buscó la espalda de Hod. Leonardo reaccionó y se abalanzó sobre el demonio, logrando desequilibrarlo y el golpe de la espada sólo tocó el aire.

El ángel de Dios luchaba de frente con Talal, que había logrado dar un golpe con su espada a Hod, quien hizo una mueca de dolor. Leo intentó intervenir, pero Hod se lo impidió con un gesto de su mano. El ángel de Dios se volvió con la espada a la altura de su cintura, logrando alcanzar a Noun, que retrocedió de inmediato al sentir el golpe del arma divina. Talal se apresuró y atacó a Hod por el flanco derecho, que esta vez no estaba descubierto y el ángel logró detener la espada del demonio con la suya, obteniendo un espectacular estallido de luz. Hod se apartó unos metros, logrando distancia entre los dos. Esperó la embestida de ambas huestes poniéndose delante de Leo, que permanecía en el suelo sin atinar a incorporarse. Ambos se abalanzaron sobre el ángel. El guerrero de luz recibió al primero, Noun, que se hizo acreedor de un terrible golpe de la espada del ángel en el ala derecha, logrando con ello casi desprendérsela. El demonio gimió y retrocedió, malherido, volando de manera irregular y lloriqueando de dolor. Talal no tuvo más suerte; Hod lo embistió y saltando sobre él blandió su espada, mientras que, asombrado, lo miraba aferrando su mano al puño de la espada. Recibió un fuerte golpe de la espada de Hod que le cortó gravemente el rostro, generando un gran resplandor y haciendo que el demonio cayera con una fuerte herida en su ya horrible cara. Éste se revolvió como almeja con limón en el suelo, maldiciendo y amenazando al ángel, que permanecía inmutable y expectante. Talal tomó su espada y se puso a salvo de un segundo ataque, deteniendo la espada divina.

Era suficiente. Los dos demonios capitularon y huyeron, alejándose del lugar maltrechos y heridos.

—¿Quién eres? —preguntó Leo al ángel.

—Mi nombre es Hod y soy el guardián de esta familia.

—Gracias, Hod. La verdad es que me sentí derrotado y sin ánimos. Aunque me defendí, ellos me superan en fuerza y velocidad.

—Recuerda que no es con fuerza humana que los vencerás, sólo con la autoridad del nombre de Jesús y el Santo Espíritu de Dios; por ello Jesús les dio su sangre y su autoridad, y dejó su santo Paráclito, que te guía, te aconseja y aboga por ti. No estás solo. ¡Te recomiendo que descanses!

—Gracias, Hod. Vi que te hirieron en un brazo, ¿te encuentras bien?

—Sí, no te preocupes —dijo y se alejó del lugar envainando su espada en la funda que pendía de su espalda.

Leo se recostó nuevamente en el sillón, recordando de pronto que él también había sido herido por Noun. Fue al baño y trató de verse en un espejo, pero su imagen no se reflejaba en él. Al no sentir dolor se dio cuenta de que cualquier herida que tuviera había sanado milagrosamente. Por fin logró dormir, dándole gracias a Dios por su protección.

Mientras tanto, Ignio hablaba con Ozuri y Asriel en el interior de su nave.

—Estuvo cerca. Esta vez el ataque ha sido más certero y contundente. Encontraron vulnerable a Leo; es importante que aprenda a tener templanza para que esté listo siempre.

Asriel tomó la palabra.

—Sabemos que los ataques cada vez son más firmes y dirigidos. Por mi parte, estamos preparados. Pero debo contar con la resistencia y la preparación de Leonardo.

—No te preocupes, Asriel. Hablaré con él de inmediato —dijo Ozuri.

Leo escuchó a Ozuri en su cabeza.

—Hola, Leo.

—¿Ozuri? —dijo Leo y volteó desconcertado, buscándola con la mirada—. Dime.

—Es muy importante que te mencione lo siguiente: debes fortalecer tu dominio propio. Ayer te sorprendieron porque no lo tuviste para tomar autoridad y, en su lugar, quisiste luchar con tus propias fuerzas.

—Sí, por supuesto. Me dieron una buena revolcada y propicié que Hod tuviera que luchar por mí.

—Ellos siempre lucharán por ti, pero debes prever, por muy cansado o mal que te sientas, que lo de ayer puede volver a suceder, especialmente cuando te sientas así porque estás más vulnerable. Tu misión está por terminar y debes estar consciente de que los ataques serán contundentes.

—Sí, lo he notado. ¿Qué más falta, Ozuri?

—¡Pronto lo sabrás!

Por su parte, Aamon se reunía con sus potestades, Noun y Talal, que eran víctimas del escarnio de su jefe, quien los tachaba de estúpidos, cobardes e ineptos. Reía de sus heridas, mencionando sobre todo lo ridículo que se veía Noun con un ala casi desprendida que provocaba que volara de una forma peculiar.

—Talal, ve por Tavanut e Ipa; que se presenten ante mí de inmediato.

—¡Sí, señor!

Tavanut aún tenía en el rostro la huella de su lucha con el ángel.

Leo, oraba de rodillas pidiendo a Dios sabiduría y ánimo para continuar; reconocía, en su presencia, su pequeñez e imposibilidad de lograrlo sin Él. Mientras lo hacía le surgió una pregunta.

—¿En qué punto de su vida mi padre perdió la fe?

Este cuestionamiento aparentemente sin importancia era el siguiente paso de su misión, el conocer por qué Raúl dejó de creer, o simplemente nunca lo hizo. Leo pensaba que era muy terco. «Tenía el corazón duro y la conciencia cauterizada», pensaba.

Raúl nació el 13 de mayo de 1931 en la Ciudad de México durante la postrevolución, tiempos muy difíciles con escasez de recursos, pobreza, pocos empleos y menos oportunidades; iniciaba el éxodo de personas de todos los estados de la República Mexicana al Distrito Federal. En ese momento no era primordial la educación en la vida de las personas, así que se enfocaban en trabajar y producir dinero para prosperar, y eso es lo que él hizo: buscar las oportunidades. Solamente cursó hasta el segundo año de secundaria y buscó trabajo para llevar dinero a su casa.

Viajó muy joven a los Estados Unidos e hizo todo tipo de labores que, para él y su dignidad, lo hacían sentirse humillado. "Odiaba servir a los americanos", y más aún que le dijeran *boy* (muchacho). Hizo labores de mesero y de lavaplatos. No le gustó el medio ni las costumbres norteamericanas, de tal manera que, apenas juntó dinero suficiente para su regreso, volvió a México.

Más tarde, ya en el Distrito Federal, consiguió emplearse en un banco, donde realizó su carrera, superándose y creciendo hasta ser el más próspero de la familia y con un enorme carisma y potencial que le auguraba un mejor destino.

Cuando el padre de Raúl murió, él no lo lamentó, pues el trato de su padre con los varones era rudo y agresivo, mientras que hacia las mujeres era totalmente distinto. El abuelo era un hombre tosco, de la época y relojero de profesión que cuidaba del buen vestir, siempre con traje, corbata y su sombrero, muy común en la vestimenta de los hombres en ese tiempo. Manuel cada día asistía a la cantina y muchas veces llevaba a sus hijas; las sentaba en la barra mientras él bebía. Era un buen hombre, pero, desgraciadamente, con una educación machista y mucha ignorancia. Por ello, el trato era muy diferente entre los varones y las mujeres de la casa. Fue educado a la manera antigua: el hombre tenía que ser tratado con rudeza. Esas ideas machistas generaban un trato agresivo y a veces violento hacia sus hijos varones. Esto fue lo que sufrió Raúl por parte de su padre en su infancia, y eso también marcó a Raúl para el resto de su vida.

En alguna ocasión, Raúl le contó a Leo con un dejo de resentimiento que, siendo un niño pequeño, se acercaba a abrazar o besar a su padre como cualquier niño lo hace hoy en día, pero en ese tiempo el abuelo lo tomaba de otra manera, por la educación que recibió. "¡Largo de aquí, maricón!", decía el abuelo. Ese absurdo rechazo le dolía profundamente al padre de Leo y lo hería en lo más hondo de su corazón infantil, y su padre ni siquiera lo notaba.

También Raúl fue testigo, más de una vez, de los golpes del abuelo propinados a su madre, Laura; de tal forma que, aun hoy en día, no tenía un buen recuerdo de él, y si no lo odiaba, por lo menos no lo amaba. Nunca o casi nunca hablaba de él, ni para bien ni para mal.

En su pensamiento, inducido por el medio ambiente y sus propias experiencias, más las calamidades que vivió, siendo la última la muerte de su joven esposa, no había lugar para Dios en su vida. Eso le dio la puntilla, pues primero culpaba de todo a Dios y después llegó a la conclusión de que no existía porque permitía que sucedieran cosas malas, y, de algún modo, lo hacía responsable de la muerte de su amada esposa.

«Ahora voy entendiendo más de por qué mi padre se apartó de la fe. ¿Cómo puede un ser humano que nunca ha tenido un padre amoroso, tierno y preocupado por su hijo entender la paternidad divina? ¡No puede! ¡No entiende a Dios! ¡No comprende el concepto! El padre debe ser el prototipo de Dios en la Tierra, para eso existe como parte fundamental de la familia, como proveedor, protector, líder, maestro, pastor. Dios es admirable, consejero, Dios fuerte, Padre eterno, príncipe de paz», pensó Leo.

En el pasado, leer la Biblia estaba prohibido por la Iglesia Católica debido a que el feligrés podría interpretarla equivocadamente, así que los creyentes estaban condenados a conocer sólo la interpretación del sacerdocio. Raúl no entendía la fe y veía a Dios como un ser vengativo y castigador, caprichoso contra todo aquello que no estaba en su voluntad. Él recordaba la frase tan común: "Te va a castigar Dios". ¿Y los prejuicios de Raúl? También esos contaban.

Ya influenciado por su medio ambiente, era muy difícil que Raúl conociera o se interesara en Dios; así que se alejó por completo de Él y sólo asistía a la iglesia en celebraciones de bodas, bautizos o misas de cuerpo presente por fallecidos cercanos a él o de familiares. Permanecía unos minutos en la ceremonia y se salía a fumar un cigarro hasta que terminaba la misa.

—¡Qué ironía! Para mí fue tan fácil conocer y aceptar la paternidad de Dios porque tenía el prototipo de un padre maravilloso.

Es de hacer notar que la vida dura de Raúl lo llevó a saber defenderse y sobresalir de muy diversas formas; amaba el conocimiento y fue un lector voraz. Creía en las palabras y el razonamiento lógico y jamás golpeó a ninguno de sus hijos. Para él la violencia era el último recurso, y créanme que por el barrio en que vivió en la infancia era un excelente peleador callejero. En una ocasión, durante la boda de una de sus sobrinas, a la salida de la iglesia, en la confusión de los abrazos y las felicitaciones, un ladrón robo la cartera de su hermano. Cuando se lo dijo a Raúl, éste ubicó al ratero con la mirada desde lo alto de la escalinata donde se encontraban y dando un gran salto en las escaleras exteriores del templo lo atrapó del cuello y lo detuvo, recuperando la cartera. El ladrón tenía otra cartera y algunos otros objetos, mismos que le devolvió y lo dejó ir. Algunos familiares lo cuestionaron y le dijeron: "¿Por qué no le quitaste su cartera? A lo mejor se la había robado a otra persona". Él respondió: "Porque, si se la quito, sería igual que él: un ladrón". Eso dejó una gran enseñanza de vida para Leo que nunca olvidaría.

Ahí terminaba una etapa más del conocimiento requerido para completar su misión. Leo sabía que pronto volvería al año 2017 y tendría que retomar su vida. En 2017 su padre aún vive, y Leo, junto a sus hermanos, debe luchar para que Raúl pueda tomar la decisión correcta, cambiar su parecer en relación con Dios y arrebatarle su alma para que sea redimida, y en eso Leo tiene un papel preponderante.

—Les aseguro, Ignio y Gedolin, que Leo ha aprendido más en estos pocos días que en sus más de cincuenta años de vida.

—Sí, Ozuri, es verdad. Tendrá mucho en que pensar y meditar, muchas preguntas para el Señor, y, a su vez, una gran convicción que se convertirá en fe. Ahora sabe lo que muchos aún se preguntan; ha aprendido el verdadero valor de la humildad, el amor, la justicia, la misericordia y la compasión; ha conocido la verdadera empatía y, sobre todo, el perdón, ese privilegio que Dios le otorgó a la humanidad para sanar sus vidas, sus relaciones y que, desgraciadamente, muchos, influenciados por el mal, consideran una debilidad.

—Creo —habló Gedolin— que está teniendo una exitosa y poderosa transición, lo que acelera su pronto retorno al 2017, aun cuando su vida ya no será la misma. ¿Podrá entender de qué manera se concatenan nuestra presencia alienígena y la de otras razas, la fe, su vida diaria y la existencia de diversas dimensiones, muchas de las cuales él no conoce? ¿Podrá llegar al entendimiento de que cada dimensión tiene sus seres propios y una vida en común acorde al mundo que les fue concedido habitar? ¿Entenderá el hecho de que existen universos paralelos y universos dentro de otros universos?

—Pienso que sí —habló Ignio—, aunque será un entendimiento paulatino. En realidad, se nos ha revelado como una persona inteligente y ha entendido todo muy rápidamente. Debe llegar a la comprensión de su nueva realidad, el tremendo compromiso y la esperanza depositada en él una vez que vuelva. Lo mejor de esto es que va a saber que volver a su tiempo es sólo el principio de su verdadero objetivo y que éste no terminará. Por ahora cree que, acabada su misión aquí, volverá a su vida rutinaria y común en el 2017.

—Sí —dijo Ozuri—, él ha comprendido que esto es una capacitación para su verdadera misión.

—Ve con él, Ozuri; reconfórtalo y preparémonos con Asriel para el momento de la inminente confrontación con la cuadrilla de Aamon y su retorno al 2017.

—¡Sí, señor!

—¿Sabes algo, Ignio? Voy a extrañarlo y a todo esto también.

—No te preocupes, nuestra misión tampoco ha terminado; vendrán otros Leonardos y, cuando llegue el momento, estaremos demasiado ocupados en los acontecimientos finales, cuando se nos permita intervenir de manera directa en la historia de la humanidad.

—¡Sí, es verdad!

Ozuri salió del lugar y al oprimir su brazalete se teletransportó al 23 de julio de 1970 para encontrarse con Leo.

Casa de la infancia de Raúl hoy en día; en
ella vivían alrededor de cinco familias.

XXVIII

—¡Qué tal, Leo!

—¡Ozuri, qué bueno es verte!

—¿Pasa algo?

—No en realidad, es sólo que necesito hablar con alguien, la soledad me abruma.

—Ya pronto dejarás de estarlo. Sin embargo, Ignio y Asriel creen que Aamon prepara una ofensiva. Esperamos que estés preparado para enfrentarte con ellos.

—¿Los ángeles están conmigo?

—¡Por supuesto!

—Sólo quiero estar seguro de que en estos momentos estarán conmigo.

—Cuentas con ellos, con nuestro apoyo y nuestras oraciones.

—¿Ustedes también oran?

—Desde luego. Cualquier criatura en este vasto Universo, o universos de cualquier dimensión, universo paralelo o multi-universo, conoce y se rinde ante la majestuosidad del Dios Vivo, y cada criatura de buena voluntad y de fe necesita de su creador. Está en nuestros genes, nuestro espíritu lo busca y se alimenta de Él. "No sólo de pan vivirá el hombre".

—Si es así, ¿por qué hay quien no lo busca y tuerce el camino?

—Todos lo buscamos, lo que sucede es que muchos no saben que lo necesitan; tienen un vacío en su espíritu y buscan llenarlo con sustitutos que, en la mayoría de los casos, los hacen caer en excesos y en un abismo profundo, en ocasiones sin retorno: sexo, drogas, violencia, lujos, dinero, poder, una gran cantidad de cosas, religiones falsas, líderes engañosos y llenos de defectos, prototipos del cine, la televisión, la política e incluso el deporte, algunos de ellos sin ninguna autoridad moral. Sin embargo, son estas cosas y estos "líderes" los que llenan el vacío de muchos otros seres humanos que buscan, a veces de manera delirante, ser como ellos. Siempre que te encuentres delante de un exceso, cualquiera, es que quieres llenar tu vacío con ello, y no te das cuenta de que la única forma de sentirte pleno es llenándote de la presencia de Dios, de su Santo Espíritu, de su palabra y de su amor.

—He pensado en lo difícil que será mi retorno.

—¿Por qué, Leo?

—Todo lo que me ha enseñado el Señor al estar aquí y antes tiene un propósito, porque Dios siempre tiene uno y es para la edificación de su iglesia, sea un miembro, dos, miles o millones; de tal forma que, al volver, debo compartir lo aprendido y dar testimonio de ello. ¿Sabes? Me siento tan inseguro como Moisés cuando el Señor le habló desde la zarza ardiente.

—Lo entiendo, pero recuerda de quién dependes. Él te seguirá guiando y allanando tú camino. Ahora, primero lo primero: debes ir a uno de los momentos más dolorosos de tu vida. Ojalá pudiéramos pasar esta copa, pero no es así. Debes trasladarte y rememorar esos momentos.

—Ozuri, ¿por qué es necesario pasar por situaciones que lastiman? También tuve momentos muy felices y llenos del amor de mi familia, de mis padres, momentos como el estar sujeto a las manos de mi papá cuando empezaba a dar mis primeros pasos; mis cumpleaños llenos de expresiones de amor, parabienes y regalos; nuestras Navidades, y los consejos las palabras que me dieron vida.

—Dime, ¿cuándo fue que te acercaste a Dios?

—No entiendo.

—¿Cuándo miraste a ver a Dios?, ¿cuando eras más feliz o en los momentos de angustia y necesidad?

—Cuando estaba angustiado.

—Así es. Injustamente, las personas buscamos a nuestro Creador en nuestros peores momentos de vida. Los malos momentos tendemos a esconderlos en lo más recóndito de nuestra mente y muy pocas veces los trasladamos del subconsciente al consciente; por ello es importante que tengas frescos estos recuerdos, esos momentos duros, y que salgan de donde los tienes escondidos para que con otra perspectiva aprendas de ellos y Dios sane tu espíritu. Las malas experiencias, por lo general, son nuestras mejores maestras. ¿Estás listo?

—¿Puedes decirme a qué momento de mi vida vamos?

—Yo no puedo ir contigo, Leo, pero estaré pendiente de ti. Tendrás que ir al Hospital de Neurología, noviembre de 1995. Hasta pronto, Leo. Tu brazalete ya se encuentra programado —dijo Ozuri y desapareció.

Leonardo tragó saliva con dificultad y su ánimo decayó instantáneamente. Sus dedos tocaron de manera insegura el botón de transporte, lo acariciaban sin atreverse a oprimir el transportador.

—¡Señor, tú sabes que no quiero volver a vivir esa experiencia! Me hace sentir culpable e impotente. Han pasado más de 20 años y aún me duele mucho, me hace mucho daño, pero por tu voluntad lo hare porque sé que tú siempre buscas mi beneficio y mi edificación para dar frutos al ciento por uno.

Bzzz. Leo fue transportado al 21 de noviembre de 1995, apareciendo en los jardines del Instituto Nacional de Neurología y Neurocirugía.

Leo se pudo ver a sí mismo: delgado, de unos treinta años, con el rostro demudado y junto a su esposa en la cafetería del Instituto. Carmen se encontraba a unos pasos, sentada en la sala de espera del hospital, esperando para entrar a consulta. Era la cuarta vez que asistían a la clínica; hace unos meses ya había estado internada por tres semanas. Leo y Lili la llevaron a ese lugar porque no contaba con seguro social y, principalmente, porque era el mejor hospital para el tratamiento de Carmen, que había sido atacada por una angustia y una depresión, aunada a su ya declarada, por casi toda su vida, hipocondría. Ese día, una vez más, asistieron a petición de ella por su ansiedad, que no parecía controlarse con nada.

Después de un par de horas de espera la llamaron a consulta. Leo entró con ella, ayudándola a caminar y preocupado por su salud, ya que la veía muy decaída y vulnerable. Aunque también, en el fondo, no podía dejar de pensar que era uno más de sus ataques de hipocondría y eso le ponía de mal humor.

—¿Cómo está, doña Carmen? Siéntese, por favor, y dígame qué le pasa —preguntó el médico.

—Ay, doctor, lo que sucede es que me siento mareada, a veces me falta el aire y tengo un malestar general.

—¿Es usted muy nerviosa?

Carmen hizo un mohín de disgusto, suavizando su expresión al responder, sin dejar de aclarar.

—Pero lo que siento no son nervios, doctor.

—A ver, siéntese aquí para que pueda checarla.

El doctor le levantó la manga de la blusa y puso alrededor de su brazo el baumanómetro, mientras que ponía en sus oídos las terminales del estetoscopio y metía bajo el baumanómetro el sensor para escuchar su pulso. Leo se encontraba expectante.

Una vez realizada la medición, se retiró el estetoscopio y se aflojó el instrumento médico del brazo de la paciente, escuchándose un ligero silbido generado por el aire escapando del mismo.

—Muy bien. Permítame, por favor.

El médico, con el estetoscopio nuevamente en los oídos, auscultaba su espalda poniendo el sensor en diferentes partes de ella, pidiéndole que respirara y dejara salir el aire de sus pulmones. Hizo lo mismo escuchando el pecho. Leo presintió algo malo al ver la cara de preocupación del médico cuando escuchaba el pecho de Carmen y ponía el instrumento una y otra vez para asegurarse de que su diagnóstico era el correcto.

—Bien, doña Carmen, la voy a tener que internar para tenerla en observación y verificar todos sus malestares. ¿Qué le parece?

Carmen hizo una cara de satisfacción, pues eso era lo que ella quería desde un principio. Por alguna razón sentía mucho apego a los hospitales.

—Bien, doctor, porque ya quiero que me quiten todos estos problemas de salud que tengo.

El médico tomó asiento en el sillón de su escritorio y comenzó a capturar la orden de ingreso. Leo se sintió muy inquieto, pero esperó para hablar con el médico. El doctor hizo salir a Carmen del consultorio y le pidió que esperara en las sillas de afuera junto a Lili.

—¿Usted es su hijo? —dijo el médico dirigiéndose a Leo.

—Sí, doctor. ¿Qué sucede con mi madre?

—Mire, la razón de internarla es que detecté una arritmia y posible insuficiencia cardiaca y quiero verificar que todo esté en orden.

—¿La subirán a piso?

—No, por el momento será internada con las personas que se encuentran en reposo para que puedan tratar su ansiedad y, al mismo tiempo, la valore el cardiólogo y podamos descartar cualquier riesgo.

—¿Qué tipo de riesgo?

—Si no estabilizamos su corazón, puede sobrevenir un paro cardiaco.

Leo salió del consultorio muy consternado, pero tomó ánimo para que su madre no lo viera preocupado. Lili, que lo conocía bien, se dio cuenta de inmediato que algo no estaba bien.

Una vez terminada la orden de internamiento, un enfermero bajó con una silla de ruedas para trasladar a Carmen al piso ocho, donde esperaría a que le asignaran cama.

El sitio de internamiento no era muy común: un área de un piso completo rodeada de cristales que cercaban el lugar y una pequeña cabina con una puerta que se abría con clave electrónica y que siempre se encontraba custodiada por una mujer de seguridad. Dentro del perímetro había cuartos y consultorios; en una de esas camas estaría su madre.

Carmen entró confiada y ayudada por Leo se instaló en su cama, saludando a otras dos internas. A Leo le dolía profundamente separarse de su madre y dejarla en ese lugar, principalmente porque por política del Instituto no podía verla en una semana, sólo podría acercarse a la caseta a entregar mudas de ropa o cosas necesarias para ella. Abrazó a su mamá y la besó, despidiéndose de ella, quien le agradeció y le dijo que estaría bien, aunque ya se encontraba muy cansada de vivir.

—No digas eso, mamá. Re amamos y te necesitamos. Espero que salgas en una semana y vayas a casa —dijo y la besó nuevamente.

Leo observaba la escena de ambos abrazados y brotaron lágrimas de sus ojos al recordar el momento y saber que era la última vez que vería a su madre con vida. Leo miró con una gran ternura la figura gordita y bella de su madre, tal como la recordaba. Las lágrimas no se detenían de sus ojos al revivir ese momento; la vista se le nubló y no lo dejaba ver más. Se dio la vuelta y se alejó del lugar. Su memoria se refrescó en ese momento y revivió todo el suceso de esos fatídicos días.

Leo fue al día siguiente a dejarle ropa y sus pantuflas, además de jabón, pasta de dientes y su cepillo. No pudo verla, a pesar de que se esforzó por hacerlo, esperanzado de que pasara frente a los cristales. Al siguiente día no le fue posible asistir al hospital y pensaba que, si no podía verla, ¿qué caso tenía estar fuera?

Nunca volvió a ver a su madre. Al tercer día le llamaron para informarle que Carmen había muerto de un paro cardiaco ese mismo día en la madrugada. Lo que más le dolía a Leo es que, siendo una persona que siempre dio amor a los demás, que amaba a su familia, se enorgullecía de ella, a sus sobrinos les compraba cosas, a pesar de no ganar mucho dinero, siempre pensando en los demás, comprando cosas para su casa y para el bienestar de los suyos… y en su adiós estuvo completamente sola, rodeada de extraños.

Leo jamás se imaginó que el día que se despidieron en el piso ocho sería la última vez que besaría a esa maravillosa mujer que lo educó, se preocupó y vio por él hasta su edad adulta, sacrificando su juventud y libertad. Él aún la extraña y hoy la necesitaba más que nunca.

Algo que el ser humano necesitará en cualquier etapa de su vida, no importa cuán encumbrado esté socialmente, es la oración de sus padres y su sabio y experimentado consejo.

Leo se sentía culpable al pensar que habría podido hacer más por ella; se culpaba de no haberle dicho más veces cuán agradecido estaba y lo mucho que la amaba; le dolía no haber podido estar en sus últimos momentos. Esa herida no había sanado y ese círculo no se cerraba aún. Leo lloró por un largo tiempo, lo hizo más hoy que en 1995, cuando falleció su amada madre. Ese lamento le sirvió de desahogo; mientras sollozaba en silencio, su alma sanaba del dolor infringido. De alguna manera se sintió liberado al darse cuenta de que son situaciones que se dan en la vida y que uno no tiene el control de ellas, que es mejor tener un recuerdo de las personas en vida y que el mejor agradecimiento es hacer algo por los demás.

—Pues algún día nos volveremos a ver, ya sin dolor, sin enfermedad y con esa bella sonrisa en tu rostro.

Esta parte de la misión había terminado; era necesario volver a 1970.

XXIX

"Vestíos de toda la armadura de Dios, para que podáis estar firmes contra las asechanzas del diablo. Porque no tenemos lucha contra sangre y carne, sino contra principados, contra potestades, contra los gobernadores de las tinieblas de este siglo, contra huestes espirituales de maldad en las regiones celestes. Por tanto, tomad toda la armadura de Dios, para que podáis resistir en el día malo, y habiendo acabado todo, estar firmes. Estad, pues, firmes, ceñidos vuestros lomos con la verdad, y vestidos con la coraza de justicia, y calzados los pies con el apresto del evangelio de la paz. Sobre todo, tomad el escudo de la fe, con que podáis apagar todos los dardos de fuego del maligno. Y tomad el yelmo de la salvación, y la espada del Espíritu, que es la palabra de Dios".

(Reina Valera, 1960, Efesios 6:11-17).

Aamon se encontraba serio, pensativo y con un mohín de preocupación en el rostro. Refunfuñaba y maldecía mientras revisaba los acontecimientos… Sabía perfectamente lo que le sucedería si fallaba en esta misión.

—¡Maldita sea! —exclamó, estallando—. No hemos podido tocar a este infeliz. Basura, ven aquí —gritó a un pequeño demonio de figura ridícula y contrahecha que lo miraba con una actitud taimada y sumisa.

—Dígame, mi señor —respondió con una voz tiplada y desagradable.

—Tráeme a Ipa (Homicidio), Jarad (Temor), Noun (Desaliento), Pajad (Miedo), Talal (Burla) y Shalu (Vicio)—. ¡De inmediato! —gritó la potestad con furia reflejada en sus ojos.

—Sí, señor, de inmediato —repitió mientras levitaba para ejecutar la orden.

Los guerreros de las tinieblas llegaron casi de inmediato, todos ellos con una expresión feroz en el rostro y la mirada. Se detuvieron frente a Aamon empuñando sus espadas, expectantes a las palabras y movimientos de la potestad.

—Iré al grano. Son todos unos ineptos y estúpidos que no han logrado hacer nada en el ánimo del miserable humano. Esto es una batalla y no pienso perderla, fallar no es una opción… ¿Necesito recordárselos? ¡Basura!

—¡Dígame, mi señor! —respondió el amilanado demonio.

Se escuchó un zumbido que cortó el aire y al mismo tiempo desprendió la cabeza del pequeño y servil hueste, que antes de caer al piso se convirtió en cenizas y humo negro.

—¿Quién de ustedes le quiere hacer compañía a este estúpido enano? Shalu, irás con Raúl y lo seducirás para que consuma alcohol y provocarás un accidente en el cual salga lesionado. Noun, tú inducirás un estado severo de depresión en Carmen. Talal, irás con Laura y provocarás una caída de las escaleras que la deje fuera de combate. Ipa y Pajad estarán conmigo siguiendo a Leonardo. Todos ustedes serán distracciones para que el humano no tenga una forma de sentirse seguro o estable. Es un momento crucial porque ha tenido la experiencia de la muerte de su madre y se encuentra de duelo nuevamente; está atribulado emocionalmente y deprimido, lo agobia la tristeza y el sentimiento de culpa que todos los estúpidos humanos sienten cuando muere alguien cercano a ellos. Tú, Talal, te encargarás de remover los recuerdos en él. Debes hacerlo sentir culpable por cada instante de ese acontecimiento; trae a su mente recuerdos de cuánto él la hizo sufrir. Y tú, Homicidio, le inducirás la idea de acabar con su vida. ¡No debe tener paz en ningún momento! La lucha con los ángeles es inminente, pero sólo ataquen y se retiran. Al final, si nada funciona, será tu turno, Homicidio.

—Señor, pero…

—Tú estás aquí para seguir órdenes, no para cuestionarlas.

—¡Sí, señor!

—Vamos, no hay que perder el tiempo.

Por su parte, Asriel, como comandante de su compañía, trazaba un plan de protección para Leo. Con él se encontraban Hod, Amasai, Natán, Natanael y Tsedaka, todos ellos dispuestos a enfrentar a los guerreros de Aamon y a él mismo. Los ángeles de Dios odian que los caídos atormenten a los seres humanos. Los guerreros se mantenían esperando la voz de mando de Asriel para intervenir, cada uno con su espada de fuego y curtidos para la lucha.

A Asriel y sus guerreros más cercanos les preocupaba que Leonardo no estuviera preparado como ellos, pues él ya había probado no saber cómo actuar cuando se encontraba depresivo y bajo mucha presión. Hoy sería lo mismo, pero con mayor intensidad.

Era un espectáculo maravilloso ver a todos esos guerreros con sus ropas de un blanco impecable y algunos accesorios dorados que incluían sus espadas.

Leo no podía dilucidar el tamaño del ataque, pero sabía que se volvería a ver cara a cara con ellos.

Así que inició la lucha como se deberían ganar todas las batallas: de rodillas delante de Dios.

Ozuri, Ignio y Gedolin monitoreaban todos sus movimientos, pero comprendían que no sería una tarea fácil, pues Leo sería probado, a pesar de las estrategias de ambos bandos. Ozuri le indicó telepáticamente que su brazalete ya no funcionaría más. Leo lo desprendió de su muñeca e inició su marcha hacia la nave, que estaba ubicada en el parque de Santa María la Ribera, precisamente en el centro del Kiosco Morisco, un lugar muy representativo para Leo. No estaba lejos.

Leo tenía que verse con Ignio y su equipo para evaluar los resultados de su misión y darle las últimas instrucciones una vez que retornara al año 2017. Estaba por salir cuando repiqueteó el teléfono de su casa.

—¡Diga! —respondió Laura que apenas pudo llegar al teléfono—. Bueno, sí, casa de la familia Valenzuela. ¿Cómo? ¿Qué sucedió? —cuestionó alarmada—. ¿Cómo está mi hijo? Déjeme tomar una pluma para anotar el domicilio. Hospital Santa Fe, San Luis Potosí 1230, colonia Roma Norte. Muchas gracias —expresó y colgó el auricular—. ¡Alicia, Antonio! —gritó angustiada a su hija y esposo; ambos subieron las escaleras corriendo.

—¿Qué pasa, mamá?

—¡Hija, tu hermano Carlos acaba de chocar y está en el hospital!

—¿En qué hospital? ¿Él está bien?

—No sé, hija; dicen que sí. Mira, aquí está el papel.

Alicia tomó el papel y se lo pasó a su esposo.

—Vamos, mamá, apúrate; no está lejos.

Raúl salió de su trabajo y como era viernes se iría a casa después de la comida. Shalu empezó su trabajo con él encajando su aguijón. Raúl sintió un deseo urgente de tomar una cerveza y aprovechó la excusa de la comida para hacerlo, así que entró a una cantina y pidió el teléfono en la barra.

—¿Qué tal, Ramón? Estoy comiendo, te invito una cerveza. ¿Dónde estás?

—En la gran vía.

—Te espero.

—Está bien, en quince minutos bajo.

Raúl pidió una cerveza y con ella le sirvieron la botana; era viejo conocido del lugar, así que lo trataban con deferencia y amabilidad, como se trata a un camarada. En poco tiempo llegó Ramón y bebieron un número indefinido de cervezas durante la comida y aproximadamente un par de horas después. Raúl se levantó de la mesa y se despidió de Ramón.

—Tengo que ir a casa. ¡Nos vemos, Ramón! Buen fin de semana.

—Descansa. Nos vemos el lunes.

Raúl salió de la cantina y se sentía muy mareado, pues había tomado las cervezas con mucha celeridad y, al salir, el aire hizo su parte, enervando el efecto del alcohol en él. Shalu sonrió triunfante, ya que había logrado su objetivo; sólo faltaba la segunda parte del plan.

Raúl se subió al auto y salió del estacionamiento con rumbo a su casa. Ese día existía un especial movimiento debido a una manifestación en las avenidas principales; había gran tráfico y la situación era caótica.

Al pasar por la avenida Cuauhtémoc, Raúl debía detenerse con el semáforo en rojo, pero Shalu lo presionó y el auto se pasó la luz roja a gran velocidad, encontrándose con otro vehículo que lo golpeó lateralmente, haciéndolo girar y quedando el automóvil en sentido contrario en la avenida. Raúl perdió el sentido y lo siguiente que supo es que estaba en la cama de un hospital conectado a un suero.

Hod llegó de inmediato con Asriel y sus compañeros.

—¡Ha comenzado!

—Bien —respondió Asriel—. Cada uno de ustedes sabe qué hacer. ¡Vamos a trabajar!

Mientras tanto, Laura se apresuraba para salir de inmediato.

—Apúrate, mamá —dijo Alicia a Laura.

Talal ya se encontraba en su posición, acechando a Laura.

Llegando a la orilla de la escalera, Laura se regresó por su bolsa, quitando ese momento de oportunidad a Talal para empujarla.

Leo también se encontraba en el lugar y se enfrentó a Talal, que arremetió contra él de inmediato. Talal desenvainó la espada y se arrojó en contra de Leo con fiereza y odio. Leo alcanzó a esquivar el golpe del filo del arma. Ahora Talal se encontraba más que iracundo. Al mismo tiempo, Laura regresó; Talal tenía que terminar esto pronto para cumplir su misión, pero Leo no lo iba a permitir y se puso entre los dos mientras gritaba:

—¡Te ordeno que te detengas en el nombre de Jesús!

El demonio titubeó por un instante, pero casi de inmediato se abalanzó sobre Leonardo. Laura ya había pisado los primeros escalones y continuaba bajando. La hueste y Leo luchaban y rodaron por la escalera, empujando en ello a Laura, que perdió el pie y cayó rodando por varios escalones. Talal abandonó la lucha; su misión estaba cumplida.

Leo estaba desesperado. Su padre se encontraba en el hospital y él no sabía cómo estaba realmente; Laura estaba lesionada y tendría que ser llevada a la clínica para ser revisada también. El ánimo de Leonardo decayó profundamente, pues Ipa y Pajad continuaron hostigándolo, por ello su voluntad se debilitaba y sintió un miedo profundo. También le preocupaba no recordar este momento en su pasado; si no sucedió, entonces se movió el pasado y las consecuencias podrían ser situaciones alternas en el futuro.

—Mamá, ¿cómo estás? ¿Te sientes bien? ¿Qué te duele? —Alicia gritaba—. Antonio, ayúdame a levantarla para llevarla a la clínica donde está mi hermano.

Leo oraba pidiendo la protección de Dios y la cobertura de la sangre de Jesús; eso contuvo el avance de las huestes malignas, que ahora se mantenían a cierta distancia.

En este punto de la lucha, Asriel, Amasai y Hod descendieron con sus espadas de fuego desenfundadas. Los demonios huyeron de inmediato; no era el momento de una confrontación.

Leonardo se sintió confortado al ver a los tres guerreros a su lado. Corrió para alcanzar a sus tíos, que subían a Laura en el automóvil de Antonio. Se subió al vehículo con ellos y se enfilaron hacia la clínica. Los poderosos guerreros angelicales volaban a un lado del vehículo; eran seguidos muy de cerca por Aamon y tres de sus esbirros.

Hod ya se encontraba en el hospital custodiando a Raúl y en espera de Laura. Ya estaban ahí también Tsedaka, Natán y Natanael montando guardia y esperando a Asriel y Hod. Los espíritus inmundos seguían al acecho.

Leo se encontraba desesperado, no entendía que estaba pasando y deseaba parar esto, pero no estaba en sus manos.

—Calma, Leo —le dijo Asriel—. Esto no es algo fortuito, lo sabes, ¿verdad?

—Sí, lo sé. Es un ataque directo.

—¿Confías en el Señor?

—Por supuesto.

—Bien, porque Él tiene todo bajo control.

Asriel y su compañía se alejaron del lugar por el momento. No podían impedir los ataques. Era necesario el desarrollo de este embate para probar la templanza y el coraje de Leonardo.

Existían buenas noticias. Leo se acercó a la habitación de Raúl, quien se encontraba un poco golpeado, pero fuera de peligro. Laura había sufrido algunas contusiones y un esguince en el pie derecho, con un poco de reposo estaría bien.

Leonardo debía salir del lugar y caminar a su destino. Debido a su frecuente oración su espíritu se había fortalecido y se llenó de fe y confianza.

Los demonios expectantes esperaban la orden de Aamon.

—¡Esperen sólo un poco más!

Apenas dejó la clínica, Noun, Aamon y Shanu, implacables con sus espadas desenvainadas, se abalanzaron sobre Leo y volaron con fiereza contra él. Atacaron sin piedad. Sin embargo, fueron rechazados por un enorme haz de luz que se interpuso en su camino, deteniendo la espada del enemigo y desatando una lucha encarnizada. Leo reclamó la autoridad del nombre de Jesús, haciéndose evidente el debilitamiento de las fuerzas del mal.

Por su parte, los otros demonios también se enfrascaron en una confrontación directa con el resto de los guerreros de luz, convirtiéndose aquello en una tremenda guerra espiritual. Del lugar emanaban rayos, destellos luminosos y vapor negro, se escuchaban los sonidos de la encarnizada lucha, los gritos de los guerreros dando órdenes.

El ambiente era un terrible torbellino que ocasionaba una fuerte alteración en el medio.

Los cuerpos de los guerreros trenzados en la lid rodaban por el suelo o en el aire, separándose solo para volver a encontrarse y continuar la batalla.

Un demonio que le tenía especial odio a Leonardo. Se apartó de la lucha y lo alcanzo velozmente dándole un tremendo golpe con toda la fuerza de su impulso y la ferocidad y odio que sentía por él, Leonardo rodó por el suelo estrepitosamente, golpeándose diferentes partes del cuerpo.

¡No había tiempo de cuantificar las heridas!

El ente demoniaco lo seguía con la espada desenvainada. Noun no estaba dispuesto a perder la presa ¡esta vez, el asunto era personal!

Asriel alcanzó a cortar con su espada a Aamon, que se dobló sobre su costado, maldiciendo y buscando cobrar el precio de su herida con la espada. Los dos guerreros rodaban por el suelo, se levantaban y, por momentos, uno u otro se alejaba un poco para tomar impulso e iniciar un embate contundente.

—¡Homicidio! —gritó Ammón—. ¡Termina tu trabajo!

Aquel demonio voló con fuerza sobre Leonardo, que se encontraba acorralado, por ello no pudo evitar el embate del segundo demonio, quien lo hirió fuertemente en un brazo con su espada; el dolor era muy intenso.

Homicidio giró y de inmediato repitió el ataque, aunque fue interceptado por un bólido de fuego que lo derribó estrepitosamente. Se incorporó de inmediato y arremetió contra Hod, que ahora lo esperaba con su espada llameante. Ipa atacó con violencia, pero antes de tocar a Hod recibió un fuerte tajo en la pierna izquierda, haciéndolo dar vueltas y revolcarse de dolor. Esto detuvo dubitativamente a Desaliento, que estaba a punto de dar un golpe de espada contundente sobre la humanidad de Leonardo, que no se movió ni un centímetro de su sitio. Esto acobardó al vengativo demonio, que lo observaba desconcertado. Por otro lado, Homicidio aún no se recuperaba y el ángel le dio otro fuerte golpe de espada en el pecho que lo hizo caer de espaldas de forma por demás grotesca. Ipa aún buscaba a su objetivo (Leo) para terminar con su vida, pero fue lo último que hizo antes de recibir una fuerte estocada, haciendo escapar una gran cantidad de vapor negro y un olor nauseabundo mientras se desintegraba.

Hod volteó a ver a Leo, que se incorporaba trabajosamente.

—No te alejes de mí, esto aún no termina. Los demás siguen luchando en diferentes flancos.

Ahora que Aamon se encontraba herido, Noun y Shanu lo relevaron en su lucha contra Asriel, pero el comandante de los ángeles de Dios se levantó con su majestuosidad, poderoso sobre ellos, y saltando sobre sus cabezas asestó una fuerte estocada sobre Shanu, que se convirtió en humo negro. Noun, al ver lo que le sucedía a su compañero, quiso huir, pero antes de que lo hiciera fue alcanzado por la espada del ángel, lo cual lo envió directo al abismo. Los demás demonios iban cayendo como moscas bajo la espada de los guerreros celestiales.

Ahora se encontraban Asriel y Aamon frente a frente, dos poderosos guerreros en lados opuestos; luz y oscuridad, bien y mal, enfrentados en esta ancestral lucha, que fue definida con la derrota del maligno ante la Cruz del Calvario y la sangre redentora de Jesús. Sin embargo, las huestes rebeldes del maligno aún siguen luchando en búsqueda de almas, tratando de evitar el avance de la Iglesia y que sea predicado el Evangelio para evitar que los seres humanos sean redimidos y hagan suya la redención, con la que el Señor les dará a comer del árbol de la vida eterna, derecho que se perdió cuando Adán y Eva, por su desobediencia, fueron expulsados del jardín del Edén y de la presencia de Dios.

La historia de la creación parecía pasar como una película ante los ojos de los observadores cuando miraban a aquel par de guerreros. Asriel se veía imponente, poderoso e invencible, con un fuerte resplandor de la gloria de Dios. Su mirada era limpia, transparente, determinada y firme. Por su parte, a Aamon se le podía observar su mirada maligna y cargada de odio; tenía una mueca de dolor e ira en el rostro plagado de cicatrices. Era verdaderamente aterrador, digno de la peor pesadilla. Su imagen era verdaderamente temible e imponía y atemorizaba al verlo. Su cuerpo, con las marcas de viejas peleas y antiguas confrontaciones, le daban una imagen feroz.

El ambiente se sentía cargado. Una niebla ligera se esparció alrededor y entre los contendientes, dándole al campo de batalla un ambiente misterioso y aterrador. El brillo resplandeciente del ángel de luz destacaba en ese ambiente tenebroso.

Los guerreros vencedores levantaron sus espadas y las unieron, gritando:

—¡Gloria, honor y honra al que es y será por los siglos de los siglos!

Los guerreros cantaron himnos de gloria y alabanzas al Señor. Leo nunca en su vida escuchó cantos más hermosos que los que salían de las bocas de los guerreros de Dios. Este ambiente impresionante opacó y desplazó con su luz a las tinieblas.

Aamon, muy a su pesar, se sintió acobardado, pues sabía que la batalla estaba perdida y conocía el castigo por haber fallado, así que, en un último acto, atacó al general Asriel, lanzando un malintencionado golpe con su espada, buscando el cuello del guerrero, quien detuvo el golpe con su espada, generando una gran cantidad de luz brillante y el ya conocido sonido de descarga eléctrica. Ambos rivales se movían con ligereza y midiendo al enemigo, caminando despacio en círculos y atacando de vez en vez, pero aún sin causarse daño.

En un segundo ataque extremadamente veloz, Aamon embistió con tanta fuerza que Asriel, al detener el golpe con la espada, no pudo retirarse hacia atrás y cayó. Aamon estaba hincado sobre Asriel y trataba de incapacitarlo clavándole la espada en el pecho, pero el guerrero celestial hizo gala de su fortaleza al levantarse teniendo aún el cuerpo de Aamon encima y propinándole un golpe con la empuñadura de la espada que lo hizo retroceder. La potestad se recuperó rápidamente y atacó de nuevo. Ambos luchaban encarnizadamente, moviéndose por una vasta área y atacando una y otra vez con sus espadas, buscando el cuerpo del enemigo.

Aamon cayó hacia atrás y, antes de que se pudiera recuperar, recibió una tajada en el hombro que casi le desprende el brazo. Se levantó y con un solo brazo atacó, logrando herir a Asriel en una pierna, provocando que cojeara por el intenso dolor que le causó la herida. Sin embargo, esto no lo amilanó y siguió atacando con su espada a la potestad, que se defendía como gato boca arriba y cada ataque era respondido de inmediato.

Pasados unos minutos de agotadora lucha, finalmente Aamon se notaba cansado y adolorido por su herida en el brazo. Quiso embestir una vez más, pero recibió una tremenda herida en el pecho y una nube de humo negro cubrió el ambiente mientras Asriel daba dos pasos atrás y envainaba su espada.

¡Todo había terminado! El ejército de los cielos había vencido una vez más. Las hermosas alabanzas a Dios inundaron el ambiente al mismo tiempo que los gritos de:

—¡Gloria y honor al Rey de Reyes y Señor de Señores por los siglos de los siglos!

Un grupo de ángeles respondió:

—Amén.

La lucha había terminado con la victoria de los soldados de Dios; con ello, la etapa de la misión en esta dimensión había terminado. Era tiempo de un informe final y una evaluación, así como de consejos valiosos para el retorno al 2017.

Leo respiró aliviado, al fin volvería a su época y vería a Lili y sus hijos. Tenía una imperiosa necesidad de abrazarlos, besarlos y sentir su calor y su amor.

XXX

Una vez más Leo atravesó los largos pasillos semicirculares de la nave capitaneada por Ignio. Esta vez se saludaron con mucha efusividad, dándose un fuerte abrazo a manera de bienvenida y celebrando su encuentro.

—¿Qué tal, Leo? ——habló Ignio—. Es un verdadero placer tenerte de regreso, y debes alegrarte porque la misión en esta primera etapa ha terminado. Pronto volverás al 2017 y retomarás tu vida.

—Aunque, siendo sincero, también extrañaré toda esta aventura —dijo Leo.

—Sí, es verdad, pero ahora es tiempo de transición, de que lleves tu experiencia y conocimientos adquiridos a los tuyos y a tu sociedad.

—Así es —interrumpió Gedolin—. Creo que todo esto ha sido ilustrativo, y no sólo para ti, también lo fue para nosotros. Nos has enseñado mucho, amigo.

Ese "amigo" sonó muy sincero, pero a la vez extraño por el acento de los estignianos.

Ozuri, como mentora, sonreía complacida de los resultados obtenidos y del éxito de la misión. Ella tocó un holograma y se abrió una compuerta en medio de la mesa; dentro había unas botellas como de 500 ml de lo que parecía aluminio. Ozuri le dijo a Leo que tomara una. No poseían marca o etiqueta de ninguna especie, pero las pequeñas botellas estaban sumamente frías.

Cada uno tomó una botella y al abrirlas se escuchó el sonido de un líquido envasado al vacío.

—Toma con confianza, Leo —dijo Gedolin—, son bebidas refrescantes y adicionadas con nutrientes necesarios para el cuerpo.

Leo destapó la suya y escuchó el sonido de la botella succionando el aire ávidamente. La llevó a sus labios un poco desconfiado por temor al sabor, sin embargo, al sentirlo en la boca recibió una sensación sumamente agradable; la bebida verdaderamente era refrescante y tenía un delicado sabor a frutas. Al saborearla le pareció muy similar a algunas bebidas hidratantes de la Tierra, pero al tragar sintió una agradable sensación calorífica en todo el cuerpo y de inmediato experimentó una gran energía.

—Puedes tomar todas las que quieras.

—Gracias, Ignio.

—Pero, en fin, Leo, estamos aquí para intercambiar opiniones y escuchar la narración del tiempo vivido en esta dimensión. Dinos, de todo lo experimentado, ¿con qué te quedas? ¿Qué consideras que has aprendido?

—En realidad, son muchas experiencias y muy variadas. Ha sido un aprendizaje interdisciplinario sumamente provechoso en todos los ámbitos. Primero me gustaría disertar un poco acerca del Universo y del papel de ustedes y de algunos otros que ya están en la Tierra y conviven con nuestra raza en nuestra dimensión. No sé cuántas razas o seres, ni de cuántas dimensiones, conviven con la raza humana en la Tierra, pero sé que existen y que tienen presencia. Me doy cuenta de que somos importantes de algún modo, pues son muchos los que están aquí y la mayoría conoce, hasta donde sé, más de nosotros que nosotros mismos. Los seres que habitan y conviven en mi mundo son seres interdimensionales, es por ello que no podemos seguirlos ni conocer sus hábitos alimenticios o costumbres, ya que están sólo a ratos en mi espacio dimensional. Existen entes con valores y principios conforme a la voluntad de Dios y ellos son nuestros aliados, pero también existe quien sigue al mal y son aliados del maligno. Existen razas, quizás siete, de diferentes planetas y de múltiples galaxias que están interesados en la Tierra y sus habitantes, principalmente aquellos que son más avanzados tecnológicamente. También sé que existe un código de honor y una institución que regula la intervención de otros seres en mi planeta; hay una ética de valores universales.

—Una raza en particular carece de sentimientos y eso la hace muy peligrosa. Por siglos ha intentado comprender dichas emociones, pero todo ha sido inútil hasta el momento para ellos. Las emociones son la parte central de la imagen y semejanza a Dios y eso no se puede copiar; no es un proceso químico, sino que es parte del espíritu humano a semejanza de Dios. Las emociones positivas son la esencia milagrosa del Espíritu de Dios obrando en tu vida; las emociones negativas, como el odio o la venganza, son producto de la carne humana, muchas veces alimentada a través de tus pensamientos por el diablo y sus demonios.

—Esto te dará una idea de lo extraños que pueden ser para nosotros estos seres y lo extremadamente raros que debemos ser los seres humanos para ellos. No comprenden el odio o el rencor ni el resentimiento, pero tampoco asimilan el amor, la compasión o la fidelidad, mucho menos la libertad o la justicia. Por otro lado, existe una escala de valores y principios naturales que Dios puso en la conciencia de la mayoría de los seres creados y por ello son universales. Desafortunadamente, al igual que sucede en la Tierra, no todas las formas de vida "inteligente" se guían por ellos. Si en un momento dado el ser humano se sintiera amenazado por cualquier forma de vida extraterrestre, indudablemente acabaríamos con la vida de ese ser, si se nos presenta la oportunidad, y si no, seguramente lo intentaríamos una y otra vez. Ese ser extraño y externo a nuestro planeta nunca sería tan importante para el ser humano como el acabar con la vida de un semejante. Ese mismo código de supervivencia existe en otras culturas. Lo que podría provocar que una especie extraterrestre, si se llega a sentir amenazada por nosotros, seguramente reaccione de una manera hostil. Al no conocer otras existencias, no hemos desarrollado una consciencia universal de amor y respeto por cualquier forma de vida existente; apenas estamos comprendiendo el amor y la inteligencia de aquellos animales que existen en la Tierra.

—El éxodo masivo de las especies extraterrestres se debe a una preparación para los tiempos del fin, en donde tendrán un papel muy importante en el rapto de los cristianos, la batalla de Armagedón y muchos eventos más.

—Eso los incluye a ustedes, Ignio. ¿Cierto?

—Sí, Leo, estás en lo cierto. Veo con beneplácito que no sólo has aprendido, sino que tu mente es deductiva y llegas a conclusiones correctas, en su mayoría, y muy visionarias.

—Ignio, ¿nos volveremos a ver una vez que vuelva al 2017?

—Sí, Leo, ocasionalmente, pero sí nos volveremos a ver.

—Por otro lado, ¿algún día podremos conocer los humanos todo el Universo creado?

—Bueno, tendrás una eternidad para hacerlo y más herramientas también —Ignio, sonriendo, respondió—. Podrás entender lo que hoy es una teoría de las dimensiones, la teoría de cuerdas, universos paralelos, universos dentro de otros universos, etcétera.

—¿Cómo entender un universo dentro de otros universos?

—Trataré de ejemplificártelo de manera simple. Tú sabes que cada objeto que existe está hecho de moléculas, muchas de ellas combinadas de tal manera que juntas conforman un elemento. Por ejemplo, el agua está compuesta de dos átomos de hidrógeno y uno de oxígeno. Cada átomo está compuesto de núcleo, electrón, protón y neutrón, y sabes también que cada átomo se asemeja a un pequeño sistema planetario. Pues bien, una molécula de agua es un universo que contiene tres sistemas planetarios, dos de hidrógeno y uno de oxígeno. Ahora esa imagen que tienes en tu mente llévala a las grandes extensiones de sistemas planetarios, hoyos negros y galaxias, que a su vez están incluidas en otro grupo de galaxias, hoyos negros, sistemas planetarios, etcétera.

—Son universos que están dentro de otro universo, que a su vez están dentro de otro que está dentro de otro, etc. ¿Hasta aquí estoy en lo cierto?

Ignio, Gedolin y Ozuri asistieron con la cabeza e Ignio tomó la palabra:

—En cuanto a las dimensiones… Bueno, es un poco difícil entenderlas cuando están fuera de tu alcance o no tienes un comparativo para comprenderlo; como ejemplo, estoy seguro de que hoy conoces mejor la cuarta dimensión que antes de venir. Quizás no comprendes los conceptos científicos, pero entiendes su funcionamiento porque lo has experimentado.

—Lo que sí sé —contestó Leonardo— es que todas las dimensiones confluyen en un solo lugar, es así como Dios ve todas las cosas al mismo tiempo, el pasado, el presente, el futuro, proyecciones y las dimensiones que existen en el Universo por Él creado. No puedo siquiera imaginar las posibilidades y funcionamiento de las demás dimensiones cuando sólo en la cuarta dimensión existe la maravillosa posibilidad de ubicarme en cualquier lugar y momento, tomando en cuenta que el tiempo es uno solo y es el ser humano el que pone la medida y los términos de pasado, presente y futuro de acuerdo con sus propias experiencias. En realidad, los seres de cuarta dimensión ven un tiempo sin tiempo, sin segmentaciones, como una línea recta y permanente.

—Hablemos ahora de otra de tus experiencias —le dijo Gedolin—, cosas que experimentaste en esta misión. Sobre el ámbito humano, que es fundamental en tu misión, ¿cuál es tu opinión? Háblanos de lo aprendido conforme a haber revivido momentos de tu pasado.

—Pues bien —contestó Leo—, viví y experimenté sentimientos extraordinarios, algunos de ellos combinados, como amor, dolor, compasión, sufrimiento, tristeza y alegría. Aprendí acerca de la inteligencia y el carácter del ser humano, así como de la importancia de las emociones. Pude sentir la presencia de Dios como nunca antes la había experimentado. Entiendo hoy que los seres humanos somos una creación tripartita a semejanza de Dios, que es trinitario, Padre, Hijo y Espíritu Santo, mientras que los seres humanos somos Alma, Cuerpo y Espíritu. Dios nos dio el aprendizaje, que es trasmitido mediante la observación, la experimentación, el libre albedrío y la selección natural, pues somos seres que vamos conformando nuestro carácter a través de las experiencias vividas. La influencia del entorno en cada individuo se trasmite de generación en generación, de tal manera que somos el resultado de cientos o tal vez miles o millones de experiencias generacionales; por lo regular es evolución, pero también puede ser degeneración. El ser humano no sólo tiene la capacidad de heredar su genética a sus hijos, también tiene la virtud de trasmitir la calidad de su espíritu. Con esta cadena interminable de conocimientos, por herencia y aprendizaje durante generaciones, tenemos como resultado que la transición se vuelve generacional; no queda sólo en el individuo, sino que lo trasmite a las generaciones futuras como carga genética o transmisión del conocimiento. Esto nos da la importancia y la tremenda responsabilidad de los padres hacia los hijos. Un ejemplo: si yo tengo desórdenes alimenticios, seguramente los heredarán mis hijos porque no los enseñé a comer adecuadamente y estoy creando una generación de gordos. Del mismo modo, se trasmiten los hábitos, buenos y malos, y los valores que los niños aprenden por lo que ven y no por lo que se les dice. Es por ello que no debemos relajar algunas prácticas que pueden parecernos superfluas o poco importantes. Debemos lograr que el evolucionar sea para prosperar en todos los ámbitos del ser humano. Entiendo que mi propósito como padre es tener y hacer hijos felices, sin conflictos ni complicaciones, que entiendan el significado del amor y la compasión; que sean productivos y con una actitud positiva hacia la sociedad y la vida; que amen, teman y sirvan a Dios; que ayuden a los demás; que participen en foros públicos, que edifiquen, que sean líderes, que apoyen y sean solidarios, que protesten también; que busquen una mejor sociedad y un mejor mundo; que sean misericordiosos con su entorno, y que sean buenos administradores de los recursos y la vida del planeta que Dios nos dio. La vida no necesariamente tiene que ser difícil. A veces me siento como los presos, en el sentido de que ellos no parecen entender que están dentro de una cárcel como una familia y que lo único que tienen es a sí mismos; sin embargo, se dedican a hacerse la vida difícil, competitiva y cruel, buscando poder por sobre los demás. Son capaces de todo con tal de lograr el control total de los individuos, convirtiéndose en un símil del mismo Satanás; por ello, los temerosos se vuelven sus siervos. Si tuvieran menos maldad y resentimiento social se darían cuenta de que, debido a su situación, tendrían que estar unidos y procurarse una vida más ligera, hermanada y, por consiguiente, menos dura. Pero el Diablo y la carne los traiciona y los endurece, generando luchas de poder y abusos que hacen su estancia más miserable. Del mismo modo, los que estamos afuera nos hacemos la vida difícil y dura cuando no debería de ser así. Le damos importancia a cosas que de una u otra manera tienen remedio y a las verdaderamente preponderantes las hacemos de lado.

—Efectivamente —habló Gedolin—, en eso está centrado el éxito de tu misión. Si el ser humano aprendiera el verdadero significado del amor de Dios y viviera conforme a sus normas y mandatos, en obediencia, sería inútil un juicio final y una tribulación. En sus manos está el poder cambiar su propio destino, y sus armas más poderosas para lograrlo son el amor y la oración, pues ambos nos acercan a Dios, su presencia, su poder y sus milagros. Por otro lado, Dios ha dado su Iglesia y todos ustedes son responsables de dar a conocer las buenas nuevas de salvación. Los seres humanos entienden su necesidad, sin embargo, no hacen nada por cambiarlo o simplemente se encuentran en un sitio de confort y no quieren dejarlo. Ustedes, Leo, los pastores, los verdaderos creyentes y los adoradores, en espíritu y en verdad, son los precursores del cambio.

—Lo sé, Gedolin. Sin eso mi estancia aquí habría sido inútil, ¿cierto?

—Así es, amigo.

—En verdad sé la gran responsabilidad que recae sobre mis hombros y estoy dispuesto a aceptarla. Sé también que no será fácil, pero cuento con el Señor y eso es suficiente; por eso Él nos dice: "Bástate mi Gracia".

—El mundo hoy es como lo vieron los primeros discípulos: un mundo agresivo y lleno de fanáticos religiosos que se consideraban poseedores de la única verdad y los únicos autorizados para interpretarla y trasmitirla. Era una época en que predominaban las disertaciones y las teorías influenciadas por los grandes filósofos griegos, con encuentros de más de tres cosmovisiones diferentes. En ese momento nadie hubiera pensado que el mensaje del Evangelio y la Biblia misma podrían sobrevivir hasta el día de hoy, sin embargo, tú estás aquí, y muchos más se encuentran como tú, cada uno luchando desde su trinchera y llevando un mensaje que no morirá jamás.

—Cuando los escucho hablar así se enciende mi fuego interior y me siento como aquellos discípulos en el camino a Emaús. Sólo me queda decirles que les estoy muy agradecido y que me llevo una riqueza de amor y conocimiento al 2017.

—Nada que agradecer, Leo, y recuerda que nos veremos pronto.

Se acercaron a Leo y lo abrazaron con sinceridad. Ignio dijo algo más.

—Ozuri me comentó de tu inquietud. Irás al pasado, pero sólo tienes quince minutos terrestres para ver a tus padres con muy poco tiempo de casados y volverás aquí. Desde luego, no podrás hablarles ni te verán, pero los observarás por última vez antes de volver.

Los ojos de Leo se iluminaron con una gran intensidad al conocer la noticia y con gran entusiasmo agradeció a todos de nuevo.

—¡Estoy listo!

—¡Buena suerte, Leo!

Bzzz, zzap. Leo desapareció y se encontró de pronto en una sala para él desconocida, con muebles sencillos, pero nuevos. Se podía percibir en el ambiente el aroma de la lavanda de Raúl, ese aroma tan agradable y que le traía tan hermosos recuerdos de su infancia a Leo. También percibió un aroma que le resultó familiar y delicioso, aunque no pudo identificarlo.

—¡No hay duda, es la colonia de mi padre! El otro perfume es el que usaba mi madre, por eso lo siento tan familiar.

Vino a su mente cómo le gustaba dormir en la habitación de Raúl cuando era niño porque su almohada tenía el aroma de su padre. Leo estaba sumamente nervioso, tenso y sentía que el corazón se le salía del pecho.

—Raúl, ¿puedes ayudarme? —se escuchó una dulce voz femenina.

—Sí, Violeta, permíteme.

¡Esa voz a Leo le pareció tan familiar, tan cercana y a la vez tan desconocida. ¡Qué difícil describir aquello! De algún modo, en su subconsciente tenía grabada la voz de su madre, esa voz que, sin conocer aún si sería niño o niña al nacer, le hablaba con amor e infinita ternura mientras acariciaba su vientre, la misma voz que le hablaba con cariño cuando lo alimentaba. Nunca pensó que tan sólo escuchar la voz de su madre le causaría ese impacto, pero ahí estaba ella, a sólo unos pasos de donde él se encontraba. En ese momento Violeta tendría veintiún años; podría ser hija de Leo. ¡Increíble!

Leo dudó en avanzar hacia el lugar de donde provenían las voces de sus padres. Él no conoció a su madre, pues ella murió cuando Leo era un bebe de sólo seis meses. Sólo sabía cómo era por fotografías y hoy estaba a un paso de verla físicamente. Oír su voz para Leo fue como escuchar el canto de los ángeles.

—No, mi amor. Por favor, ponlo mejor arriba del clóset.

—Está bien, Violeta, pero siéntate porque no quiero que te empieces a sentir mal por andar ajetreada.

—No, estoy bien, pero me voy a sentar aquí en la cama.

Leo se asomó con cuidado, como temiendo que ellos lo descubrieran, aunque sabía que no podían verlo.

—¡Ahí están!

Observar a sus padres le causó un hermoso sentimiento de ternura. Su padre, siempre tan apuesto y vestido de traje, ahora sin saco, vestía una camisa y la corbata de manera impecable. Era muy delgado, con su cabello y bigote muy elegantemente recortado. Y su madre… ¡Qué bella mujer! Debía medir alrededor de un metro con setenta centímetros. Era delgada, estaba vestida con sobriedad, su piel era más bien blanca, su hermoso cabello era lacio y largo, tenía unos bellos ojos profundos y de mirada inteligente y la ceja casi se le juntaba en la parte media del rostro. Se miraba hermosa sentada en la cama, toda delgadita, pero con esa enorme barriga que acariciaba con inmensa ternura.

—Yo creo que va a ser niño, mi amor, porque tira unas patadas que pienso que será futbolista.

—Lo que sea está bien —contestó Raúl, entretenido en arreglar las cajas en la parte alta del clóset—. Ya quisiera ver a nuestro bebé corriendo por toda la casa.

—¿Cómo le vamos a poner si es niña? —preguntó de pronto ansiosa y volteando con una mirada pícara a ver a su esposo.

—No sé, Violeta. Me gustaría que se llamara como tú.

—¿Violeta? No, no me gusta ese nombre para ella. Sería mejor Laura. ¿Qué te parece?

—¿Como mi mamá? Mmm, suena bien Violeta, creo. ¿Y qué tal Laura Violeta?

—¡No, sólo Laura!

—¿Y si es niño? —preguntó Raúl.

—Bueno, que se llame como su papá.

—No. ¿Qué te parece Leonardo?

—Pues no suena mal, pero ¿por qué Leonardo? Nadie en tu familia o en la mía se llama así.

—Bueno, admiro mucho el arte de Leonardo Da Vinci. También admiro a Dostoyevski y a Beethoven, pero se escucharía muy raro Fiódor o Ludwig.

—Está bien Leonardo.

Ambos rieron abiertamente. Raúl se sentó a lado de Violeta y acarició su estómago.

—Qué hermoso cuadro. Quedará grabado en mi mente y me lo llevaré hasta la muerte.

—¡El tiempo se ha cumplido! —Leo escuchó en su mente la voz inconfundible de Ozuri.

Leo escuchó nuevamente el bzz, zap de la teletransportación, que lo sacó de inmediato de la habitación, sintiendo el correr electromagnético en su cuerpo y viendo a la distancia, y a momentos con bruma, a sus padres abrazados, enamorados y felices a la espera de la llegada de su bebé.

Leo fue trasladado a la casa de su infancia en vísperas de Navidad. Pudo sentir cómo su cuerpo se volvía traslúcido y se disolvía en un fluido energético para ir tomando volumen en el lugar del traslado. Estaban todos reunidos en la sala de la casa con el árbol de Navidad encendido; el olor a pino inundaba la casa. En la cocina había grandes cacerolas de barro con el mole de los romeritos y el bacalao para el día siguiente. Leo pudo ver los rostros tan queridos de sus tías Carmen, Alicia, su abuelita Laura y su padre. Estaban felices y entretenidos, poniendo un lazo plateado al árbol. Alicia desmenuzaba el bacalao y Carmen envolvía un obsequio. Todos platicaban alegremente chismes de tal o de cual, riendo en ocasiones. ¡Qué bella familia! ¡Saben ser felices y disfrutar su vida! Leo se paró enfrente de cada uno, deseando darles un fuerte abrazo, pero se tuvo que contener. Sus ojos se inundaron de lágrimas.

—Abuelita, muchas gracias por tu amor y tus enseñanzas; me hiciste muy feliz. Padre, tú, gracias a Dios, aún me haces feliz y tengo la suerte de tenerte. Gracias por tu esfuerzo, por tus trabajos, por tus apuros, por tu necesidad, por tu hambre y porque siempre procuraste lo mejor para mí. ¡Eres un gran padre! Carmen, mamá, gracias por su tiempo, el fruto de su trabajo, su amor, sus cuidados, su paciencia; siempre tan incomprendida por mí. No sé hasta cuando podré abrazarte nuevamente y decirte cómo me siento, lo mucho que te amo y lo agradecido que estoy contigo. Tía Alicia, gracias por ser una segunda madre para mí, siempre procurándome, cuidando de mí, dándome atenciones y amor, sin hacer jamás diferencias entre tus hijos y yo. Gracias a todos por compartir sus vidas conmigo y hacerme parte de ellas. Los amé en el pasado y hoy, que sé muchas cosas, los amo aún más y siempre los amaré. Ustedes me enseñaron el significado del amor y la importancia de los lazos familiares. ¡Hasta pronto, querida familia!

Leo salió del lugar muy conmovido.

Ozuri utilizó telepatía para comunicarse con Leo y le respondió que estaba listo, así que fue trasladado de inmediato a la nave. Ella y los demás le desearon suerte y ya afuera de la nave fue levantado, levitó en el aire y zap, buzz... Desapareció.

Este traslado se le hizo extrañamente más largo que los otros, pues la sensación de ser etéreo permaneció por varios segundos en él.

Al llegar a su destino, Leo pudo ver cómo su cuerpo dejaba la cuarta dimensión y volvía a ser de tres dimensiones. Se escuchó el ruido de automóviles y camiones. Pudo ver a gente caminando y a otros ejercitándose. Reconoció de inmediato que se encontraba en las inmediaciones de su casa. Buscó con la mirada, pero no pudo encontrar su auto y no tenía la menor idea de dónde podía estar. También se escucharon helicópteros en la zona. Su celular volvió a la vida y recibió varios mensajes de WhatsApp de su familia, trabajo y amigos, quienes le desearon un feliz día y le enviaron algunos memes graciosos.

Leo caminó rumbo a su casa y finalmente llegó. Se sentó en la sala desguanzado y sintiendo el peso de todo lo vivido al caer de un solo golpe en el sillón. Le dolía todo el cuerpo y tenía moretones y rasguños por todas partes. Tomó el control remoto y encendió el televisor, buscando las noticias para saber la hora y la fecha: 22 de diciembre de 2017.

El frío era intenso, así que Leo encendió el calefactor y se arropó mientras buscaba un poco de agua para hacer un café. En eso estaba cuando escuchó una noticia en la que un reportero mencionó algo extraño que lo hizo detenerse. Leo se quedó mirando el televisor sin terminar de vaciar el agua en la taza.

—Algo verdaderamente insólito ha sucedido en la sultana del norte, pero escuchemos la noticia con nuestro corresponsal en Monterrey, Elías Clímaco, que se encuentra en el lugar de los hechos.

—Buenas tardes, Abraham. Pues, como bien dices, esta es una historia por demás enigmática, llena de preguntas y sin ninguna respuesta aún, digna de las mejores novelas de ficción o de alguna película hollywoodense. Una vez disipada la espesa niebla que descendió sobre el municipio de García se pudo apreciar, desde helicópteros, un automóvil Jetta blanco con placas de la Ciudad de México que apareció misteriosamente en el techo de una casa del fraccionamiento las Lomas Bosques. Nadie sabe cómo llegó a ese lugar. Algunos investigadores hablan de un torbellino repentino por el choque de masas de aire frío y caliente, sin embargo, no se ha reportado ningún meteoro de magnitud capaz de elevar un auto. No faltan las opiniones de que un ovni es el que lo puso en ese lugar en una especie de broma intergaláctica.

FIN

AGRADECIMIENTOS

Mi dedicación y agradecimiento de este libro es primeramente para mi amado Señor Jesucristo, ya que sin Él hoy sería una hoja en el viento. ¡Toda la gloria es tuya, Señor!

También tengo mucho que agradecer a mi padre por su gran esfuerzo, su ejemplo, su amor y su consejo, porque siempre ha estado para mí y porque por él conocí el valor de la familia. De ti escuché por primera vez que un hombre, antes de morir, debe tener un hijo, plantar un árbol y escribir un libro. Eso inspiró la necesidad de completar mi ciclo al escribir este libro. Conocer a Dios como padre no me costó ningún trabajo al ver el maravilloso ejemplo que Dios me dio en ti. ¡Gracias, papá!

A mi amada esposa y mis dos hijos por su amor incondicional, por su apoyo, por sus múltiples enseñanzas, porque a través de su vida me mostraron el camino para amar aún más a Dios, porque he encontrado la manifestación de Jesucristo en sus vidas. Cuando los miro a los ojos estoy viendo la profundidad de los ojos de Jesús. Por su paciencia e importante apoyo, ¡gracias, amada familia!

Y finalmente, y no menos importantes, a mis queridos hermanos por tener una vida que inspira y ser ejemplos por seguir, por tenerme siempre presente, a pesar de mis rarezas y mi carácter ermitaño y arisco.

www.ingramcontent.com/pod-product-compliance
Lightning Source LLC
Chambersburg PA
CBHW070755280626
47162CB00016B/687